제인에게

안준원 소설집

제인에게

H

차례

염
소

어젯밤 염소 한 마리가 우릴 위해 희생당했다. 창의 아버지는 능숙한 솜씨로 염소 가죽을 벗겨냈다. 창이 가죽을 건네받아 창고로 가져가며 말했다.

"여기 걸어두고 말리면 꽤 쓸 만한 가죽이 돼."

창은 창고 앞에 서서 핏물이 뚝뚝 떨어지는 가죽을 공중에 털어냈다. 피가 창의 신발에 조금 튀었다. 아무렇지 않은 듯 손으로 피를 닦아낸 창이 우리 쪽을 쳐다보기에 놀라는 표정을 지어 보였다. 창은 걱정하지 말라는 듯 웃어 보이더니 창고로 들어갔다.

창이 사라지자 그의 아버지가 공사장에서 주워 온 철근을 알몸만 남은 염소의 입안으로 쑤셔 넣었다. 염소의 내장을 거쳐 항문으로 빠져나온 철근은 거무튀튀했고 끄트머리에

진득진득한 피가 맺혀 있었다. 피는 좀체 떨어지지 않았고, 우리는 답답한 기분이 들었다. 철근의 색을 천천히 흡수하기라도 하듯 피의 색이 점점 더 진해졌다.

창고를 나온 창이 자기 아버지를 도와 철근 양 끝을 거치대에 얹어놓았다. 직사각의 두꺼운 벽돌을 디귿 자 모양으로 쌓아둔 게 전부였지만, 시멘트 벽돌의 용도가 원래 그것인 양 자연스레 느껴진 건 그들이 같은 일을 여러 번 해보아서 동작 하나하나에 익숙함이 묻어났기 때문일 것이다. 벽돌 사이에 일찌감치 지펴둔 불꽃이 몸을 뒤척였다. 가죽 없이 얇은 막으로만 가까스로 감싸인 염소 덩어리에서 핏물이 한두 방울씩 떨어져 내렸고, 그때마다 불꽃은 거세게 타올랐다. 창이 불꽃을 보며 말했다. 불의 정령은 죄의 맛을 좋아한다고. 그 죄는 아마도 염소가 아니라 우리의 죄일 것이다. 우리도 미처 알지 못하는 우리의 죄. 염소가 우리를 대신해서 불꽃 위에 걸렸고, 우리 죄를 머금은 피를 뚝뚝 흘리며 대신 불의 정령에게 사죄하고 있었다.

우우우―

마을 사람들이 집단으로 웅얼거리는 소리가 어느새 지척이었다. 멀리서부터 메아리치듯 천천히 다가온 그 소리는 개개의 인간이 내는 소리의 합이 아니라 거대한 한 개체의 웅얼거림 같았다. 쾅쾅쾅. 누군가 대문을 두드리자 창과 그의 아버지가 자리에서 일어서며 웅얼거림에 자기들 소리를 보됐다. 창의 아버지가 대문을 열자 긴 막대기를 짚은 사내의 실루엣이 모습을 드러냈다. 그 뒤쪽으로 합장한 채 고개를 조아리고 선 마을 사람들이 보였다. 우리는 일부러 사내 쪽을 바라보지 않았다. 일렁이는 불꽃에 몸을 숨기기라도 하듯 불꽃의 중심을 향해 몸을 점점 더 기울일 뿐이었다. 창은 우리에게 미리 일러두었다. 때가 되면 그와 그의 아버지도 마을 의식에 참석하러 나갔다 와야 한다고. 그들이 사내 곁을 지나쳐 문밖으로 나가려 할 때 사내가 한쪽 팔을 뻗어 그들을 제지했다. 그러고는 우리를 향해 알아들을 수 없는 말을 외쳤다. 창의 아버지가 손을 휘 내저으며 우리 대신 대꾸했다. 사내는 몇 초간 그대로 서서 우리 쪽을 노려보다가 뒤돌아서 나갔다. 창의 아버지가 그를 따라 나갔다. 창도 곧 돌아오겠다고 말하고선 밖으로 사라졌다.

그들이 돌아올 때까지 우리는 별말 없이 그저 불꽃만 바라보며 앉아 있었다. 재희가 익어가는 염소 고기를 보며 "이거 꼭 먹어야 할까?"라고 물었고 내가 "먹어야 하지 않을까"라고 대답한 게 유일한 대화였다. 아무래도 재희는 추석 연휴를 맞아 이곳으로 여행 온 걸 후회하고 있는 눈치였다. 하지만 이곳에 오자고 제안한 게 자신이었으므로 싫은 티를 낼 수 없었을 것이다. 물론 재희는 우리가 낯선 나라, 낯선 마을의 한가운데서 치러지는 축제에 참여하게 될 줄은, 그중에서도 가장 내밀해 보이는 의식에 휘말리게 될 줄은 전혀 예상하지 못했을 것이다. 그러한 정보는 우리가 살펴본 어떤 여행 책자에도 없었으니까.

창과 창의 아버지가 돌아왔을 때는 이미 자정에 가까운 시각이었다. 시차를 고려하면 큰아버지 댁에 모였던 일가친척이 각자 집으로 돌아가 짐을 풀고 있을 시각이기도 했다. 창의 아버지는 손을 씻지도 않은 채 염소 고기를 찢어서 우리 앞에 내주었다. 그가 그 손으로 지금껏 무슨 일을 하고 왔을지 알 수 없었다. 하지만 우리는 그가 찢어준 고기를 말없이 입안에 넣었다. 염소는 우릴 위해 죽었고, 우리는 그의 손님이었으므로.

창의 아버지는 염소 고기를 우물우물 씹어 삼키는 우리를 가만히 지켜보았다. 그러다 갑자기 특별한 선물을 주겠다면서 창고로 갔다. 그가 창고에서 꺼내 온 건 라벨도 붙어 있지 않은 길쭉한 유리병이었다. 그는 그 병을 눈앞에서 흔들어 보이며 매해 수확한 벼로 손수 술을 빚는데 그렇게 해서 창고에 하나둘씩 쌓인 증류주들이 자기가 가장 아끼는 재산이라고 말했다. 그가 꺼내 온 것은 그중에서도 20년 전에, 바로 창이 태어나던 해에 빚은 술이었다.

그는 술을 따라주며 우리가 자기 자식처럼 느껴진다고 말했다. 그게 창이 태어나던 해에 빚은 술을 보물 창고에서 꺼내 온 이유였다. 원래는 창이 결혼할 여자를 데리고 오면 꺼내려 했던 술이라는 그의 말을 창이 쑥스러운 표정으로 통역해주었을 때, 우리는 부러 눈을 동그랗게 뜨며 연신 감사하다고 말했다.

창의 아버지는 지난달부터 자기 집 옆에 게스트하우스로 쓸 5층짜리 건물을 짓고 있었다. 그 꼭대기 층은 임신한 딸과 사위에게 줄 계획이었다. 창의 누이는 산달을 앞두고 있었고 우리는 숙소에 들어온 첫날, 거실에서 그녀와 딱 한 번 마주쳤다. 그때 우리는 그녀에게 축하한다고, 그녀를 닮은 예쁜 아이가 나올 것 같다고 말해주었다. 창이 통역해준 말을 들은 그의 누이가 부풀어 오른 배를 쓰다듬으며 몇 마디 했다. 창이 다시 통역해주었다. 우리도 예쁜 아이를 낳길 바란다는 말이었다. 우리는 머쓱함에 손사래 치며 "노, 노"라고 말하다가 다 같이 웃고 말았다. 그러다 웃음이 멈추고 침묵이 찾아들었다. 창의 누이는 어깨에 걸친 스웨터를 고쳐 입으며 주방 쪽으로 사라졌다.

우리는 염소 고기는 거의 먹지 않고 술만 받아 마셨다. 고작 몇 잔 마셨을 뿐인데도 취기가 올라와 어지러웠다. 창 역시 취한 듯 보였다. 그는 뭐가 그리 좋은지 실실 웃으며 우리가 내일 아침에 치러야 할 의식의 마지막 절차에 대해 설명해주었다. 우리는 알겠다며 고개를 끄덕이고는 방으로 돌아왔다.

해돋이 시각은 한국보다 훨씬 일렀다. 준비를 마치고 나왔을 때 창은 이미 자전거에 올라타 있었다. 그 옆으로 우리가 탈 자전거 두 대가 나란히 서 있었다. 우리는 각자 올라타 엉거주춤 페달을 밟았다.

논두렁길을 달려 조망대까지 가는 동안 카르스트 지형 특유의 기괴한 암석과 바위산이 여명 속에서 불쑥불쑥 솟아올랐다. 마치 하나둘씩 비명을 지르며 잠에서 깨어나는 것만 같았다. 어쩌면 어젯밤 죽은 염소의 비명이 고스란히 풍경으로 옮아간 것인지도 몰랐다. 어떤 비명이든 섬뜩하긴 마찬가지였다. 창은 흥겹게 휘파람을 불며 앞서갔다. 그러다 가끔 고개를 돌려 몇 마디 말을 건넸다. 무언가를 설명하는 것 같았다. 귓가를 스치는 바람 소리 때문에 잘 들리지 않는데도 알아들었다는 듯이 고개를 끄덕이며 "오케이, 오케이" 하고 대답하거나 "올 라잇, 올 라잇" 하고 소리쳐주었다.

30분쯤 쉬지 않고 달렸을 때 꼭대기에 정자가 서 있는 바위산이 나타났다. 멀리서도 눈에 띄었다. 정자 주변으로 사람들의 움직임이 보였다. 꼭 머리들만 둥둥 떠다니는 것 같아 유령처럼 느껴졌다.

살면서 해돋이를 볼 생각은 한 번도 해본 적이 없었다. 해는 매일 떠오르는데 그런 일상성의 산물에 대고서 무언가를 바라며 빈다는 게 우스꽝스럽게 여겨졌기 때문이다. 새벽녘 창이 방문을 두드리며 우리를 깨웠을 때 재희는 우두커니 천장을 바라보며 농담을 했다. 떠오르는 해를 보고 무언가를 비느니 한결같이 기지개를 켜며 일어나는 네 습관에 머리를 조아리겠다고. 그러면 잠도 더 잘 수 있고 에너지 소모를 할 필요도 없다고 덧붙였다. 나는 내 기지개를 향해 머리를 조아리는 재희의 모습을 떠올리고는 피식 웃었다. 하지만 재희는 평소와 달리 따라 웃지 않았다. 아무튼 우리는 해돋이를 보러 가야만 했다. 창이 그게 의식의 마지막 절차라고 했으니까.

창은 수확을 앞두고 속죄 의식을 치러야만 다음 수확 철에 흉년이 들지 않는다고 말해주었다. 마을 사람들이 그렇게 믿는다고. 그러나 정작 그는 믿지 않는 것 같았다. 그저 외국인에게 토속 문화를 체험시키며 즐거움을 누리고 있는 것으로 보였다. 그렇지 않고서는 우리와 눈이 마주칠 때마다 해맑게 웃는 이유를 달리 설명할 길이 없었다. 반면 창의 아버지는 달랐다. 우리도 의식에 동참해야 한다고 말할 때 그의 목소리에는 거절하기 힘든 기색이 어려 있었다. 지난 세월 벼농사로 생계를 꾸려나가며 농경의 주기에 삶의 주기를 맞추었을 남자. 그 주기를 원활히 돌아가게 하는 건 인간의 노력이 아니라 그보다 훨씬 큰 어떤 존재의 변덕이라고, 그걸 다스릴 유일한 방법은 속죄 의식뿐이라고 굳게 믿고 있는 게 분명했다. 우리처럼 잠깐 들른 방문객이라 할지라도 반드시 참여해야만 하는 신성한 의식.

하지만 우리는 염소가 대신해서 죽어야 할 만한 어떤 죄도 지은 적이 없었다. 그저 숙소에 도착한 첫날 밤, 창과 그의 아버지에게 우리 얘기를 했을 뿐이다. 이국적인 풍경은 그간의 삶을 객관적으로 조망할 수 있게 하는 무대가 되어주었고, 맞은편에 앉은 창의 아버지는 푸근한 표정으로 우리 마음을 느슨해지게 했다. 그런 분위기에서 우리가 전에 없이 솔직한 심경이 된 건 사실이지만 그렇다고 해서 잘못이나 죄라고 여겨질 만한 걸 말한 적은 없었다. 우리는 명절 내내 쏟아질 질문들로부터 도망쳐 온 여행객일 뿐이었다. 직장은 좀 어떠니. 아무리 그래도 4대 보험이 되는 데를 알아보는 게 낫지 않겠니. 아이는, 아이는 언제 낳을 거니.

우리는 아이를 낳을 계획이 전혀 없었다. 다만 그렇게 말했다가는 어떤 일이 벌어질지, 어떤 압박에 시달리게 될지 빤히 알았으므로 삶이 조금 더 안정되면 낳겠다는 거짓말 뒤에 잠시 숨어 있었다. 올해는 그러기도 벅차서 이곳으로 온 것이었다. 설마 아이를 낳지 않겠다는 결심을 이곳에 와서 솔직히 털어놓게 될 줄은, 그리고 그게 문제가 될 줄은 꿈에도 몰랐다. 창이 우리의 결심을 통역해주었을 때 창의 아버지는 대뜸 그것은 우리 탓이 아니라고 했다. 우리 탓이 아니라고. 그때는 그게 우리를 지지하는 말인 줄로만 알았다. 그러므로 창의 아버지가 우리를 위해 염소를 잡아야겠다고 말했을 때 별생각 없이 감사하다고 했다. 우리는 그의 손님이었고 염소 고기는 지역 특산물일 뿐이었으니까.

도심보다는 한적한 시골 마을로 가서 조용히 지내다 오기로 마음을 맞춘 뒤 온갖 예약 사이트를 뒤져 마침내 선택한 곳이 창의 가족이 운영하는 팜 하우스였다. 역 앞에서 택시를 타고 숙소로 오는 길에 염소 사진이 인쇄된 입간판을 여럿 보았다. 거기 적힌 낯선 언어가 염소 고기를 부위별로 지칭한 말이라는 걸 쉬이 짐작할 수 있었다. 마찬가지로 창과 그의 아버지가 나누는 대화 역시 전혀 알아들을 수 없었지만 돌아가는 상황과 그들의 표정으로 미루어 어느 정도 짐작할 수 있었다. 물론 실상은 전혀 다른 뜻이었을지도 모른다. 그럴 확률이 더 높았다. 우리는 창과 처음 만났을 때부터 영어로 대화했다. 하지만 그나 우리나 영어에 그리 능숙하지 않았고 서로 상대의 영어 실력이 나을 거라고 내심 믿고 있었다. 우리는 창이 숙박업을 하니 영어 실력이 더 좋을 거라고 생각하고, 거꾸로 창은 우리가 한국에서 온 말쑥한 차림새의 젊은 부부라서 영어 실력이 더 좋을 거라고 생각하는 식이었다. 그렇다 보니 뜻이 정확히 전달되지 않아도 보충해서 설명하기보다는 다 알아들었다는 듯이 고개를 끄덕이며 서둘러 다음 화제로 넘어가곤 했다. 창이 자기 아버지의 말을 전해줄 때도 우리는 '고트'와 '프레이'라는 단어만 확실히 알아들었을 뿐 정확한 뜻을 파악하진 못했다. 하지만 되묻지 않았다. 그때는 프레이가 기도한다는 의미의 프레이pray인 줄 알았지, 설마 희생을 뜻하는 프레이prey인 줄은 몰랐다.

그러고 보면 재희의 추측이 맞는지도 몰랐다. 창의 아버지에게 아이를 원하지 않는다고 고백했던 날, 재희는 그 뜻을 조금 더 분명히 하려는 의도에서인지 임신을 원하지 않는다고 덧붙였다. 그날 밤 한껏 취기가 올라 방으로 돌아온 재희는 아무래도 임신이란 단어는 쓰지 말 걸 그랬다고 말했다.

"그 단어가 왜?"

내가 묻자 재희가 가만히 입술을 매만지다가 말했다.

"우리가 애를 지웠다고 생각하는 게 아닐까?"

"뭐?"

"그래서 불길하다고 여긴 거지. 곧 태어날 자기 손주한테 부정적인 영향을 끼칠까봐 안달이 난 거야."

재희는 그게 창의 아버지가 우리를 속죄 의식에 참여시킨 이유라고 말했다. 단지 아이를 낳을 계획이 없다는 사실 때문에 이렇게 적극적으로 나서는 건 말이 안 되니 우리가 애를 지웠다고 믿고 있는 게 틀림없다면서.

"설마 그 말을 그렇게 오해할 리가."

내가 반대 의견을 내자 재희는 평생 농사만 짓고 살아온 사람의 내면에 어떤 토속신앙과 미신이 깃들어 있을지 모른다며 자꾸 오해를 풀어야 한다고 했다. 나는 분명하지도 않은데 짐작만으로 나서기보다는 그냥 따라주자고 했다.

"창이 그랬잖아? 해돈이를 보는 게 마지막이라고. 라스트 스텝. 그 말을 잘못 들었을 리는 없어. 내일 아침이면 오해였든 뭐였든 다 끝날 거야."

나는 창의 마을에서 축제가 치러질 때 방문한 것이 행운이라고도 말했다. 어느 여행 상품에도 없는 특별한 경험을 하고 있는 거라고. 만약 재희 말대로 창의 가족이 우리를 오해하고 있다면 바로 그 덕분에 축제의 매우 은밀한 영역까지 직접 체험할 수 있게 된 것이니 이 역시 행운이었다. 그러니 우리는 그저 즐기면 그만이었다. 그러한 태도야말로 우리가 꿈꾼 삶의 모토이며 먼 이국의 시골 동네까지 제 발로 찾아들어온 이유이지 않은가.

바위산 정상까지 걸어 올라가는 동안 염소를 수없이 보았다. 온몸이 새까만 염소가 듬성듬성 난 풀을 신중히 뜯어 먹고 있었다. 고작 저런 것만 먹고 생을 유지할 수 있을까. 그런 의문을 품고 바라볼 때 창이 이곳이 염소들의 집단 서식지라고 알려주었다. 염소는 바위산에 풀어두기만 하면 알아서 잘 번식했고 지역민들은 필요할 때마다 그것들을 잡아들였다. 그런데도 개체 수가 줄지 않았다. 염소의 왕성한 번식

력은 마을 사람들의 포획량을 늘 앞질렀다. 석회암 지대, 그 중에서도 가장 척박하다고 할 수 있는 먹색의 바위산 위에서 벌어지는 교미라니. 도무지 상상이 되질 않아 고개를 젓고 있을 때 염소를 가만히 들여다보던 재희가 창에게 물었다. 염소는 왜 먹을 게 풍족한 지상으로 내려가지 않고 척박한 바위산에 사는가. 그러자 창이 바위산에 난 작은 구멍들을 가리키며 그곳에서 시원한 바람이 나온다고 말해주었다. 그것이 염소가 바위산에 사는 이유였다. 연중 무더운 이 고장에서 바위산은 염소들의 유일한 휴식처인 셈이었다. 창은 바위산에 사는 염소가 일반 염소와 육질이 다르다고도 덧붙였다. 그의 말을 들으며 나는 보다 나은 삶을 살려고 바위산에 올라왔다가 오히려 표적이 되어버린 염소의 운명과 최후에 대해 생각했다. 어젯밤 우리 죄를 씻는다는 이유로 창의 아버지 손에 잡혀 온 염소도 여기 어딘가에서 한가로이 풀을 뜯어 먹지 않았을까. 아니다. 부질없는 생각이다. 어쨌든 염소는 이르든 늦든 누군가의 손에 잡혔을 것이다. 이곳에서는 어쩔 수 없는 일이다. 그렇게 되뇌며 불편한 마음을 달랬다.

바위산 꼭대기에 도달했을 때 우리는 땀에 흠뻑 젖어 있었다. 정자에 걸터앉아 쉬려는데 창이 더 가야 한다고 말했다.

"이곳이 정상인데 어딜 더?"

내가 묻자 창의 시선이 저 멀리로 향했다. 그의 시선을 따라가니 도무지 사람이 갈 수 없을 것만 같은 둔덕에 염소의 뿔처럼 암석 하나가 뾰족이 선 게 보였다. 그걸 보자 비로소 바위산 전체가 염소 머리 형상이라는 걸 깨달았다. 아마도 창이 자전거를 타고 오며 말해주려 했던 게 바로 이 형상에 관한 게 아니었을까. 우리가 망설이고 있을 때 포니테일로 머리를 묶은 서양인 남자가 염소 뿔 모양의 암석에 등을 기댄 채 서서 카메라를 꺼내 들었다. 한 발짝만 더 내디디면 S자로 굽이치는 석회질의 강으로 추락할 것처럼 위태로워 보였다. 우리는 동시에 고개를 절레절레 흔들었다. 하지만 창은 저곳이 아니면 마무리가 되지 않는다고 말했다. 단호하게 "낫 피니시"라고 말하는 창의 표정이 암석 끄트머리만큼이나 날카로워 보였다.

창이 앞장서서 암석을 향해 나아갔다. 우리는 정확히 그가 밟은 곳만 따라 밟으며 뒤따랐다. 그때 암석을 등지고 서 있던 서양인이 갑자기 고개를 돌려 우리에게 "컴 온, 허리 업!" 하고 외쳤다. 그가 손가락으로 저 멀리 어딘가를 가리켰다. 그곳에서 해의 머리가 희미하게 떠오르고 있었다. 조금만 발을 헛디디면 저 붉은 머리 위로 빠지고 말 거라는 생각이 온몸을 휘감았다. 실제로는 차가운 강물 위로 떨어질 테지만 몸의 감각은 이미 태양으로 추락하는 이미지에 사로잡힌 듯 순식간에 달아올랐다. 우리는 맞잡은 손을 통해 서로의 공포와 열기를 공유했다. 창이 나지막이 말했다. 프레이. 그러고는 주문처럼 덧붙였다. 눈을 감지 마. 크게 떠. 너희 죄를 떠오르는 태양에 떨어뜨려.

우리는 염소 뿔을 닮은 바위에 나란히 기대서서 눈을 크게 뜬 채 떠오르는 해를 바라보았다. 하지만 대체 무엇을 기도해야 하나. 우리의 죄는 무엇인가. 서서히 떠오르는 빛의 구체를 향해 무엇을 떨어뜨려야만 하는가.

해가 완전히 모습을 드러냈을 때 창은 합장한 채 몸을 깊숙이 숙였다. 우리도 그를 따라 합장하고선 몸을 깊숙이 숙였다. 서양인이 우리의 엄숙함에 이끌린 듯 카메라에서 손을 떼고 동작을 따라 했다. 마치 그것이 이 나라에서 해를 맞이하는 고유한 의식이며 거기에 엄청난 의미가 담겨 있기라도 한 듯 경건한 표정을 지으면서. 그가 카메라로 찍어야 할 건 매일 떠오르는 태양이 아니라 바로 그 표정이라는 생각이 들었다. 나는 고개를 살짝 틀어 재희를 보았다. 재희는 눈을 감은 채 입술을 꽉 다물고 있었다. 그런데도 무슨 말을 하고 있는 것처럼 느껴졌다. 재희의 눈이 서서히 열릴 때쯤에서야 나는 쳐다본 적 없던 것처럼 황급히 고개를 돌리며 눈을 감았다. 얼마 후 창이 그만 내려가자며 내 어깨를 툭 쳤다. 눈을 떴을 때 재희는 이미 저만치 혼자 내려가고 있었다.

창은 숙소 대신 자신이 아는 식당에서 아침을 먹자고 했다. 우리가 뭐라 대꾸하기도 전에 자기가 사겠다고 말했다. 우리는 아침을 먹는 습관이 없었고 숙소로 돌아가 어서 씻고 드러눕고 싶은 마음이 간절했다. 그러나 단박에 거절하지 못했다. 숙소에 아직 이틀을 더 묵어야 했다. 주인은 창의 아버지이지만 운영은 창이 했으므로 그에게 잘 보이는 편이 좋았다. 그런데도 재희는 에둘러 거절의 말을 했다.

"괜히 돈 쓸 필요는 없지 않아?"

창은 재희의 말뜻을 알아듣지 못했다. 돈은 걱정하지 말라고, 손님을 대접하는 게 자기 기쁨이라고 말하며 웃을 뿐이었다.

창이 우리를 데려간 곳은 굴다리 옆 공터에 차려진 작은 식당이었다. 식당 내부에도 테이블이 있었으나 창은 우리를 바깥에 놓인 간이 테이블에 앉혔다. 다른 손님들도 전부 바깥에 앉아 있었다. 냉방이 전혀 되지 않는 건물이었다.

창은 우리에게 잠시만 기다리라고 말한 뒤 한 무리의 청년들을 향해 걸어갔다. 아까부터 호기심 어린 표정으로 우리를 관찰하던 이들이었다. 10대 후반에서 20대 초반으로 보였다. 창이 다가가자 그들 중 한 명이 기다렸다는 듯이 무언가를 물었다. 창이 뭐라고 대답하자 그들 사이에 한바탕 웃음꽃이 피었다. 우리는 우리를 향해 한꺼번에 쏠렸다가 다시 돌려지는 그들의 시선을 느꼈다. 분명 순박해 보이는 이들이었고 웃음 역시 해맑았으나 곧이곧대로 받아들이기는 힘들었다. 그때 재희가 갑자기 헛구역질하기 시작했다. 나는 재희를 재빨리 등으로 가리며 물었다.

"무슨 일이야?"

헛구역질을 멈춘 재희가 답했다.

"냄새가 나."

내가 무슨 냄새냐고 묻자 재희가 고개를 숙인 채 중얼거렸다.

"어젯밤 냄새……."

지난밤 먹은 염소 고기에서는 여태껏 한 번도 맡아본 적 없는 지독한 누린내가 났다. 창의 아버지가 꺼내 온 독한 술로 속을 씻어내지 않았다면 누린내를 견디지 못하고 일찌감치 토해버렸을지도 모른다. 지난밤에 게워내지 못한 것이 뒤늦게 올라오기라도 하는 걸까. 재희가 휴지로 입가를 닦으며 말했다.

"당장 가서 오늘은 염소 고기를 먹지 않겠다고 말해."

나는 망설였다. 그런 말을 하면 오히려 염소 고기가 나올 것만 같았다. 더는 창과의 대화를, 입에서 나올 때는 확실한 의미를 갖췄으나 상대의 귀로 들어가면 그 의미가 변형되는 문장들을 신뢰할 수 없었다. 다리 하나가 수평이 맞지 않는지 간이 테이블이 자꾸만 한쪽으로 기울었다. 미세한 기울기였으나 모든 것이 쏟아져 내릴 것만 같았다. 나는 양팔을 테이블 위에 올려놓고 힘을 주어 눌렀다. 식당 안에서 무언가가 끓는 기름 속으로 던져지는 소리가 들려왔다. 창이 합류한 무리가 와자지껄하게 웃으며 맥주잔을 부딪치는 소리도. 그들은 맥주를 단숨에 털어 마셨다.

내가 창을 소리쳐 부르려 할 때 음식이 나왔다. 다행히 평범한 볶음밥과 샐러드였다. 창이 자리로 돌아와 식사에 합류했다. 우리는 갈수록 치솟는 기온을 느끼며 천천히 음식을 입안으로 밀어 넣었다. 그때 남자 하나가 우리 테이블로 다가왔다. 저쪽 무리에 있던 사람이었다. 나는 그가 어젯밤 대문 밖에 서서 우리를 노려보았던 남자라는 것을 직감적으로 알아챘다. 그는 이 나라에서 마주쳤던 이들 중 가장 키가 컸다. 그리고 한쪽 눈만 붉게 충혈돼 있었다. 눈동자를 휘감듯 시작되어 풀뿌리가 뻗치듯 위쪽으로 퍼져 나간 실핏줄이 대낮의 빛에 훤히 드러났다. 그가 눈을 깜박일 때마다 핏줄 다발이 기생충처럼 꿈틀대며 점점 더 위쪽으로 올라가는 것만 같았다.

나는 그에게 자연스레 인사를 건네고선 앞에 놓인 음식을 가리키며 "굿, 베리 굿"이라고 말했다. 그는 기묘한 웃음을 짓더니 현지어로 무어라 말했다. 나는 부러 순진무구한 표정으로 그를 바라보았고, 창이 대신 대꾸해주었다. 그는 고개를 끄덕이더니 이번에는 재희를 쳐다보았다. 재희가 그를 향해 어색하게 웃어 보였다. 그때부터였다. 그는 눈 한 번 깜박이지 않고 재희를 뚫어져라 쳐다보았다. 재희의 표정이 굳는데도 시선을 돌리지 않았다. 내가 무슨 일이냐고 물어도 마찬가지였다. 오히려 미간을 찌푸리며 더욱더 집요하게 바라보았다. 재희가 더는 못 참겠다는 듯 자리에서 일어섰다. 나도 재희를 따라 일어섰다. 그제야 창이 남자를 말리듯 무어라 말했다. 하지만 남자는 아무런 대꾸도 하지 않았고, 시선도 계속 재희에게 둔 채였다. 재희가 떨리는 목소리로 창에게 물었다.

"대체 왜 이러는 거야?"

창이 난처하다는 듯이 고개를 저었다. 그러고는 남자의 어깨를 건드리며 다시 한번 무어라 말했다. 그런데도 그는 오직 재희만 바라볼 뿐이었다. 재희가 내 팔을 잡아끌며 이만 숙소로 돌아가자고 말했다. 재희는 일부러 영어로 말했고, 나 역시 영어로 답하며 자리를 떠나려 할 때였다. 남자가 팔을 벌려 재희를 가로막았다.

"헤이! 와츠 롱?"

내가 남자 앞으로 나서며 외쳤지만 남자는 내게 시선도 주지 않았다. 나는 다급히 창을 불렀다. 그에게 어떻게 좀 해보라고 다그칠 때 뒤쪽에서 재희의 날카로운 목소리가 들려왔다.

"대체 뭐 하자는 거야, 이 미친 새끼야!"

남자는 여전히 아무런 반응도 하지 않고 재희를 노려볼 뿐이었다. 되레 놀란 건 나와 창이었다. 재희가 씩씩대며 남자를 밀치려 했다. 우리는 얼른 두 사람 사이로 끼어들었다. 그제야 남자가 시선을 돌리며 창에게 무어라 물었다. 창은 고개를 절레절레 젓기만 했다. 다행히 남자는 거기서 기행을 멈추고는 무리 쪽으로 돌아갔다. 좀 전의 왁자지껄한 분위기는 사라지고 그들은 무언가를 논의하는 것 같았다. 나는 창에게 대체 무슨 일이냐고 물었다. 창은 애써 웃으며 아무 일도 아니라고, 걱정하지 말라고 대답했다.

"당장 숙소로 돌아가겠어."

재희가 창을 노려보며 말했다. 창이 난처한 표정으로 무리 쪽을 바라보았다. 그들은 하나둘씩 오토바이에 올라타고서 식당을 떠나려 하고 있었다. 나는 재희 곁에 바짝 붙어 서서 저들이 다 떠날 때까지만 기다리자고 말했다. 재희는 대답 없이 무리 쪽을, 그중에서도 자신을 노려봤던 남자를 복수라도 하듯이 노려보았다. 남자 역시 오토바이에 올라타며 응수하듯 재희를 노려보았다. 그러고는 시선을 옮겨 나를 예의 그 강렬한 눈빛으로 바라보았다. 멀리 있어 확신할 순 없었지만 어쩐지 비릿한 웃음을 지은 것만 같았다. 헬멧을 쓴 남자가 무어라 짧게 소리쳤다. 창이 그의 말을 받았다. 단지 작별 인사를 나눈 것 같지는 않았다. 하지만 창에게 무슨 말이냐고 묻지 않았다. 이제 그만 끝내고 싶었다. 이건 우리가 바라던 전개가 아니었다.

숙소로 돌아오자마자 재희는 짐을 싸기 시작했다. 이곳에는 한시도 더 머물고 싶지 않다고 했다. 나는 재희의 심정을 이해하면서도 쉬이 짐을 따라 쌀 수가 없었다. 특가로 잡은 숙소의 예약 조건에는 환불이 불가능하다고 명시돼 있었다. 이제 와 다른 숙소를 잡는 게 쉬운 일도 아니었다. 나는 조심스레 말을 꺼냈다.

"그냥 안에서만 조용히 있다 가는 건 어때? 의식이니 뭐니 하는 것도 다 끝났으니까 더 이상 귀찮은 일도 없을 거고."

부지런히 짐을 싸던 재희가 동작을 멈추고선 나를 무표정으로 응시했다. 재희가 그런 표정을 지을 때는 아무리 설득해도 소용없다는 걸 알았다. 나는 재희를 따라 짐을 싸기 시작했다.

우리는 서로를 등진 채 짐 싸는 데만 열중했다. 옷을 개키는 소리, 생활용품이 저들끼리 부딪치며 달그락대는 소리, 지퍼가 잠기는 소리. 갑자기 거기 짜증 섞인 재희의 외침이 섞여 들었다. 돌아보니 재희의 침낭이 바닥에 널브러져 있었다. 조임 끈 하나가 뜯긴 게 보였다. 내가 침낭은 뭐 하러 챙기느냐고 말했을 때 재희는 혹시라도 숙소의 위생 상태가 좋지 않으면 침대 위에 깔고 잘 거라고 말했었다. 다행히 숙소는 청결한 편이었고 침대보도 매일 아침 창이 직접 갈아주었다. 그런데도 재희는 침대에 침낭을 펼치고 잤다. 무언가를 예방하듯이. 나는 재희의 침낭을 돌돌 말아 무릎으로 누르고는 양팔로 꽉 안았다. 그 상태로 재희의 배낭에 욱여넣었다. 어찌어찌 들어가긴 했으나 침낭은 금세 부풀어 올라 다시 밖으로 삐져나왔다. 몇 번 더 시도해보아도 마찬가지였다. 내 모습을 지켜보던 재희가 중얼거렸다.

"오해가 아니야."

재희는 침대에 기대앉은 채 몸을 옹송그렸다.

"뭐라고?"

"오해가 아니라고."

이번에는 또렷하게 들렸다. 내가 다가가려 하자 재희가 선을 긋듯이 말했다.

"오지 마. 거기 있어."

재희는 내게 등을 보인 채 몇 년 전 아이를 지웠다고 고백했다. 알리지 않은 건 내가 아이를 낳자고 할까봐 두려웠기 때문이라며.

"너한테 아이는 있어도 그만, 없어도 그만이잖아. 네가 그렇게 생각하고 있다는 거 알아."

나는 얼떨떨한 표정으로 재희의 등을 바라보기만 했다.

"게다가 넌 마음이 약하니까. 착한 아들이기도 하고."

재희는 손주를 간절히 원하는 시부모와 매사 그들의 뜻에 무의식적으로 부응하려는 나와 그런 내 마음에 대해 길게 얘기했다. 나는 가만히 듣고만 있었다. 도무지 현실감이 없었다. 그러다 나도 모르게 중얼거렸다.

"……잘했어."

한동안 깊은 정적이 흘렀다. 머릿속에서는 갖가지 생각이 소용돌이쳤다. 그러다 결국 한 가지 질문으로 응축되었다. 재희가 임신 사실을 알렸다면 어떻게 했을까? 돌이켜 보니 한 번도 아이를 낳는 문제에 관해 진지하게 생각해본 적이 없었다. 그저 사랑하는 이가 원치 않는 건 나도 원치 않는다는 단순한 마음으로 재희와 뜻을 함께해온 것일 뿐이었다. 재희 말대로 내게 아이는 있어도 그만, 없어도 그만인 걸까. 확실한 건 미증유의 생명체보다는 지금 내 곁에 있는 인격체의 의지가 훨씬 더 중요하다는 점이었다. 그 생각에는 변함이 없었다. 그럼에도 여전히 혼란스러웠다. 재희는 어떻게 내가 전혀 모르는 새 아이를 지울 수 있었을까. 그게 과연 가능한 일인가.

"그건 그냥 버리자."

재희가 고개를 돌리며 말했다. 그제야 내가 침낭을 내내 손에 쥐고 있었다는 걸 깨달았다.

침낭을 바닥에 내려놓고서 재희 곁으로 다가가 앉았다. 재희가 내 어깨에 이마를 대고서 말했다.

"그 남자 눈이 자꾸 떠올라."

재희는 식당에서 만난 남자 얘기를 하고 있었다.

"그 미친 놈이 어떻게 알았을까."

재희는 남자가 모든 걸 꿰뚫어 봤다고 믿고 있었다. 나는 그럴 리가 없다며 한쪽 손을 재희의 머리 위에 올려놓았다. 그런 생각이야말로 미신이라고 말하며. 재희가 내 손을 떨쳐 내듯 고개를 흔들더니 단호한 어조로 말했다.

"내려가서 지금 바로 짐 빼겠다고 말해. 집에 급한 일이 생겼다고 둘러대고."

짐을 빼는 거야 어려운 일이 아니었다. 문제는 이곳을 빠져나갈 교통편이 마땅치 않다는 점이었다. 도심으로 가는 버스는 하루에 고작 두 번 운행되었다. 이제 남은 건 저녁 일곱 시 편뿐이었다. 그보다 더 일찍 떠나려면 택시가 유일한 대안이었다. 하지만 이 오지까지 택시가 오는지 알 수 없었고 부르는 법 또한 알지 못했다. 아마도 창이라면 방법을 알 것이었으나 어쩐지 그가 부탁을 들어줄 것 같지 않았다. 그런 소동이 있고 나서 갑자기 집에 급한 일이 생겼다고 하면 누구라도 믿어줄 리가 없었다.

나는 이런 사정을 재희에게 최대한 부드럽게 설명했다. 의식이 다 끝났다는 점도 다시 한번 강조했다. 이제 더는 이상한 일이 생기지 않을 거라고. 하지만 내 말이 채 끝나기도 전에 재희가 자리에서 벌떡 일어났다. 말없이 나를 내려다보던 재희가 한참 만에 입을 열었다.

"너는 정말로 다 끝났다고 생각해?"

"뭐가?"

"의식 말이야."

재희는 초조한 걸음으로 방 안을 서성이며 아직 끝난 게 아니라는 말을 반복했다. 나는 자리에서 일어나 재희를 잡아 세웠다.

"진정해. 창이 분명 그랬잖아? 해돋이를 보는 게 마지막 절차라고."

재희가 어이없다는 듯이 웃었다.

"창? 걔는 아무것도 아냐. 아무것도 모른다고. 그 남자, 그 미친 놈이 문제라니까? 아직도 모르겠어?"

"알겠어. 아무튼 지금은 할 수 있는 게 없잖아? 버스 시간 까지만 기다리자."

"내가 염소처럼 느껴져."

"뭐?"

"내가 염소가 된 것 같다고."

재희의 몸이 미약하게 떨리고 있었다.

"그때도 그랬어. 그 의사가 날 어떻게 쳐다봤는지 알아?"

나는 아무 말도 할 수 없었다.

"네가 안 하겠다고 하면 내가 가서 말할 거야."

재희의 눈이 어느새 붉게 충혈돼 있었다. 나는 재희의 손을 붙들고 오늘 중으로 반드시 이곳에서 벗어나게 해주겠다고 약속했다. 그러니 버스 시간이 될 때까지만 잠시 눈을 붙이자고, 자고 일어나면 버스 안일 거라고 재희를 달래며 억지로 침대에 눕히고선 양팔로 꽉 끌어안았다.

"괜찮아. 아무 일도 없을 거야, 아무 일도. 다 괜찮아질 거야……."

힘을 풀지 않은 채 재희의 귀에 괜찮다는 말을 계속해서 속삭였다. 재희의 움직임이 점차 잦아들었다. 이내 내 가슴께에서 끅끅대는 소리가 들려왔다. 분노를 삭이는 소리인지 울음인지 구별할 수 없었다. 그게 무엇이든 재희는 온 힘을 다해 무언가를 뱉어내고 있었다.

잠에서 깼을 때 재희가 옆에 없었다. 나는 깜짝 놀라 몸을 일으켰다. 다행히 재희는 침대에 기대앉아 돌돌 말린 침낭을 실로 동여매고 있었다. 어느새 방 안이 싹 정리된 채였다. 묵직해진 배낭 둘이 방 한가운데 덩그러니 놓여 있었다.

"벌써 여섯 시야."

재희가 타박하듯 말했다. 그건 인제 그만 내려가서 방을 빼겠다고 말하고 오라는 명령과 다름없었다. 나는 물을 마시며 목을 가다듬었다. 하얀 실로 둘둘 동여맨 침낭을 보자 내 목구멍이 조여드는 기분이었다. 재희가 침낭을 배낭에 욱여넣는 걸 지켜보다가 방문을 열고 나왔다.

창과 그의 아버지는 주방에서 이야기를 나누고 있었다. 그들은 전에 없이 심각한 표정이었다. 창의 아버지가 나를 발견하고 낮은 목소리로 중얼거렸다. 보통 창이 알아서 통역해 주곤 했는데 어쩐 일인지 조용했다. 내가 무슨 일이라도 있는지 묻고 나서야 그는 거실에서 잠시만 기다려달라고 말했다. 하는 수 없이 거실 소파로 가 앉았다.

그들은 한참을 이야기했다. 가만 보니 창의 아버지는 설득하고 창은 설득당하지 않으려는 것처럼 보였다. 혹은 그 반대일 수도 있었다. 둘의 목소리는 점점 더 높아졌고, 그럴수록 점점 더 비슷해졌다. 말투와 성조, 목소리를 끌어 올릴 때 짓는 표정까지 닮아 있었다. 어느덧 그들은 합의에 이른 듯했다. 순식간에 사방이 고요해졌다.

창이 냉장고 옆에 걸린 오토바이 키를 집어 들었다. 그때 창의 누이가 안방 문을 열고 나왔다. 창의 아버지가 버럭 소리치자 그녀는 깜짝 놀라며 다시 방 안으로 들어갔다. 한동안 우리는 서로 눈치만 보며 멀뚱히 서 있었다. 그러다 창의 아버지가 멋쩍은 표정으로 나를 향해 무어라 중얼거렸다. 창은 비로소 아버지의 말을 옮겨주었다.

아무 걱정 하지 마라. 다 잘될 거다.

창의 통역을 믿을 수 있다면 그게 그가 한 말이었다. 나는 창에게 대체 무얼 걱정하지 말라는 건지 물었다. 그러자 창은 대뜸 재희는 어디에 있는지 물었다. 그러면서 우리가 지금 자기와 함께 바위산에 가야 한다고 말했다. 나는 잘못 들었다고 생각해서 다시 한번 말해달라고 했다. 창의 대답은 같았다. 당황스러웠다. 방을 빼겠다는 말은 미처 꺼내지도 못한 채 그 이유를 물었다. 창은 일이 조금 잘못되었는데 해결하려면 다시 바위산에 가야 한다고 말했다.

"대체 뭐가 잘못됐는데?"

창은 한숨을 내쉬며 아침에 식당에서 마주쳤던 남자에 관해 말했다. 그는 마을의 샤먼 같은 존재인데, 그가 어젯밤 우리가 치른 속죄 의식이 잘못되었다고 말했다는 것이었다.

"우리가 염소를 잡은 게 실수였대."

"실수?"

"응."

창은 무슨 말을 더 하려다가 멈추었다. 그러고는 한숨을 내쉬고서 말했다.

"잘못을 바로잡으려면 오늘 중으로 너희가 직접 염소를 잡아야 해."

"우리가? 염소를?"

어이가 없어서 목소리가 높아졌다. 창은 엄중하게 고개를 끄덕였다.

"지금 바위산에 가서 염소를 잡기만 하면 모든 게 끝나."

창이 별것 아니라는 식으로 말했다. 나는 그의 말을 가로채며 지금 바로 방을 빼겠다고 했다. 그저 방을 빼겠다고. 집

에 갑자기 일이 생겼다고 둘러대지도 않았다. 내 말을 듣고
서 창은 당황한 얼굴이 되었다. 그때까지 옆에서 가만히 지
켜보고만 있던 창의 아버지가 무슨 일인지 물어왔다. 창이
힘없이 무어라 중얼거렸다. 순간 창의 아버지가 내 팔을 잡
아챘다. 여태껏 그 어떤 상황에서도 고집스레 모국어로만 말
하던 그가 나를 노려보며 단호하게 "노"라고 내뱉었다. 순박
하던 얼굴이 일그러지며 급격히 반전되었다. 나는 그때까지
그의 얼굴을 뒤덮은 주름에서 푸근함을 느껴왔다. 하지만 그
순간에는 주름 마디마다 고인 어둠에 발이 빠져 영원히 벗어
날 수 없을 것만 같았다.

"무슨 일 있어?"

내가 좀체 돌아오지 않자 조바심이 났던 것인지 재희가
아래층으로 내려왔다. 나는 부러 한국말로 크게 "아냐. 방금
방 빼겠다고 말했어" 하고 대답했다. 재희가 내 옆으로 와서
팔짱을 꼈다.

"정말 죄송해요. 갑자기 집에 일이 생겨서 당장 돌아가봐
야 해서요."

재희는 그들이 뭐라 대꾸하기도 전에 아쉽다는 말을 덧붙
였다.

한동안 우리는 침묵 속에 서 있었다. 그때 밖에서 누군가
대문을 두드렸다. 창이 문을 열자 낮에 식당에서 본 남자가
보였다. 말없이 마당으로 걸어 들어온 남자는 현관 앞에 선

채 무뚝뚝한 표정으로 물었다.

"레디?"

그의 한쪽 어깨에는 지팡이가 걸쳐 있었고 다른 쪽 손에는 그물이 들려 있었다. 남자를 쏘아보던 재희가 내게 대체 일이 어떻게 돌아가고 있는 거냐고 물었다. 나는 재희의 손을 잡아끌고 거실 구석으로 가서 창이 한 말을 들려주었다. 재희가 눈을 동그랗게 뜨고 물었다.

"우리가 왜 염소를 잡아?"

나도 모르겠다고 답하자 재희는 가서 그 이유를 물으라고 했다. 그러다 황급히 말을 바꿔서 됐다고 했다.

"더 이상 장단 맞춰주지 말자. 그냥 짐 챙겨서 나가는 거야. 염소를 잡으라고? 어디서 말도 안 되는 소리를."

재희가 내 팔을 잡아끌며 위층으로 올라가려고 하자 창의 아버지가 계단 앞을 가로막고 섰다.

"지금 뭐 하시는 거죠?"

재희는 이제 대놓고 한국어로 말했다. 창의 아버지는 조금 전 내게 그랬듯 재희에게도 단호한 표정으로 "노"라고 했다. 창이 다가와 어서 가야 한다고 재촉했다. 재희가 소리쳤다.

"안 돼. 절대 안 돼."

창이 통역을 바라듯 나를 쳐다보았다.

"갈 수 없어."

나는 그렇게 말했다가 '캔 낫can not'을 '두 낫do not'으로 바꿔서 다시 말했다.

"안 가."

창이 난처한 표정으로 마당에 선 남자를 돌아보았다. 그는 말없이 흘러내리는 그물을 추켜올릴 뿐이었다. 창이 더듬거리며 우리에게 상황을 설명했다. 원래 남자는 속죄 의식을 치를 대상을 선정하고 그 방법과 절차를 알려줄 뿐 이유에 관해서는 단 한 번도 설명해준 적이 없다고, 그건 마을 사람들한테도 마찬가지라고. 그가 일단 대상을 선정하고 방법과 절차를 정하면 따르는 수밖에 없다는 것이었다.

"헛소리하지 마."

재희가 창을 향해 외치며 계단 쪽으로 한 발 내디뎠다. 이제 재희와 창의 아버지 사이에는 고작 몇 발자국 정도의 간격뿐이었다. 그런데도 그는 꿈쩍하지 않았다.

"비켜. 안 비켜?"

재희를 그대로 두었다가는 상황이 더 악화될 것 같았다. 나는 재희의 옷깃을 잡아끌며 잠시만 우리끼리 얘기해보자고 했다.

"무슨 얘기? 설마 저 미친 놈을 진짜로 따라가려는 건 아니지?"

"그게 아니라……."

"버스 시간 30분도 안 남았어. 알아?"

나는 재희와 창의 아버지를 번갈아 쳐다보았다.

"우리가 대체 왜 그래야 하는데?"

재희가 신경질적으로 외쳤을 때 남자가 지팡이로 현관문을 툭툭 쳤다. 다들 고개를 돌려 남자를 바라보았다. 남자는 안에서 벌어지는 상황에 전혀 관심이 없는 듯이 말했다.

"레디?"

우리는 어이가 없어서 탄식을 터뜨렸다. 나는 재희에게 직접 저 남자와 담판을 짓고 올 테니 그때까지만 소파에 앉아 있으라고 했다. 재희는 내 눈을 바라보면서 따라가겠다고 하면 절대 안 된다고 신신당부했다. 나는 알겠다며 재희를 안심시키고는 창을 지나쳐 마당으로 내려갔다. 헐레벌떡 따라온 창이 남자에게 무어라 말했다. 남자는 말없이 나를 노려보았다. 나도 지지 않고 노려보며 말했다.

"안 가."

남자가 피식 웃었다. 나는 그 웃음을 끊어내듯 외쳤다.

"안 간다고!"

무표정으로 돌아간 남자가 나를 내려다봤다. 그의 충혈된 눈자위에 서서히 핏발이 뻗쳐갔다. 잠깐 눈이 마주쳤을 뿐인데도 숨이 막혔다.

"우리가 대체 왜 그래야 하는데?"

가까스로 꺼낸 그 말을 창이 남자에게 옮겨주었다. 그러자 남자가 고개를 내젓더니 무어라 말했다. 창이 어리둥절한 표정으로 중얼거렸다.

"우리가 아니라 너라는데?"

"뭐?"

창이 확인하듯 남자에게 다시 물었다. 남자가 짧게 대답했다. 창이 나를 바라보며 말했다.

"너만 가면 된대."

"무슨 소리야? 내가 왜?"

창이 내 말을 옮기려 할 때 남자가 말을 끊듯이 지팡이로 땅을 툭툭 두드렸다. 무언가를 가늠해보는 것 같았다. 그러더니 동작을 멈추고선 흡사 암송하듯 무어라 읊조렸다. 창이 그 말을 천천히 통역해주었다.

"너는 아무것도 몰랐잖아. 지금도 무엇도 책임지려고 하지 않잖아."

처음에는 남자의 말이 선뜻 이해되질 않았다. 무의식적인 반감만 들 뿐이었다. 그러다 서서히 무언가가 체감되었다. 몇 시간 전 재희에게 들은 말이 뒤늦게 질량을 갖고 내 안에 자리 잡기 시작하는 것 같았다. 나는 한동안 멍하니 서 있다가 창에게 잠깐 기다려달라고 말했다. 창이 고개를 끄덕였다.

내가 다가가자 재희가 소파에서 일어서며 어떻게 됐는지 물었다. 나는 나 혼자 다녀오겠다고 말했다. 재희가 얼떨떨한 얼굴로 되물었다.

"그게 무슨 소리야?"

"나만 가면 된대."

"뭐라고?"

"너는 안 가도 된다고."

잠시 내 말뜻을 헤아려보는 것 같던 재희가 얼굴을 굳히며 물었다.

"왜? 네가 거길 왜 가는데?"

나는 묵묵히 재희를 바라보기만 했다. 재희가 펄펄 뛰며 외쳤다.

"미쳤어? 저 미친 놈을 따라가겠다고?"

나는 재희의 양어깨를 붙잡으며 말했다.

"나만, 나만 가면 돼. 우리가 아니라, 내가. 그럼 다 끝나."

재희가 떨리는 눈빛으로 나를 보았다. 처음엔 내 안을 들여다보는 것 같던 눈빛이 점차 자기 안을 응시하는 눈빛으로 변해갔다. 나는 낮은 목소리로 말했다.

"누구 탓도 아니야. 누구 잘못도 아니라고. 알겠어?"

재희를 붙든 손에 힘이 들어갔다. 재희가 천천히 입을 열었다.

"조심해."

나는 팔을 내려 재희의 손을 꽉 잡았다. 재희는 잡힌 손을 조용히 빼더니 몸을 돌려 계단으로 갔다. 어느새 자기 아버지 곁으로 온 창이 그에게 귓속말하는 게 보였다. 창의 아버지가 의아한 표정을 지으며 계단 옆으로 비켜섰다. 재희는 그를 쏘아보고 나서 천천히 계단을 걸어 올라갔다. 그러다

층계참에 멈춰 서서 뒤를 돌아봤다. 재희의 얼굴에선 아무것도 느껴지지 않았다. 재희는 계단 아래에 선 사람들을 내려다봤다. 묵묵히 한 사람씩 눈에 담은 뒤 마지막으로 나를 쳐다보았다. 재희가 모두에게 말하듯 내게 말했다.

"내일 아침 버스. 우린 반드시 그걸 탈 거야."

나는 고개를 끄덕였다. 재희가 방문을 닫는 소리가 들려올 때까지 가만히 서서 재희가 사라진 쪽을 바라보았다. 문은 천천히 닫혔다. 나는 창을 한 번 쳐다본 뒤 먼저 마당으로 내려섰다. 남자가 무심한 어투로 말했다.

"레디?"

나는 대꾸 없이 그를 지나쳐서 밖으로 나갔다. 창이 황급히 내 뒤를 쫓아 나와 오토바이에 시동을 걸었다.

해는 이제 지평선과 거의 맞닿아 있었다. 낮 동안 빛을 한껏 흡수하며 시커먼 몸뚱이를 뽐내던 바위산은 석양 속으로 뛰어들며 달궈진 몸을 식히는 듯했다. 혹은 더욱더 뜨거워지고 있는지도 몰랐다. 나는 창의 오토바이 뒤에 탄 채 해가 저물자마자 순식간에 차가워지고 말 바위산의 감촉을, 그 극적인 반전의 감각을 떠올리고는 몸을 떨었다. 그곳 어딘가에 있을 염소를 잡아야만 했다. 남자가 나를 다그치듯 창의 오토바이 뒤에 바싹 붙어 쫓아오고 있었다. 그의 오토바이는 창의 것에 비해 훨씬 낡았고 더 요란했다. 오토바이 두 대가 내뿜는 소리가 어둠 속으로 사라져가는 바위산의 심정을 대변하는 육중한 비명처럼 느껴졌다. 바위산은 비명을 지르며 깨어나서 비명을 지르며 잠들고 있었다.

새벽녘 해돋이를 보러 왔던 곳에 도착했을 때는 이미 땅거미가 내려앉은 뒤였다. 박야薄夜 속에 우뚝 솟은 바위산은 어떤 생물체보다도 강하고 음습해 보였다. 남자는 오토바이에서 내리자마자 좌석을 젖혀 그 안에 있던 헤드램프를 꺼내더니 내게 건넸다. 헤드램프를 머리에 두른 뒤 비춰 보았을 때 그의 눈은 더는 붉지 않았다. 끊임없이 기어오르던 실핏줄들이 기어코 그의 뇌를 장악해버린 건 아닐까. 실핏줄로 옥죄인 뇌의 이미지가 머릿속을 가득 채웠다. 그 이미지는 이내 염소의 머리로 대체되더니 불꽃 속에서 번뜩이던 염소의 눈으로 바뀌었다. 염소의 눈은 붉게 충혈돼 있었다. 나는 헛구역질이 나려는 걸 간신히 참았다. 무언가가 자꾸만 내 안으로 욱여넣어지고 있었다.

남자는 태연히 염소 잡는 법을 알려주었다. 창은 그의 말을 통역해주다가 이내 포기했다. 그저 턱짓으로 남자를 가리켰다. 그의 몸동작을 잘 보라는 뜻이었다. 남자는 갈고리가 달린 막대기 끝으로 염소의 다리를 잡아채는 시늉을 했다. 그러고는 상상 속 염소가 넘어졌을 곳을 향해 그물을 던졌다. 단순한 동작이었다. 하지만 일이 과연 그처럼 쉽게 될까. 내가 난처한 표정을 짓고 있자 그가 대뜸 막대기로 내 발을 잡아챘다. 순식간에 균형을 잃고 뒤로 넘어지려는 내 손을 남자가 잡아 일으켜 세웠다. 남자는 아무 일도 없었다는 듯이 물었다.

"오케이?"

나는 대답 없이 헤드램프 불빛이 그의 눈을 향하도록 했다. 남자가 눈을 찌푸렸다. 그사이 그의 손에 들린 막대기를 빼앗아 들었다. 남자가 처음으로 놀란 표정을 지었다. 나는 그를 노려보다가 말했다.

"레디."

그들은 나를 앞장세우고 바위산으로 걸어 올라갔다. 헤드램프는 내가 머리에 쓴 것 하나뿐이었다. 어느새 달이 떠 있었다. 우리는 산 중턱에 이를 때까지 염소를 한 마리도 발견하지 못했다. 창은 염소가 굴속에 잠들어 있을 거라고 말했다. 하지만 억지로 깨워서는 안 된다고 했다. 아직 깨어 있는 염소를 찾을 것. 내가 먼저 발견할 것. 그리고 내 손으로 직접 잡을 것. 창은 특히 마지막 두 가지를 강조했다. '내가 발견한 염소를 내가 직접 잡는 것.' 그게 내 머리에 헤드램프를 씌우고 나를 앞장세운 이유였다.

염소는 좀체 눈에 띄지 않았고 그새 정자 근처까지 도달했다. 잠시 멈춰 서서 숨을 고르고 있을 때 창이 내 팔을 잡더니 힘을 꽉 주었다. 그의 시선을 따라가니 염소 뿔 형상의 암석이 시야에 들어왔다. 암석의 날을 타고 흘러내리는 달빛 끄트머리에 염소가 있었다. 염소는 깎아지른 절벽은 전혀 개의치 않고 한가로이 입을 우물거렸다. 헤드램프의 불빛이 향하자 염소가 이쪽을 돌아보았다. 가만 보니 아직 뿔이 채 자라지 않은 새끼 염소였다. 나는 거친 숨을 내뱉으며 고개를 돌려 창과 남자를 바라보았다. 남자가 검지를 입에 갖다 대며 조용히 하라는 신호를 보냈다. 창이 속삭였다.

"우리는 아래 있을게. 잡고 나면 신호를 줘."

나는 놀라서 물었다.

"혼자 하라고?"

남자가 다시 한번 검지를 입에 갖다 댔다. 그러고는 들고 있던 그물을 내게 건넸다. 내가 그물을 받아들자마자 둘은 소리 없이 움직여 아래쪽으로 사라졌다.

고요는 산의 숙명인 것 같았다. 육중한 암석의 무게감이 정상을 밟고 선 내 발밑에서 요동쳤다. 금세라도 위아래가 뒤집혀 내 몸을 짓누를 것처럼. 염소는 여전히 입을 우물거리며 나를 응시하고 있었다. 이명과 함께 속이 울렁거렸다. 나는 참지 못하고 속의 것을 뱉어내기 시작했다. 더는 헛구역질이 아니었다. 분명 무언가가 튀어나왔다. 그것은 곧장 산 표면의 어둠에 스며 정체를 분간할 수 없게 되었다.

구역질을 끝내고 고개를 들었을 때 새끼 염소의 머리 위

무언가가 달빛에 반사되어 반질거리는 게 보였다. 그것은 아직 자라나지 않은 뿔의 표면이었다. 나는 잠자코 그가 이쪽으로 오기만을 기다렸다. 하지만 그는 그 자리에서 꼼짝도 하지 않았다.

　나는 한 손으로 지팡이를 단단히 잡고 다른 손으로는 그물을 움켜쥐었다. 그 상태로 그를 향해 다가갔다. 그는 내가 코앞까지 다가갔는데도 전혀 경계하지 않았다. 나는 남자가 가르쳐주었던 대로 지팡이를 들어 그의 다리를 잡아챘다. 그는 너무도 쉽게 주저앉았다. 당황한 나는 그물을 놓치고서, 지팡이도 던져버리고 엉겁결에 그를 양손으로 잡으려 하다가 그만 넘어지고 말았다. 그러자 의도치 않게 그를 품에 안은 꼴이 되어버렸다. 작고 낯선 심장이 가슴팍에서 팔딱이는 게 느껴졌다. 그는 도망치려는 듯 고개를 자꾸만 내 품에 문댔다. 그때마다 단단한 뿔의 표면이 쇄골 아래를 짓눌렀다.

　나는 염소를 끌어안은 채 한동안 멍하니 누워 있었다. 어느덧 품 안에서 버둥거리던 움직임이 멈추었다. 남자가 일러준 절차는 내가 염소를 잡는 데까지만이었다. 이제 정말 끝난 걸까. 이다음도 있는 걸까. 그때 멀리서 창이 나를 부르는 소리가 들려왔다. 그러자 잠자코 있던 염소가 거세게 움직이며 품에서 빠져나가려 했다. 쇄골이 부서질 것만 같은 고통 속에서 소리가 나는 쪽으로 고개를 돌리자 창의 상기된 얼굴

염소

이 보였다. 그 옆에서 남자가 바닥에 떨어진 그물을 천천히 주워 들고 있었다.

백
희

백희는 종종 온몸에 힘을 뺀 채 시체처럼 맨바닥에 누워 있곤 했다. 그럴 때면 백희의 팔과 다리가 자연스러운 간격으로 벌어졌는데, 그 모양새가 마치 시옷 자 두 개를 아래위로 나란히 붙여놓은 것 같았다. 백희는 그 자세를 사바아사나라고 했다. 나는 그런 이상한 이름에는 관심이 없었고, 그저 딱 한 번 백희에게 대체 그 자세로 가만히 누워 무얼 하는지 물어본 적이 있다. 그때 백희는 과거를 뒤적이고 있다고 답했다.

"이 상태로 있으면 원하는 곳은 어디든 갈 수 있거든."

나는 원하는 곳은 어디든 갈 수 있다면서 왜 굳이 과거로 가는지 묻지 않았다. 백희는 습관처럼 행복했던 자기 과거에 대해 말하곤 했으니까. 그럴 때 백희는 자기 생에 주어진 행복을 이미 다 써버린 사람처럼 느껴지곤 했다. 하지만 나로서는 백희가 공상에 빠져서 자기 과거로 가든, 아니면 멀리 안드로메다로 가든 별 상관이 없었다. 그저 백희가 적어도 하루에 한 번쯤은 집 밖으로 나가기만을 바랐을 뿐. 언제부터인가 종일 방 안에만 틀어박혀 있는 백희가 내 몸에 난 사마귀나 티눈이라도 된 것처럼 거슬렸다.

"아직은 서툴러서 그런지 마음먹은 대로 잘 가지지는 않지만."

그렇게 말하는 백희에게 지금이라도 몸을 일으켜서 문만 열고 나가면 네가 원하는 곳은 어디든 갈 수 있다고 모질게 말하고 싶은 걸 꾹 참았다. 백희는 스스로 몸과 마음을 다 바쳐 일했다고 말한 직장에서 잘렸으니까. 한 번도 아니고 여러 번. 백희가 마지막 직장에서 잘린 후 아무 일도 하지 않고 집 안에만 틀어박혀 시체처럼 누워 있는 이유가 더는 바칠 몸과 마음이 없기 때문이라면 이해하지 못할 것도 없었다. 오히려 기특하다고 해야 할까. 몸과 마음 없이도 생각은 할 수 있는 거구나, 하고 보면 다행인 것 같기도 하고.

그렇게 근 반년을 자기 과거만 반추하며 지내는 것 같던 백희는 어느 날 여행을 다녀오겠다며 떠났다. 그러고 나서 3년간 아무런 소식도 없었다. 몇 번 전화를 해보았지만 받지 않았고 언제인가부터는 없는 번호라는 안내음이 들렸다. 나는 백희가 열심히 과거를 뒤적거리는 모습을 상상했다. 초조한 표정으로 사방을 두리번거리며 시간의 뒤안길을 걷고 있을 백희의 뒷모습을. 하지만 그런 상상도 금세 그만두었고, 백희는 점점 내 머릿속에서 잊혀갔다.

백희를 다시 만난 건 그간 잘 다니던 직장을 그만둔 지 1년 쯤 지났을 때였다. 백희와는 달리 나는 직장에 몸도 마음도 최소한만 바쳤고, 그래서 별 탈 없이 잘 살고 있다고 생각했었다. 그런데 어느 날 빨래를 널다가 갑자기 이렇게 사는 게 아무한테도 도움이 되지 않는다는 생각이 들었다. 그 '아무'에는 당연히 나도 포함됐다. 빨래집게를 한 손에 든 채 나한테조차 도움이 되지 않는 삶이란 무엇일까, 이런 걸 삶이라고 할 수 있을까, 하는 생각들을 하다 보니 잘 간수하고 있다고 믿었던 몸과 마음이 나도 모르는 새 이미 어딘가에 바쳐지고 없는 것 같았다. 그건 빨랫줄에 널어놓은 세탁물에서 습기가 서서히 사라져서는 어느 순간 바싹 마른 상태가 되는 것과 비슷해 보였다. 한 가지 다른 점이 있다면 나는 어쩐지 잘 마른 것 같지가 않다는 점이었다. 빨래를 널다가 운 건 그날이 처음이었다.

상사와의 갈등이나 적은 월급에 대한 불만처럼 구체적이고 뚜렷한 문제가 있었다면 아마도 퇴사를 결정하는 데 꽤 오랜 시간이 걸렸을 것이다. 문제점을 바꿔보려고 이런저런 시도를 했을 테니까. 달리 말하면 뚜렷한 문제가 없었기에 결정하기 쉬웠다. 나는 말 그대로 서두르듯 직장을 그만두었다. 집으로 돌아오며 지금부터 대체 무얼 하고 살아야 하나 고민하다가 전공을 살려서 작가가 되기로 마음먹었다. 작가가 되기를 간절히 바란 것도, 내게 재능이 있다고 생각한 것도 아니었다. 다만 글을 쓴다면 몸은 몰라도 마음만은 되찾을 수 있을 거라는 예감이 있었다. 글쓰기가 특별히 즐거웠던 적은 없었지만 적어도 글을 쓰는 동안에는 마음이 참 편안했었다는 사실을 뒤늦게 깨달은 기분이었다. 그 기분을 마음에 단단히 매어둔다는 느낌으로 매일 일기를 써나갔다. 마치 몸을 풀듯이. 흥밋거리가 생기면 틈틈이 취재도 했다. 몸이 다 풀리면 언제든 쓸 수 있도록. 그게 과연 언제가 되는지는 알 수 없었다.

백희가 찾아온 건 폭우가 쏟아진 다음 날이었다. 아침에 일어나 맑게 갠 하늘을 보자마자 미뤄뒀던 빨랫감을 세탁기에 넣고 돌렸다. 세탁이 다 된 빨래를 한 바구니 들고 나와 빨랫줄에 널고 있으니 저절로 콧노래가 흘러나왔다. 이런 좋은 기분을 느껴본 게 대체 언제였는지 기억도 나질 않았다. 내친김에 휘파람까지 불어보려 입을 동글게 모았을 때 누군가 옥상 철문을 두드렸다. 택배 올 게 없는데 누구지, 하는 의구심으로 문을 열었더니 백희가 한 손을 든 채 어정쩡하게 서 있었다.

"있었네."

그게 3년 만에 만난 백희의 첫마디였다.

7평쯤 되는 옥상 한편에는 사각 철제 테이블이 붙박이장처럼 놓여 있었다. 옥상에서 솟아 나온 것처럼 아주 자연스럽게 여겨지는, 이를테면 옥상의 한 신체 부위와도 같은 테이블이었다. 군데군데 녹이 슬긴 했지만 나는 오히려 그 점이 운치 있어 보인다고 생각하곤 했다. 반면 백희는 풍기는 기운이 을씨년스럽다며 근처에 오기도 싫어했었다. 그런데 다시 만난 백희는 거리낌 없이 테이블로 가 앉았다. 집 안으로 들어가서 주전자에 물을 올린 후 주방 쪽창을 통해 백희가 앉은 모습을 지켜보았다. 뭐가 달라진 걸까. 무엇이 백희가 근처에도 가지 않으려 했던 을씨년스러운 테이블을 보통 테이블로 바꾸었을까.

백희 맞은편에 앉으며 백희를 빤히 쳐다보았다. 문을 열고서 백희와 처음 눈을 마주쳤을 때는 너무 오랜만이라서 낯설게 느껴지는 건 줄 알았는데 그게 아니었다. 생김새는 분명 백희인데 어쩐지 전혀 백희인 것 같지가 않았다. 형태와 색이 완전히 똑같은 테이블이 있는데 하나는 나무로, 다른 하나는 철로 만들어진 것처럼 이 백희와 저 백희가 전혀 다른 것이었다. 차라리 외모가 크게 변했으나 속은 전과 똑같다고 느낀다면 마음이 훨씬 편할 것 같았다. 아무 말 없이 자기를 그저 바라만 보는 내 시선이 아무렇지도 않다는 듯 백희가 말을 꺼냈다.

"있잖아."

'있잖아'는 백희의 말버릇이었다. 진지한 얘기를 할 것이라는 예고. 그런 습관은 여전하다는 사실이 다행으로 여겨졌다. 다만 말하는 분위기는 사뭇 달랐다. 입때껏 백희가 있잖아, 라고 시작했던 얘기 중 진짜 뭔가 있었던 얘기는 단 하나도 없었다. 하지만 이번에는 진짜 뭔가 있어 보였다. 백희의 눈빛 속에 뭔가가 일렁였다.

"여자를 만났어. 내가 나중에 될 여자."

백희의 말을 몇 초간 곱씹어보았다. 그 말이 이해되지 않은 건 아니었다. 내가 생각해본 건, 백희에게 지난 3년간 대체 무슨 일이 일어났을지였다. 몇 마디 말만 들어봐도 상대가 제정신인지 아닌지 알 수 있는 법이다. 나는 백희가 제정신이 아니라고 느꼈다. 백희가 그렇게 된 게 큰 충격으로 다가오지는 않았다. 언제고 그렇게 될지도 모른다고 예감했었기 때문이다. 그렇지 않고서야 살아갈 수 없을 테니까. 뭘 굳이 심각하게 따져보지 않아도 자연스레 믿기는 말이 있는데, 내게는 그런 말 중 하나가 '과거에만 매달려 사는 사람은 망령이 되고 만다'라는 말이었다.

한 가지 의아한 점이 있긴 했다. 과거에만 집착하던 백희는 왜 갑자기 미래에 관심을 두게 되었을까? 나중에 될 여자라니. 작용 -반작용의 법칙 같은 걸까. 과거에 집착하던 사람은 언젠가는 그 반작용으로 미래로 튕겨 나가는 건지도 몰랐다. 물론 백희가 실제 미래로 튕겨 나갔을 리는 없었다. 하지만 진위를 떠나 자신이 나중에 될 여자를 만났다는 백희의 말은 충분히 내 흥미를 끌었다. 그 말은 그 자체의 뜻을 뛰어넘는 또 다른 의미를 지닌 말로 들렸다. 설명할 수 없는 어떤 위험성이 도사리고 있는 말. 어쩌면 내가 백희를 전혀 다른 존재라고 느낀 건 바로 그 때문인지도 몰랐다. 내가 물었다.

"네가 나중에 될 여자를 만났다고?"

"응, 내가 나중에 될 여자."

"그럼 네가 널 본 거네?"

나는 최대한 심드렁한 표정을 지으려고 애썼다. 백희의 말을 그저 농담으로 받아넘기는 척하며 그의 기색을 살피기 위함이었다. 마냥 지어낸 이야기를 하는 사람은 상대가 별 반응을 보이지 않으면 초조해서 흥분하기 마련이다. 반면 자신이 진짜 겪은 이야기를 하는 사람은 상대의 반응에는 아랑곳하지 않는다. 이건 내가 어설프게나마 취재라는 걸 하다 보니 알게 된 사실이었다. 백희의 경우, 분명 후자였다.

한동안 내 말을 곱씹듯이 가만있던 백희가 대답했다.

"그게 과연 내가 날 본 걸까?"

백희가 말을 이었다. "있잖아."

"응."

"넌 그런 적 없어?"

"뭐가."

"나중에 네가 될 사람을 본 적 없냐고."

내가 대답이 없자 백희는 다시 있잖아, 라고 말했는데 그 말이 마치 '너도 본 적 있잖아'라는 말로 들려서 괜히 오싹해졌다.

삐이이-이익-

주전자가 물 끓는 소리를 냈다. 백희의 질문을 피해 도망치듯 안으로 들어가서 잔 두 개를 꺼내 내려놓았다. 그랬다가 잔을 다시 올려놓고 대신 서랍에서 종이컵을 꺼냈다. 거기에 녹차 티백을 넣고서 물을 가득 담아 내왔다. 녹차를 한 모금 마신 백희가 말했다.

"꿈을 많이 꿨어."

"꿈을?"

"응, 꿈을, 많이."

"그러니까 그 여자는 꿈에서 본 거구나."

꿈에서야 나중에 될 여자든 이미 죽어버린 여자든 못 볼 것도 없지, 하고 생각하고 있던 내게 백희가 고개를 저으며 말했다.

"나도 처음에는 그런 줄 알았어."

"처음에는?"

"꿈에서 본 줄 알았다고."

"꿈에서 본 게 아니야?"

백희는 또 한 번 있잖아, 라고 말했다. 이번에는 그 말이 정말로 그런 여자가 있다는 말로 들렸다. 꿈속이 아니라 현실에. 백희가 나중에 될 여자가 다른 어디도 아니고 바로 내 뒤에 있기라도 한 듯 백희는 내 어깨너머를 바라보았다. 내 뒤에는 가지런히 널린 빨래뿐인데. 뒤가 근질근질했지만 돌아보지 않았다. 대신 나도 백희의 어깨너머를 바라보았다. 때마침 비행기가 사선으로 천천히 날아오르고 있었다. 폐활량이 몹시 큰 거인이 관이 아주 긴 나팔을 공들여서 천천히 부는 듯한 소리가 공중을 가득 채웠다. 널따란 옥상을 혼자서 쓸 수 있는 집의 월세가 같은 조건의 다른 집보다 월등히 싼 이유가 저 비행기와 그것이 내뿜는 소음 때문이라면 초라한 기분이 들어야 정상이려나. 하지만 이상하게도 내게는 그 사실이 이곳에 사는 내내 위안이 되었다. 이 정도 소음쯤이야 관악기의 공명음으로 여길 만큼 내게 심적 여유가 있다는 걸 매일 수십 차례씩 비행기가 알려주고 있다고 여겼으므로.

반면 백희는 옥상에 처음 발을 들여놓았던 날부터 줄곧 이런 곳에서는 도저히 못 살 것 같다고 말했다. 그런 백희가 3년 만에 불쑥 나타나서 엉뚱한 소리를 하며 내 심적 여유에 흠집을 내더니 이제 공포심까지 불러일으키려 했다. 대화를 중단하고 그만 떠나달라고 말해야 할까. 하지만 그러지 않았다. 두려움에 깃들기 마련인 호기심 때문이었다. 어쩌면 기회일 수도 있었다. 나를 좀 써달라며 제 발로 찾아온 좋은 얘깃거리. 나는 내 뒤에 뭐가 있건 말건 백희의 이야기에 서서히 빠져들었다. 바람이 솔솔 불고 비행기가 날아오르고 빨래가 바싹바싹 말라가는 동안.

"있잖아. 어느 날부터 자꾸 강을 거슬러 올라가는 꿈을 꿨어. 올라가면서 보면 물 밑이 보여. 엎드린 채로 올라가거든. 거기에 내가 지나온 시간이 흐르고 있어. 마치 물속의 또 다른 조류인 것처럼."

백희는 조금씩 강을 거슬러 올라갔고, 그럴수록 몸은 점점 더 작아졌으며, 몸이 작아질수록 점차 행복했던 기억들이 나타났다고 했다. 그중에서도 백희가 가장 행복감을 느낀 건 아기였을 때의 기억이었다. 아기 백희가 엄마 젖을 빨고 있다. 백희는 젖을 빠는 행위가 그 순간의 전부이고, 그것이 존재 그 자체라고 느낀다. 그 같은 감각은 서서히 포만감으로 대체되었는데, 나중에는 포만감이 곧 자기 자신인 것처럼 느껴졌다.

"넌 그런 기억 없어? 엄마 젖을 빨던 기억 말이야."

아쉽게도 내 상상력은 백희만큼은 되지 않는 모양이었다. 그 말이 던져주는 아련한 느낌은 있었으나 실제 젖을 빨 때의 기분이 어떠했을지는 짐작조차 되지 않았다.

"있잖아." 백희가 내 대답을 기다리지 않고 말을 이었다.

"이상하게도 그 기억 말고 다른 기억들을 보면서는 어딘가 낯설었어. 분명 내가 겪은 일들인데도 그걸 하는 내가 나같지가 않은 거야. 마치 내가 다른 사람 인생을 보고 있는 느낌이었다고 할까?"

여운을 남기듯 잠시 말을 멈춘 백희가 천천히 녹차 한 모
금을 마셨다.

"거기서부터 시간이 다시 거꾸로 흐르기 시작했어."

자신이 아기였던 때의 기억까지 거슬러 올라갔던 백희가
제자리로 돌아오기 시작했다. 시간의 강을 거슬러 올라갈 때
와는 달리 아래로 내려오는 건 무척 빠르게 진행됐다.

"획, 하고 바람 같은 게 몸을 스쳐 지나가는 거야. 날고 있
는 기분이랄까? 현재로 다가올수록 행복했던 기억이 점점
줄어들었어. 많은 일이 스쳐 지나갔지."

나는 백희가 말한 많은 일 중 몇 가지를 어렵지 않게 떠올
릴 수 있었다. 어머니가 돌아가신 일부터 남자친구가 돈을
빌려서 달아난 일, 처음 입사한 회사에서 성희롱당하고 나서
성희롱당했으니 퇴사도 당하라는 듯이 쫓겨난 일까지. 그 사
이사이에도 백희의 행복을 조금씩 갉아먹는 자잘한 일들이
일어났고 나는 그 일들을 함께 겪었다. 함께 겪다가 지쳤다.
지칠 때면 백희가 스스로 불행을 불러오는 걸지도 모른다는
못된 생각을 하기도 했다.

내가 떠올리는 일들을 백희도 떠올리고 있는 듯 한동안
말이 없었다. 침묵을 견디기가 어려워 괜히 종이컵을 잡고
말했다.

"벌써 식었네. 물 다시 부어 올게."

백희의 컵과 내 컵을 가지고 안으로 들어가서 주전자에 물을 채우고 다시 끓였다. 이번에는 물이 끓기 전까지 밖으로 나가지 않고 기다리며 쪽창을 통해 백희를 빤히 바라보았다. 아무리 봐도 내가 알던 그 백희가 아닌 것 같았다. 만약 내가 '백희야, 너 정말 백희가 맞니?' 하고 묻는다면 백희는 뭐라고 대답할까.

컵을 들고 돌아와 자리에 앉자마자 백희가 어깨너비만큼 팔을 벌리더니 손날이 닿도록 자기 양손을 테이블 위에 가지런히 세웠다. 마주 본 백희의 양쪽 손바닥 사이에 간격이 만들어졌다. 백희는 그 상태로 끊겼던 이야기를 이어갔다.

"우리는 시간이 흐르는 거라고 생각하잖아? 물처럼 쭉 이어지는 거라고. 이렇게 말이야."

백희가 왼손을 오른손 쪽으로 부드럽게 이동시켜서 오른손과 맞닿게 했다. 그러고는 왼손을 제자리로 되돌린 후 말을 이었다.

"그런데 한번 이쪽 끝까지 갔다 오고 나니까 기존의 시간 개념이 더 이상 유효하지 않은 것처럼 느껴졌어. 시간은 그냥 순간순간 존재할 뿐 그게 쭉 이어져서 뭘 구성하는 게 아닌 거지."

백희가 이번에는 마치 도마질을 하듯 왼 손날을 바닥에 툭툭 치며 점점 오른쪽으로 이동시켰다. 두 손바닥이 다시 만났다. 백희는 왼손을 그 자리에 그대로 둔 채 이번에는 오른 손날을 바닥에 툭툭 치며 점점 오른쪽으로 보냈다. 그러다 팔이 더는 닿지 않는 곳에서 멈추었다. 이윽고 양손을 테이블 위에서 거둔 백희가 말했다.

"처음에는 미래의 내 모습이 물 밑에 그냥 보였어. 마치 과거를 보았듯이 말이야."

백희는 땅을 짚고 헤엄치듯 바닥을 더듬으며 조금씩 조금씩 미래를 향해 나아갔다고 했다. 떠내려가는 물살에 휘말리지 않게 조심하면서.

백희가 자기 미래라고 주장하는 일들을 얘기하는 동안 나는 백희의 손동작, 어깨선, 말할 때 드러나는 치아, 햇빛에 반사되는 머리카락색 등을 면밀히 관찰했다. 백희의 목소리를 주의 깊게 들으며 예전의 그 목소리가 맞는지 아닌지도 판별해보려 했다. 목소리에 예전과는 다른 어떤 떨림이 있지는 않은지, 첫음절이나 끝음절을 발음할 때의 성조가 미세하게 다르지는 않은지. 하지만 솔직히 알아내기 어려웠다. 3년은 생각보다 훨씬 긴 시간이었다. 내가 백희에 대해 기억하고 있는 것보다 잊힌 것이 더 많아 보였다. 어떨 때는 백희가 예전과 똑같은 것 같기도 하고, 또 어떨 때는 조금 달라진 것 같기도 하고, 그러다가도 완전히 다른 사람으로 보였다.

"원래 강물을 거슬러 올라가는 것보다 떠내려가는 속도가 훨씬 빠르잖아?"

백희가 내게 물었다. 나는 태연한 척 대답했다.

"그렇지."

"그런데 한순간 방심한 거야. 정신없이 떠밀려 내려갔지. 정신을 차려보니까 뒷모습이 보였어."

"뒷모습?"

"그래, 뒷모습."

백희가 아련한 표정으로 또 한 번 내 어깨너머를 바라보았다. 서서히 다가오는 미래를 마중하듯 지켜보는, 그런 눈빛이었다.

"웬 골목길로 접어들었는데 저만치 앞에서 누가 손에 까만 비닐봉지를 들고 걸어가고 있었어. 나는 직감적으로 그게 나라는 걸 알았지. 몇 년 후의 나, 내가 될 나, 내가 될 여자 말이야."

백희는 잠시 말을 멈추었다가 나를 바라보며 혼잣말하듯 물었다.

"나는 대체 몇 년이나 떠밀려 내려갔던 걸까?"

나는 어깨를 으쓱해 보였다.

"그전까지 내가 본 미래의 모습은 지금의 내 모습과 별 차이가 없었어. 길어봤자 불과 몇 달 후의 모습이었고, 또 아주 조금씩 시간 순서대로 나아갔으니까. 그래서 별생각 없이 지켜봤지. 그런데 그 여자의 뒷모습을 봤을 때는…… 분명 나인데 내가 아닌 것 같은 거야. 과거의 나를 봤을 때처럼 말이야. 한 가지 다른 건, 그 여자를 보면서는 알 수 없는 공포 같은 게 느껴졌다는 점이야."

백희는 잠시 말을 멈추고 녹차를 한 모금 마셨다. 나도 따라 마셨다. 따뜻한 녹차가 긴장을 다소 풀어주었다. 내가 긴장하고 있었다는 걸 그 순간 깨달았다.

"두렵다고 느끼면서도 여자를 따라갔어. 확인하고 싶었거든. 그 여자가 정말 내가 맞는지, 시간이 흐르고 나면 내가 정말로 그 여자가 되는 건지를. 하지만 아무리 쫓아가도 따라잡을 수가 없었어. 꼭 여자가 내가 따라오는 걸 눈치채고 도망치는 것 같았어. 그러다 어느 순간 갑자기 방향을 틀어서 골목 안쪽으로 사라졌지."

처음 여자의 뒷모습을 본 날 이후 백희는 매일 같은 시간, 같은 장소에서 그녀를 보았다. 여자의 손에는 예의 까만 비닐봉지가 들려 있었고, 백희는 본능적으로 그녀를 쫓아갔다. 그러면서 여자를 따라잡기 전까지 끊임없이 이 광경이 반복될 것이라고 느꼈는데 실제로 그렇게 됐다. 백희는 매일 밤 끈질기게 여자의 뒷모습을 쫓아갔고, 매번 여자를 놓쳤으며, 그러는 동안 점점 여자의 뒷모습에 익숙해져갔다.

"골목길이라는 게 다 비슷비슷하게 생겼잖아? 그래서 도무지 어딘지 알 수가 없어. 어딘지 알 수만 있다면 가보고 싶은데. 거기 가면 그 여자가 있을 것 같거든. 하지만 아무래도 없을 테지? 내가 그 여자가 되어야지만 그 여자가 거기 있을 수 있을 테니까?"

"글쎄. 아무래도 그렇지 않을까?"

나는 대수롭지 않게 대답하며 백희를 바라보았다. 과거를 거슬러 올라갔다는 얘기까지야 그럴 수도 있겠구나 하고 들었다. 누구든 머릿속으로 기억을 더듬어 올라가다 보면 그렇게 느낄 수 있을 법하니까. 하지만 미래를 보았다는 건 아무리 좋게 생각해도 망상이었다.

"있잖아." 백희가 물었다.

"넌 내가 왜 그 여자를 따라잡으려 했다고 생각해?"

"확인하고 싶어서라며? 그 여자가 정말로 너인지 아닌지."

"맞아. 그리고 덧붙이자면, 이렇게 생각했기 때문이야. 그 여자를 따라잡으면 그 여자와 내가 하나가 되고, 그러면 더 이상 두려움에 떨지 않아도 된다고. 우리 둘은 원래 하나니까. 하나여야만 하니까. 그런데 아니었어."

"아니었다고?"

"응. 여자를 따라잡는다고 해서 우리 둘이 하나가 되는 게 아니었어."

"그럼?"

백희가 여느 날처럼 여자를 뒤쫓고 있을 때였다. 원래라면 다른 골목길로 접어들어야 할 시점에 여자가 갑자기 멈춰 섰다. 그러더니 갑자기 뒤를 돌아보려 했다. 백희는 그녀와 눈이 마주치기 직전에 가까스로 몸을 숨겼다. 그 순간 깨달았다. 그 여자와 자신은 서로 다른 존재라는 걸. 그것은 본능적인 감각이었다.

"시간이 연속적으로 흐른다고 믿고 살 때는 나는 당연히 하나고, 그 하나의 내가 하나의 시간을 사는 거라고 생각했어. 그런데 갑자기 앞으로 훌쩍 떠밀려 내려가서 그 여자를 보고 나니까 그게 아닌 거야. 그냥 매 순간순간의 내가 있을 뿐이지 그걸 통틀어서 나라고 할 만한 건 없을지도 모른다는 생각이 들었어."

백희가 여기까지 말하고는 녹차를 한 모금 마셨다. 나도 백희를 따라서 녹차를 마셨고, 백희가 컵을 내려놓을 때 같이 내려놓았다. 그 순간 몇 달 전 취재했던 한 남자가 떠올랐다. 집 근처 마트에서 배달 일을 하는 남자였다. 사람들이 그에 대해 수군대는 소리를 듣고서 흥미가 생겨 몇 가지 물어본다는 것이 그만 취재하는 형식이 돼버렸다.

사람들은 그가 '1년마다 한 번씩 전혀 다른 사람으로 둔갑한다고 믿는 사람'이라고 말했다. 남자가 매년 1월 1일에 자신이 그동안 살던 곳과는 전혀 다른 곳으로 가서 이제껏 단 한 번도 해본 적 없는 일을 하며 산다는 것이었다. 취재해보니 그 말은 사실이었다. 그는 해마다 사는 곳과 하는 일을 바꾸며 살아왔는데 그게 벌써 5년째였다. 그는 자신감에 찬 목소리로 말했다. 적혈구는 2주마다, 지방세포는 3주마다, 후각세포는 4주마다, 피부는 5주마다, 그리고 뇌를 덮고 있는 머리뼈는 3개월마다 새롭게 교체되는데, 그런 식으로 자기 몸의 98퍼센트가 해마다 완전히 새것으로 바뀐다고. 즉, 자신은 매년 생물학적으로 이전과는 완전히 다른 사람이 되므로 그에 맞추어서 주변 환경도 새롭게 바뀌야만 한다는 것이었다.

하루살이도 아니고 1년살이라니, 하고 생각하며 남자에게 물었다. 정신은 그대로인데 육체가 바뀌었다고 해서 정말 다른 사람이 된 것일까요? 그러자 남자는 정신이라는 건 스위치를 '딸깍' 끄기만 하면 아무것도 아닌 거라고 대답했다. 나는 남자에게 '매년 1월 1일에 정신을 딸깍, 껐다가 다시 켠다는 말인가요?' 하고 묻고 싶은 걸 꾹 참았다. 그 이상 파고들었다가는 남자가 나를 '자기를 이해해주는 사람'이라고 생각할 것 같았고, 그러면 피곤해질 게 뻔했다.

"있잖아." 백희가 다시 말을 꺼냈다.

"넌 내가 예전의 나랑 같은 사람이라고 생각해?"

등골이 서늘하다는 기분을 느껴본 적이 언제였더라. 등골이 서늘하기 때문에 등줄기를 타고 흐르는 땀이 식은땀이 되는 걸까. 그런 생각을 하며 대꾸 없이 앉아 있었다. 백희의 시선을 피하면서. 그럴수록 백희는 나를 더욱더 빤히 바라보았다. 마지못해 대답했다.

"당연히 같은 사람이지."

"그럼 3년 후의 나는? 지금의 내가 3년 후의 나랑 같은 사람일까?"

"조금 달라지긴 하겠지. 하지만 그렇다고 해서 네가 아닌 건 아니지."

"정말?"

"정말."

백희는 다짐을 받듯이 한 번 더 정말이냐고 물었고, 나는 그렇다고 대답했다.

"다행이다."

백희는 그렇게 말하고 나서 아무런 말이 없었다. 결국 내 쪽에서 호기심을 참지 못하고 물었다.

"그래서 어떻게 됐어?"

"응?"

"그 여자 말이야. 만났어?"

"만나면 안 돼."

"왜?"

"내가 사라질지도 몰라."

"뭐?"

"내가 사라질지도 모른다고."

들어보니 백희는 그 여자가 자신을 알아보면 자신이 이 세상에서 사라질지도 모른다는 두려움에 떨고 있었다. 여자 가 백희의 존재를 알아차린 순간 백희는 사라지고 여자만 남 는다는 소리였다. 거기까지 듣고 나자 백희가 도플갱어 이야 기를 자기만의 버전으로 각색한 것이라는 생각이 들었다. 나는 대체 왜 그런 생각을 하는 거냐고 정신과 상담의처럼 무심한 목소리로 물었다. 그러자 백희는 엉뚱한 소리를 했다.

"있잖아. 만약 과거의 나도 내가 아니고, 미래의 나도 내가 아니라면, 지금의 나는 뭘까?"

그 말을 듣자 머릿속에 수명이 다 돼 깜박이는 형광등이 떠올랐다. 깜박깜박. 꼭 그것처럼 백희가 내 눈앞에서 조용히 명멸하고 있는 것 같았다. 어쩌면 백희는 굉장히 특이한 방식으로 자기 존재를 부정하고 있는 것인지도 몰랐다. 자기 미래가 지금보다 훨씬 더 불행해질까봐 두려워하면서. 3년 전에는 과거에 사로잡혀 있던 백희가 이제는 미래에 사로잡혀버린 것이다. 자기가 지어낸 불행의 미래와 그 뒷모습에.

어느새 해가 서쪽으로 기울어 있었다. 바싹 마른 빨래들이 바람에 무력하게 흔들거렸다. 백희가 녹차를 마시려 종이컵을 들었다. 그새 녹차가 바닥이 난 모양인지 종이컵을 입에 대고 최대한 기울였다. 티백에 맺혀 있다가 흘러나오는 몇 방울까지 모조리 마시려는 듯 백희는 얼마간 그 상태로 있었다. 바닥난 녹차처럼 백희의 얘기도 슬슬 결말을 향해 가고 있음을 느꼈다. 종이컵을 테이블 위에 조용히 내려놓은 백희가 말했다.

"바로 어제야."

나는 대꾸하지 않고 백희가 내려놓은 종이컵만을 바라보았다.

"그 여자가 멈춰 서서 뒤를 돌아보려고 한 거. 바로 어젯밤이었어."

백희의 시선은 다시금 내 어깨너머로 향했다.

"이제부터는 그 여자가 매번 뒤를 돌아보려 할 테지? 나는 계속 숨으려 할 거고. 하지만 내가 아무리 잽싸게 숨어도 언젠가는 그 여자가 나보다 더 빨리 돌아보는 순간이 올 거야. 그럴 거라는 걸 알아. 그러면 그 여자가 나를 알아볼 거고, 그럼 나는 사라지겠지."

나는 머릿속에 백희와 그 여자가 서로 마주 보는 광경을 그려보았다. 그러고는 말했다.

"그 여자가 사라질 수도 있잖아?"

"뭐?"

"꼭 네가 사라지라는 법은 없잖아? 나라면 조금 더 젊은 네가 살아남는 쪽에 걸겠어."

백희가 처음으로 웃었다. 하지만 웃음은 금세 멈추었고 다시 진지한 표정으로 돌아와 말했다.

"벌써 1년이야."

"뭐?"

"그 여자 뒷모습을 쫓아다닌 지 벌써 1년째라고. 여자가 뒤를 돌아보려고 한 건 어제가 처음이었지만. 그래서 더 두려워."

백희가 말한 1년 전은 내가 직장을 그만둔 때이기도 했다.

그게 벌써 1년이나 지났다니. 그동안 내 몸도 그 1년살이 남자의 말처럼 완전히 새것으로 바뀌었을까, 하고 생각하니 이상한 기분이 들었다. 나도 내가 모르는 새 내 정신을 '딸깍' 껐다가 다시 켠 건 아닐까.

"있잖아." 백희가 말했다.

"그것 좀 돌려줄래?"

백희는 갑자기 자신이 3년 전에 두고 간 물건 얘기를 했다. 그 말을 듣는 순간 백희가 나를 찾아온 이유가 그것을 돌려받기 위함이라는 걸 직감했다. 그건 유리구슬이었다. 어느 날엔가 백희가 유리구슬을 한 무더기 주워 왔다. 길바닥에 어지러이 흩어져 있는 걸 하나하나 주워 티셔츠 앞자락에 받쳐 들고서. 내가 대체 뭐 하려고 주워 온 거냐고 물었을 때 백희는 "유리구슬이 햇빛에 반짝이는 게 너무 예뻐서"라고 대답했다. 백희가 무언가를 예쁘다고 말한 건 실로 오랜만이어서 나는 유리구슬을 유리병에 담아 창가에 놓아두었다. 비행기가 날아오를 때면 유리병에 담긴 유리구슬들은 저희끼리 몸을 부딪치며 진동했고, 그럴 때면 햇빛이 다양한 색으로 산란했다. 백희는 비행기 소음은 끔찍이 싫어했지만 비행기 때문에 유리구슬들이 빛을 발하는 그 순간만큼은 무척 좋아했었다.

백희가 떠난 뒤에도 유리병은 1년쯤 창가에 그대로 놓여 있었다. 그러던 어느 날 대청소를 하던 중 실수로 유리병을 쳐서 떨어뜨리고 말았다. 유리병이 산산조각 나며 안에 담겨 있던 유리구슬들이 사방으로 쏟아지던 광경이 머릿속에 떠올랐다. 백희가 떨리는 목소리로 물었다.

"버린 건 아니지?"

버리지는 않았다. 솔직히 유리병이 깨진 순간에는 유리구슬들을 유리 조각과 함께 쓸어 담아 버리려 했다. 하지만 넋 놓고 앉아 유리구슬을 바라보던 백희의 모습이 떠올라서 차마 그러지 못했다. 쪼그리고 앉아 유리구슬에 붙은 유리 조각을 일일이 닦아냈다. 다 닦아내고 보니 집 안에 더는 빈 유리병이 없었다. 그래서 어딘가에 임시방편으로 넣어두었던 것 같은데…….그게 어디였더라?

내가 안에 들어가서 한참이 지나도 나오지 않자 백희가 따라 들어왔다. 방을 아무리 뒤져도 유리구슬이 나오지 않자 주방을 뒤지고 있던 참이었다. 백희도 나를 도와 유리구슬을 찾기 시작했다. 그게 과거의 백희가 지금의 백희와 같은 존재라는 걸 확인시켜줄 유일한 도구라도 되는 것처럼 우리 둘은 필사적으로 온 집을 샅샅이 뒤졌다.

"찾았다."

백희가 외쳤다. 주방 찬장 한쪽 구석에서였다. 검은 비닐봉지 안에 유리구슬이 담겨 있었다. 마땅히 담을 데가 없어서 손에 집히는 아무 비닐봉지에나 담아서 찬장에 넣어두었던 기억이 그제야 떠올랐다.

"다행이다."

얼떨결에 입에서 그런 말이 흘러나왔다. 백희가 옆에서 동의하듯 고개를 끄덕이며 비닐봉지 안을 잠자코 들여다보았다. 유리구슬 하나하나를 확인하기라도 하는 것 같았다. 그러다 성에 차지 않는지 창가로 가서 비닐봉지를 바깥으로 뒤집고선 저물어가는 햇살에 비춰보았다. 유리구슬에 부딪치며 색색으로 산란한 빛이 백희의 얼굴에 드리웠다. 그 순간만큼은 내 눈앞의 백희가 예전의 백희가 맞다는 확신이 들었다.

유리구슬을 찾은 건 다행이었으나 하필 비닐봉지라는 게 마음에 걸렸다.

"줘봐. 다른 데 담아줄게."

"괜찮아."

괜찮지 않았다. 하지만 마땅히 담아줄 데가 없었다. 평소에 잘 모아두던 종이가방도 오늘따라 보이지 않았다. 내가 열심히 종이가방을 찾아 헤매고 있을 때 백희는 조용히 옥상으로 나갔다.

"있잖아." 비닐봉지를 한 손에 들고 선 백희가 말했다.

"내가 혹시라도 사라지면 내 얘기를 써줄래?"

나는 놀라서 아무 말 없이 백희를 쳐다보고만 있었다.

"지금 여기, 바로 이 순간의 나를 말이야. 지금 이 순간에 내가 존재했다는 걸 증명할 수 있게."

"무슨 소리야. 사라지긴 어딜 사라진다고. 그리고 내가 그런 걸 어떻게 써."

"네가 그랬잖아. 작가가 되고 싶다고."

"내가 그랬다고?"

"응."

정말 그랬었나? 모르겠다. 가만 생각해보니 그런 말을 했던 것 같기도 하고 아닌 것 같기도 하고. 긴 나팔음과 함께 백희의 어깨너머로 비행기 한 대가 사선으로 날아올랐다. 비행기 소리가 희미해져가는 동안 백희는 가만히 내 눈을 들여다보았다. 내가 자신이 예전에 알던 내가 맞는지 확인하기라도 하듯이. 이윽고 비행기가 시야에서 사라지고 소리도 사라졌을 때 백희가 말했다.

"써줄 거지?"

"이상한 소리 그만하고 나가자. 저녁 사줄게."

"아니야. 약속이 있어."

"무슨 약속?"

백희는 우리 둘이 함께 아는 선배의 이름을 댔다. 이상하게 보일 거라는 걸 알면서도 선배에게 전화를 걸어 백희와 만날 약속을 했는지 물었다. 사실이었다. 우리는 서로 바뀐 번호를 주고받은 뒤 옥상 철문 앞에 서서 작별 인사를 나누었다. 밖까지 배웅 나가겠다는 걸 백희가 괜찮다며 극구 말렸다. 백희가 돌아서려다 말고 말했다.

"네 이야기도 써. 내 얘기만 쓰지 말고."

"뭐?"

"너도 언젠가는 나처럼 의심하게 될지도 모르잖아?"

"됐어. 다음에 밥이나 같이 먹자."

"그래, 그러자."

그 말을 끝으로 백희는 계단을 걸어 내려갔다. 나는 옥상 난간에 붙어 서서 백희가 1층 유리문밖으로 나오는 걸 지켜보았다. 문밖으로 나온 백희가 내 쪽을 돌아보더니 손에 든 비닐봉지를 들어 올려 보였다. 그건 분명 그간 잘 간직해줘서 고맙다는 뜻일 것이었다. 하지만 한편으로는 자기 존재를 증명하는 수신호처럼 보였다. 나는 얼떨결에 그것을 향해 손을 흔들어주었다.

백희는 우리 집으로 이어진 골목길을 천천히 걸어 나갔다. 그러다가 갈림길 앞에서 멈춰 섰다. 백희가 내 쪽을 돌아보았을 때 나는 큰 몸짓으로 오른쪽이라고 알려주었다. 백희가 내 동작을 알아보았는지는 잘 모르겠다. 아무튼 백희는 오른쪽으로 꺾었고, 시야에서 사라졌다.

어느새 석양이 내려앉았다. 백희가 앉았던 자리로 돌아와 앉았다. 테이블 다리 근처, 바닥이 움푹 팬 곳에 어제 내린 빗물이 여태 고여 있는 게 보였다. 거기 비친 붉은 빛이 완전히 사라질 때까지 가만히 지켜보았다.

집 안으로 들어가니 눈앞이 컴컴했다. 한동안 어둠 속에 조용히 서 있다가 전등 스위치를 '딸깍' 켰다. 곧장 책장에 꽂힌 일기장이 눈에 들어왔다. 일기장을 꺼내 들고 펼쳤다. 거기 어제의 내가 적혀 있었다.

제인에게

제인. 믿을지 모르겠지만 이곳에 진정한 히피는 없어. 전부 히피 흉내만 내고 있을 뿐. 나는 그게 비겁하다고 느껴. 처음엔 화가 났어. 왜 저러는 걸까. 모든 가짜를 피해 이곳까지 왔는데 자유를 흉내 내는 가짜들을 보고 있자니 한숨이 나왔어. 그나마 다행인 건 이곳에선 한숨을 내쉬어도 김이 서리지 않는다는 점이야.

　제인, 기억해? 네가 한숨을 쉴 때마다 눈앞이 하얀 김으로 가려졌던 걸. 그 사이로 너는 꿈처럼 얼굴을 드러냈지. 꿈. 이제는 의미가 퇴색된 단어를 나는 꿈처럼 기억해. 그 순간을 영원히 잊지 못할 거야. 너도 기억하지? 너무 밝아서 커튼을 쳐야 했던 날들을.

　기억하지 못해도 좋아. 그건 그것대로 또 다른 꿈이 될 테니까. 내가 늘 그랬지. 사라지는 모든 것들이 담기는 커다란 꿈 항아리가 있다고. 그 항아리에 담긴 꿈의 맛을 보려면 우리 모두 노력해야 한다고. 그중 가장 중요한 건 바로 자유라고 말했지. 너는 동의하지 않았어. 자유는 사랑을 망칠 뿐이라며. 아직도 그 두 가지가 양립할 수 없다고 생각하니? 나는 이제 아무것도 모르겠어. 그 둘을 마을 입구에 장승처럼 세워두고 지나가는 사람마다 붙잡고 묻고 싶어. 어느 것이 더 마음에 드십니까? 둘이 어울려 보입니까? 하나를 다른 곳으로 옮길까요?

어제는 오랜만에 술을 잔뜩 마셨어. 걱정하지 마. 취하진 않았으니까. 내가 술을 마시고 빠져드는 건 잠과 음악, 그리고 네 목소리밖에 없어. 네가 무슨 말을 하든 내 귀는 마법으로 그 소리를 새의 노래로 바꿔버리지. 그렇게 우는 새는 이 세상에 오직 너뿐이야. 그래서 입버릇처럼 슬프다고 말하곤 했지. 너를 잃으면 한 종의 새가 멸종하는 거라고 말하며 너를 괴롭혔어. 알아. 너 말고 다른 친구도 사귀었어야 해. 있던 친구들이 모두 떠나기 전에 한 명이라도 붙잡았어야 했어. 하지만 그럴 수가 없다는 걸 알잖아. 너를 뺀 다른 이들은 전부 가짜야. 가짜와 친구가 되라고 말한다면 나는 싸우듯 물어야만 해.

당신은 진짜입니까?

제인에게

이곳에는 정말, 말도 안 되게 히피들이 많아. 거리에 긴 머리가 넘실대는 걸 보고 있으면 짜증이 나. P월드에서 막 빠져나온 이들이 가장 히피 흉내를 많이 내. 트레인에서 내리자마자 치렁치렁한 머리를 흩날리며 자유의 향기를 맡겠다는 듯 숨을 깊게 들이쉬는 이들을 보고 있으면 어쩌다 장발이 히피의 상징이 된 건지 궁금해져. 이 모든 게 너무 오래된 일인 것 같아. 이곳에 온 지 고작 한 달이 지났을 뿐인데.

　네가 여기 있으면 좋겠다. 둘의 기억을 퍼즐처럼 맞추기 위해서가 아니라 더 잘 잊기 위해서 많은 얘기를 해볼 수 있을 텐데. 이상해. 왜 이렇게 조급한 걸까. 혼자 이러고 있으니 도태되는 기분이야. 과거의 기억은 지금 내 기억에 어떤 영향을 미치는 걸까. 그 둘을 뗄 수 없다면 앞으로 새로 생길 기억은 대체 어디까지 그 근원을 거슬러 올라가야만 할지 까마득하고 두려워.

　제인, 네가 불러주었던 노래를 기억하니? 네가 술김에 멜로디를 흥얼거릴 때 내가 거기 가사를 붙였잖아. 네가 그걸 조금 수정했고. 너는 그 노래를 혁명처럼 불렀어. 모든 혁명에는 노래가 필요하다면서. 그날 우리 둘이 함께 쓴 가사는 아직도 내 메모장에 그대로 있어. 단 한 글자도 고치지 않았지. 파일의 최근 수정 날짜는 우리가 그 가사를 쓴 그날 밤에서 단 1초도 흐르지 않았어.

가사를 그대로 남겨둔 채 우리는 그동안 얼마나 휩쓸려 내려온 걸까. 어제 한 장기 체류자가 내게 물었어. 당신은 혁명을 할 수 있습니까? 나는 그럴 수 있다고 대답했지. 그러자 그가 그러더라. 당신은 할 수 없습니다. 할 수 있다는 믿음으로 혁명을 할 수 있는 시대는 지났으니까요. 그가 진지한 말투로 뻔한 말을 했어.

―단어를 바꾸어야 합니다. 혁명이 아니라 탈출로.

나는 그에게 탈출할 용기가 있기나 한지 물었어. P월드에서 이곳으로 온 건 탈출이 아니라고 얼른 덧붙였지. M월드로 들어가는 건 또 다른 문제이니 이 역시 제외하자고 했어. 그는 잠자코 나를 쳐다보더니 자기 할 말을 했어.

―구시대의 낭만적 혁명을 원하는 것이라면 한 가지 방법이 남아 있긴 합니다.

―그게 뭐죠?

내가 마지못해 물으니 술을 한잔 사라고 하더라. 그럴 수는 없다고 하니까 그가 말했어.

―나한테 사라는 게 아니라 스스로 한잔 사라는 말입니다. 그게 혁명을 할 수 있는 유일한 방법이니까요.

그래. 나는 아직 가시지 않은 숙취의 이유를 아주 길게 설명하고 있어. 세상에서 가장 짧은 단어를 가장 긴 이야기로 바꾸고 싶은 욕망에 시달려. 이곳에 도착했을 때부터 쭉 그래왔지. 이야기를 멈추면 내 세상도 멈추리라는 공포가 그 욕망의 출발선에 웅크리고 있어.

하나, 둘, 셋, 땅!

출발 신호가 울리면 트랙 위를 달려. 길이가 얼마나 되는 트랙인지 몰라. 어떻게 생겼는지도. 단 한 가지 내가 아는 건, 주기적으로 출발선을 지난다는 것뿐. 내 삶은 폐곡선 위를 달리고 있어. 한번 시작하면 끝낼 수 없는 이야기와 함께.

제인, 그러니 계속 들어주겠니?

어제 새벽에 인 투 더 문에서 폭탄이 터졌어. 히피들이 자주 가는 술집이야. 다행히 아무도 죽진 않았어. 손목이 잘린 사람이 있기는 해. 그가 그 폭탄을 집어 들었거든. 터지기 전에 술집 밖으로 던지려고 한 거야. 하지만 던지려는 순간 깨달았지. 밖에도 사람이 많다는 걸. 망설이다가 손에서 폭탄이 펑!

내 마음이 이토록 슬픈 건 그가 히피가 아니었다는 사실 때문이야. 그는 진짜였어. 목숨이 왔다 갔다 하는 순간에 생명의 경중을 두고 망설였다는 게 진짜라는 증거가 아니면 뭘까. 술집에는 다섯 명의 히피와 한 명의 종업원이 있었대. 길거리는 집으로 돌아가는 이들이 삼삼오오 짝을 지어 걷고 있었고.

그의 병문안을 가려고 아침 일찍 일어났어. 아껴두었던 코인 2개를 챙겼지. 하나는 손목 치료 비용으로, 다른 하나는 선물로 줄 생각이야. 그것을 빌미로 계속 이 마을에 살아달라고 부탁할 작정이거든. 너무한 걸까, 코인으로 그를 붙들어두려고 하는 게? 그렇지만 그가 마을을 떠날까봐 두려워. 소문을 들었는데 글쎄 그가 도망자라는 거야. 믿을 수 없겠지. 나도 소문을 다 믿는 건 아냐. 하지만 제인, 적어도 나는 믿을 수밖에 없어. 그가 바로 내가 그토록 찾아 헤매던 사람일지도 모르니까.

그가 마을을 떠나지 않도록 붙잡아야 해. 네가 아닌 다른 누군가를 위해 코인을 쓰는 걸 이해해주길 바라. 다녀와서 알려줄게.

그는 과연 어떤 사람일까?

시침 위를 걷는 기분이야. 다음엔 분침으로 넘어가겠지. 분침도 끝이 나면 초침으로 넘어갈 거야. 그러고 나면 한순간도 불안하지 않은 날이 없겠지. 왜 세계는 초에서 분으로, 분에서 시로 흐르는 걸까. 시간을 거스르고 있다는 생각에 두려워. 너는 시계時界와 세계가 같은 계界를 공유한다고 했지. 시간과 공간은 시공간 복합체라는 말을 그런 식으로 들으니 새롭게 느껴졌어.

사실 너는 전혀 다른 뜻으로 그런 말을 한 것인지도 모른다는 생각이 어젯밤 잠들기 전에 들었어. 이런 말을 하고 싶었던 게 아닐까. 네가 공간을 맡을 테니 나는 시간을 맡으라고. 그것이 서로 다른 우리가 하나가 될 유일한 방법이라고.

제인, 그래서 지금 네가 사는 세상은 어떠니? 내 시침과 분침, 그리고 초침을 어디에 맞추어야 네 공간으로 갈 수 있을까?

그 남자는 아마 그 방법을 알 거야.

그렇게 믿는 수밖에 없어.

이 세상에 아름다운 꿈 같은 건 없어. 꿈을 아름답게 느끼게 하는 비참한 현실이 있을 뿐이야. 미안해. 비관적인 얘기를 하려는 게 아니야. 그냥 내가 지금 좀 비관적이야. 무슨 생각을 하든 그게 바늘처럼 나를 찔러. 생각이 바늘이라면 실은 내가 하는 말일까. 나는 생각과 말로 무슨 꿈을 짜고 있는 걸까? 비관적인 생각으로 할 수 있는 말이 정해져 있다면 그 결과물도 마찬가지일까?

　제인, 너는 아니라고 하겠지. 자유는 환상에 불과하지만 선택은 그것과는 별개의 문제라고 믿으니까. 자유가 없어도 가능한 선택에 대해 너는 늘 말했지. 결국 답을 찾았고. 기억나, 네가 찾은 답? 너는 그게 사랑이라고 했잖아? 아직도 그렇게 생각해?

　그곳은 어떨까? 깜깜할까? 아니면 너무 밝아서 아무것도 보이지 않을까? 소리는? 냄새는? 우리가 함께 부르던 노래는 어떻게 지각될까? 물에 용해된 물질처럼 하나의 전체로 인식될까? 꼭 홀로그램처럼 말이야. 너는 반으로 쪼갠 사과 비유를 좋아했지. 사과의 정보가 담긴 2차원 홀로그램 무늬. 거기 빛을 쏘면 뒤쪽에 온전한 형태의 3차원 사과가 생긴다면서 내게 물었어. 무늬를 반으로 쪼개고 그 반쪽에 빛을 쏘면 어떤 사과가 생기겠느냐고. 나는 당연히 반으로 잘린 사과가 생기지 않겠느냐고 대답했어. 네 입꼬리가 슬쩍 올라갔지. 나를 놀릴 때면 늘 그랬듯이. 다만 그날은 무언가 조금 달랐어. 단지 네가 나를 놀리려고 하는 것만은 아니라는 게 느껴졌지. 분명 아주 미세한 차이였을 거야. 눈치채지 못할 만큼. 입꼬리가 평소보다 조금 더 올라갔다거나 얼굴 근육이 조금 다르게 움직였다거나. 나는 그걸 무의식적으로 눈치챘어. 흥분과 설렘, 장난기, 예감 같은 것들이 뒤섞인 네 그 표정. 네가 말을 하기도 전에 이미 나는 알았어. 내용은 알 수 없지만 그것이 어떤 형태의 말일지를. 너와 내 운명을 어떤 식으로든 바꾸어놓을 거라는 걸 직감한 거야.

그 몇 초의 순간. 그 순간의 네 표정을 다시 볼 수만 있다면. 아무리 해상도가 높은 사진으로도, 아무리 길고 장황한 묘사로도 채 다 담을 수 없는 순간. 너의 시계와 세계가 나의 시계와 세계와 완전히 일치했을 때만 가능한 그 순간을 앞으로 다시는 만날 수 없다는 생각에 괴로워. 클라우드에 가득한 네 사진과 동영상을 아무리 뒤져봐도, 심지어 그날 둘이 함께 찍은 사진을 몇 시간이고 들여다봐도 불완전해. 어쩌면 이처럼 재현 불가능한 순간을 느낄 수 있는지 없는지가 실존을 가늠할 유일한 방법이 아닐까. 둘 이상의 관계 속에서 일시에만 형성되는 감각 말이야. 누구도 실존을 스스로 증명할 순 없어. 이러한 불완전함이야말로 실존을 증명할 유일한 방법이라는 생각에 온종일 사로잡혀 있어. 너는 완전해지려고 나를 떠났지. 완전해지려고 실존을 포기했어. 물론 너는 다르게 말할 테지만. 실존하려고 불완전함을 포기한 거라고. 이제는 의미가 퇴색된 단어 목록에 실존을 추가해야겠어. 꿈바로 옆자리에 실존을 둘 거야.

아직도 네가 한 말이 선명히 기억난다. 토씨 하나 틀리지 않고, 억양까지 전부 다.

—홀로그램 무늬를 아무리 작게 잘라도, 그 낱개의 조각

에는 사과 전체의 정보가 담겨 있어. 어느 한 조각에 빛을 쏴도 그 뒤에 온전한 형태의 사과가 생긴다고!

너는 그게 이 세상이 감추고 있는 유일한 진실이라고 믿었어. 아무리 작은 것 안에도 온전한 전체가 담긴 세상에 살고 있다는 사실이 수많은 존재가 아무렇게나 내던져진 세상에서 유일한 축복이라도 된다는 듯 나를 끌어안았지.

하지만 나는 아직도 잘 모르겠어. 머리로는 이해가 되지만 마음으로는 납득이 안 돼. 네가 떠나고 나서 오랜 시간이 지난 뒤에야 문득 이런 의문이 떠올랐지.

모든 건 무한으로 가면 결국 한 값에 수렴한다. 그럼 만약 무한으로 쪼개지는 사과가 있다면, 그 사과는 어떤 형태로 수렴할까?

네게 묻고 싶다. 그러려면 먼저 내가 무한히 작은 조각으로 쪼개져야겠지.

제인, 너는 지금 전체를 품은 하나의 공간이니? 아니면 전체에 네가 균일하게 녹아 있는 거니? 내가 네 세계로 들어간다면 모든 곳에서 너를 느낄 수 있을까? 아니면 조금 더 너에 가까운, 선명한 너를 찾을 수 있는 특별한 코드 같은 게 있을까?

나는 반으로 쪼개진 너를 원하는 게 아니야. 온전한 너를 원해.

그 남자의 이름은 하노이야. 그래, 맞아. 우리가 함께 갔던 마지막 진짜 여행. 그 매캐한 공기, 북적거리는 사람들, 허름한 가게마다 풍겨 나오던 국수 삶는 냄새, 피부를 태우던 날카롭고 뜨거운 햇볕. 도시의 이름과 남자의 이름이 같다는 데서 내가 어떤 운명을 느낀 걸 유치하다고 하진 말아줘. 심지어 그 마지막 여행의 어느 길모퉁이에서 우리가 우연히 남자를 스쳐 지나가는 장면을 수도 없이 상상했어. 그 스침에서 시작된 인연이 지금 내 앞에 도래한 거라고, 절실히 도움이 필요한 순간, 무너져 내리기 직전에 당도했다고.

그는 내가 준 코인을 거절했어. 하지만 내가 병원비를 계산하는 것까진 거절하지 않았어. 병원비를 내지 않으면 당장 수용소로 끌려갈 판인데 그에겐 코인이 단 한 개도 없었거든. 이제 막 벌 참이었대. 그 가게에서 열심히 일해서, 히피들에게 술을 나르고 저질 농담에 억지로 웃어 보이면서. 팁을 가장 많이 받은 날 폭탄이 터졌다고 말하며 웃더라. 내가 따라 웃을 거라고 생각했던 모양이야. 내가 무표정으로 있자 당황한 표정을 지었어. 그가 말했지.

—고맙습니다.

나는 그제야 웃었어. 그가 내게 고맙다고 하는 게 지독한 역설로 느껴졌거든. 고마워해야 할 사람은 나였으니까. 그를 본 순간 직감했어. 그는 도망자다. 그것도 매우 노련한. 분명 몇 번은 부러졌을 코뼈와 그보다 더 많이 찢겼을 양 눈가에 어렴풋한 흔적이 보였어. 내가 누리는 자유를 가능케 한 존재가 내 앞에서 숨 쉬고 있었지. 제인, 네가 늘 말했잖아. 코인 세대에 태어난 우리는 이전 세대에 빚진 게 많다고. 우리 모두 무임승차자라고. 나는 대꾸했지. 이전 세대의 모든 이들이 아니라 아주 소수에게만 그런 감정을 느껴야 합당하다고. 너도 그 점에는 동의했어. 그러면서 말했지. 그들 중 한 명이라도 만나보고 싶다. 도망자들. 정말로 있기는 한 걸까? 나는 확신을 가지고 대답했어. 분명히 있어. 그렇지 않다면 너와 내가 이렇게 손을 잡고 서로를 느끼며 대화하고 있다는 사실이 모두 꿈이어야만 할 테니까.

꿈.

발음할수록 그립다. 꿈의 의미를 되찾을 수 있을까.

그에게 맡겨보기로 했어. 내 마지막 시간을 모두.

15년 전 5월 15일을 기억해? 우리가 하노이의 한 루프톱 카페에서 온종일 보낸 날이잖아. 그날 아침, 노이바이국제공항에 도착해서 예약해둔 숙소로 갔을 때 게스트하우스 관리인은 얼리 체크인이 되지 않는다고 선언했지. 우리가 얼리 체크인을 신청했으며 수락되었다는 메시지를 받았다고 아무리 항변해도 관리인은 방이 다 찼고 당장은 나갈 손님이 없으니 체크인은 불가하다고 말했어. 그제야 얼리 체크인 요금까지 미리 냈어야 했다는 후회가 밀려들었지.

체크인 시간은 오후 두 시였어. 우리는 6시간을 기다려야만 했지. 계획대로라면 오후 느지막이 가야 했을 카페에 우리는 첫 손님으로 입장했어. 나는 계획대로 체크인하지 못한 게 전부 내 탓이라는 생각에 마음이 불편했지. 너는 내가 그렇다는 걸 알았어. 늘 그래왔듯 나보다 먼저 내 감정을 알아챘지. 카페로 가는 내내 고민했을 거야. 어떻게 내 기분을 풀어줄까, 하고.

오래된 여인숙의 복도처럼 보이는, 도무지 카페의 입구로는 보이지 않는 긴 통로를 통과하자마자 벽면을 가득 채운 청동거울이 나타났을 때 네가 갑자기 멈춰 서서 합장한 채 "사와디카" 하고 말한 건 여전히 내 인생 최고의 장면 중 하나야. 네 엉뚱한 표정과 태국어 인사말에 나는 웃음을 터뜨렸지. 여긴 베트남이잖아, 라고 말하는 대신 나 역시 합장하고 거울을 향해, 정확히는 거울 속 너를 향해 "컵쿤캅" 하고 말했어. 여기까진 너도 잘 기억할 거라고 믿어. 여행을 끝마치고 온 뒤로도 우리는 매년 적어도 한 번씩은 그날 일에 관해 얘기하곤 했으니까.

하지만 우리가 체크인 시간을 훌쩍 넘겨 저녁 늦은 시간까지 그 카페에 머무는 동안 어떤 얘기를 나누었는지는 전혀 기억나지 않아. 기억나는 것은 그 카페의 꼭대기 층에 오르면 호안끼엠 호수가 훤히 내려다보였다는 것, 거기까지 계단을 오르는 동안 여기저기 새장이 매달려 있었다는 것, 새들이 신기할 만큼 고요했다는 것뿐. 제인, 너는 이것 말고 다른 어떤 것들을 기억하니? 혹시 너와 내가 카페의 공용 노트에 적은 글을 기억하니?

그는 너를 다시 만나고 싶은 내 간절한 마음을 이해한다고 했어. 하지만 자신은 도와줄 수 없다고 말했지. 그가 '불가능하다'라고 말한 게 아니라 도와줄 수 없다고 말했다는 점에서 나는 그 어느 때보다도 희망에 부풀어 올랐어. 일단 그와 친해지기로 했지. 날 도울 마음이 생기도록 말이야. 그래서 물었던 거야.

—하노이, 당신 이름에는 어떤 뜻이 있나요?

나는 그의 이름을 처음 들었을 때 너와 여행 갔던 도시를 떠올렸다고 털어놓았어. 그러고는 자연스레 여행 첫날의 일을 들려줬지. 사와디카와 컵쿤캅에 대해, 호안끼엠 호수가 내려다보이던 카페의 풍경에 대해. 그러자 그는 놀라며 내 이름을 물었어. 우습게도 그는 그때까지도 내 이름을 몰랐거든. 내가 병원비를 대신 내줬는데도 말이야. 내가 이름을 말해주자 그가 놀라며 물었어.

—노트에 글을 남기셨죠? 정확히는 어떤 글에 답장을 썼

을 거예요? 맞나요?

　나는 기억하지 못하는 글을 그는 정확히 기억하고 있었어. 그는 그 카페에 두 번 갔었대. 우리가 가기 5년 전에, 그리고 우리가 다녀가고 나서 5년 뒤에. 우리는 각기 다른 시간에 같은 공간에 있었던 거야. 여전히 나는 그 카페에서 우리가 무엇을 하며 시간을 보냈는지 기억나는 게 아무것도 없었어. 당연히 그 노트나 거기 우리가 적은 글에 관한 기억도 없었지. 그런데도 하노이는 확신했어. 자신과 자기 연인이 20년 전 남기고 간 글에 우리가 답장을 남겼다고. 답장 끝에 그것을 쓴 날짜가 적혔고, 그 아래로 제인, 네 이름과 하나의 이니셜이 함께 적혀 있었대. 그건 내 이름의 이니셜과 똑같았어. 글에 적힌 날짜도 우리가 갔던 바로 그날이었고.

　하노이는 어쩐지 감격에 찬 표정이었어. 나는 아무것도 기억나지 않아 혼란스러웠지. 얼른 클라우드를 열어 그날의 사진을 찾아보았어. 거울이 있던 카페 입구를 찍은 사진, 공중에 매달린 새장 사진, 우리 둘 중 누군가 마셨을 하노이 맥주가 전경에 있고 그 뒤로 호안끼엠 호수가 펼쳐진 사진, 그리고 우리 둘의 발이 함께 올려진 주홍색 의자 사진이 전부였어. 그가 말한 카페의 공용 노트, 루프톱의 한구석 테이블에 놓여 있었다는 그 낡고 두꺼운 노트는 찾아볼 수 없었지. 하지만 사진이 찍힌 날짜는 하노이가 말한 날짜와 일치했어.

　하노이는 흥분한 목소리로 자기는 그간 이곳에 지내면서

도 자신이 진짜 현실에 살고 있는 게 맞는지 의심을 떨치기 힘들었다고 말했어.

—이제야 확신이 생기네요.

그가 내 양손을 꼭 잡고서 눈빛을 빛내며 물었어.

—이런 게 진짜 아니겠어요?

제인, 혹시 내가 우리 여행의 어느 길모퉁이에서 우연히 그를 스쳐 지나가는 장면을 수도 없이 많이 상상했다고 말했던가? 아쉽게도 우린 그를 스쳐 지나간 적이 없어. 대신 그와 한 노트를 통해 연결돼 있었어.

오랜만이야, 제인. 한동안 아무것도 하지 않고 하노이가 무사히 돌아오기만을 기도하며 기다렸어. 그동안 무슨 일이 있었는지 들어볼래? 아마 믿을 수 없을 거야.

하노이는 M월드를 해킹하는 건 현실적으로 불가능하다고 말했어. 다만 해킹 비슷한 것을 하는 방법은 있다고 했지. 그가 알기로 그걸 할 수 있는 사람은 이 세상에 단 한 명뿐이었어. 우루무치. 그게 그의 코드네임이야. 하노이는 그도 자신과 같은 도망자이지만 직접 만나본 적은 없댔지. 그들은 블랙 메시지를 통해서만 서로 연락을 주고받았대. 도망자들 말이야. 낙원 침몰 사건 때도 서로 얼굴을 알고 있던 이들이 채 다섯이 되지 않았다는 말을 듣고 나서 나는 무척 놀랐어.

그때 그들이 P월드를 침몰시키지 않았다면 고치 안에 들어간 사람들은 영원히 빠져나올 수 없었을 테지. 비록 얼마 안 가 P월드는 다시 만들어졌지만 사건을 계기로 몇몇 이들은 P월드가 낙원이 아닐 수도 있다는 걸 깨달았고. 너와 나처럼. 정부가 사람들의 불안을 잠재우려 이곳, 자유지대를 만들었을 때 우리가 망설이지 않고 트레인에 올라탔던 걸 기억하니? 무시무시한 추위를 견뎌낸 끝에 드디어 도착했던 그날, 우리는 희망에 가득 찼어. 때마침 내린 스콜이 우리 미래를 축복하는 듯했지. 이제는 잘 모르겠어. 사람들이 원할 때 접속을 끊고 P월드에서 나와 다시 현실에서 살아갈 권리를 획득한 게 정말로 축복인지 아니면 또 다른 족쇄인지. 입장권을 사려면 P월드에서 열심히 코인을 벌어야 하고, 왔다고 해도 머물 수 있는 시간이 제한되니까. 오히려 사람들은 전보다 더 코인 벌이에 열중인 것 같아. 그렇다고 도망자들이 한 일을 평가절하하는 건 아니야. 낙원 침몰 사건은 분명 우리 시대 마지막 혁명이자 전설이니까. 제인, 여기까지는 너도 잘 아는 이야기일 거야.

하지만 우리가 알고 있는 네 개의 자유지대 말고 소수의 특권층만 입장할 수 있는 비밀 자유지대가 또 하나 있다는 건 모를 테지. 그곳은 다른 자유지대보다 훨씬 더 넓고 훨씬 더 높은 돔으로 덮였으며 사계절이 완벽하게 구현된대.

나와 하노이가 있는 이곳은 영원히 여름일 거야. 대기 시스템이 오류를 일으키지 않는 한 뙤약볕과 스콜은 사라지지 않을 테지. 봄이나 가을, 혹은 겨울을 맛보려면 다시 P월드로 들어가 코인을 긁어모으고, 그것으로 다른 계절의 입장권을 사야 해. 그러니 가만히 있어도 계절이 변하는 그 비밀 자유지대야말로 진정한 낙원이라고 할 수 있어. 그곳에 들어갈 자격을 가진 이들끼리는 그곳을 R월드라고 부른대. Real 월드 말이야. 우습지 않아? 인류가 현실을 버리고 가상으로 들어가도록 하는 데 가장 큰 공적을 세운 이들이 '진짜'란 이름을 붙인 공간에서 희희낙락하고 있다는 사실이.

바로 거기 우루무치가 있어. 다른 도망자들은 그를 변절자라고 부르지만 하노이 자신은 그렇게 생각하지 않는다고 말했어. 우리는 정부가 낙원 침몰 사건을 일으킨 도망자들을 모두 잡아서 속박 캡슐에 넣은 것으로 알고 있지만 사실은 그렇지 않대. 정부는 도망자들 중 고작 둘을 잡았을 뿐이고, 뉴스에 대대적으로 보도되었던 도망자들의 대표도 가짜라는 거야. 정부는 그렇게 사람들의 눈을 속이고 뒤로는 진짜 대표와 협상을 시작했어. 정부가 도망자들을 잡는 데 난항을 겪고 있지만 시간이 지나면 결국엔 꼬리가 잡힐 것을 정부도 알고 그도 알고 있었지.

정부는 이번 일은 죄를 묻지 않고 눈감아주겠다고 말했어. 대신 도망자들 전원의 신분과 거주지를 밝히고 태그를 붙일 것을 요구했대. 도망자들이 도망자인 이유는 태그가 없기 때문인데 그것을 붙이라고 하니 대표가 순순히 응할 리 없었지. 그때 정부가 쉬이 거부하지 못할 제안을 했어. 태그만 붙이면 영원한 자유를 주겠다고. 정부는 그들이 태그를 붙이기만 한다면 P월드에 들어가서 노동할 의무를 영원히 면제해 줄 것이며, 들어가더라도 원할 때 언제든 현실로 돌아올 권리도 주겠다고 말했어. 그 제안에는 비밀 자유지대, 즉 R월드의 입장권도 포함돼 있었지.

도망자들의 대표는 도망자 개개인에게 선택을 맡기고선 그날부로 모임을 해체했대. 몇 명이나 정부의 제안을 받아들였을 거 같아? 전부. 그들 모두 정부의 제안을 받아들였어. 바꿔 말하면 이제 이 세상에 진정한 도망자는 아무도 없다는 뜻이야. 하노이가 자조 섞인 웃음을 지으며 말했어.

—우린 모두 평등해요. 태그가 달려 있단 점에서.

그러고는 덧붙였지. 도망자들이 비록 정부의 제안을 수락하긴 했으나 R월드로 간 이는 한 명도 없다고. 그것은 그들의 마지막 자존심이자 양심이었다고. 그런데 최근 우루무치가 그곳에 갔다는 소문이 퍼졌대. 그들은 그를 변절자로 낙인찍었고. 하지만 하노이는 낙인찍기에 반대했어.

—정부의 제안을 수락한 시점에서 우린 이미 모두 변절자였어요. 변절에도 급이란 게 있을까요? 저는 오히려 우루무치가 우리 중 가장 용감하다고 생각합니다.

우루무치는 R월드로 들어간 뒤로 모두와 연락을 끊었대. R월드의 네트워크는 애초에 다른 자유지대의 네트워크와 주파수도, 서버도 다르고 안에서 밖으로만 데이터가 나갈 수 있도록 방화벽이 구축돼 있어. 우리가 그에게 메시지를 보내는 건 원천적으로 불가능하단 소리야. 우루무치에게 메시지를 보낼 유일한 방법은 오직 그를 찾아가는 것뿐. 하노이는 자신이 받았던 R월드 입장권이 아직 유효한지 알 수 없다고 말했어. 부딪쳐보는 수밖에 없었지.

그는 기꺼이 R월드로 가겠다고 했지만 나는 그를 떠나보내기가 두려웠어. R월드는 다른 자유지대와 동떨어진 먼 곳에 있으니까. 거기까지 트레인을 타고 가는 동안 그가 겪을 무시무시한 추위를 떠올리자 내 몸이 벌써 떨리는 기분이었어. 나 때문에 그가 그런 고통을 겪는 게 내키지 않았지. 그는 대수롭지 않게 말했어. 추위를 견디는 일에는 이골이 났다고. 자기들이 정부의 감시를 피해서 어떻게 살아남을 수 있었겠느냐고 묻더라. 나는 가책을 조금이라도 덜어보고자 난방이 되는 특등칸을 알아봤어. 하지만 내게 남은 코인을 다 털어도 티켓 값이 모자랐지.

그가 떠나던 날, 그를 끝까지 걱정하는 내게 그가 물었어.

—대체 제인에게 어떤 말을 하고 싶은 건가요?

이미 자신이 우루무치를 만났으며 M월드를 해킹하겠다는 약속 또한 받아낸 듯한 말투였어. 이런 낙관과 자신감이

야말로 도망자들을 움직이던 원동력이었을까. 나는 헛웃음
을 지으며 대답했어.

　—아직 결정하지 못했어요.

　하노이는 빙그레 웃더니 자신이 다녀올 동안 잘 생각해두
란 말을 남기고서 떠났어.

　그리고 드디어 오늘, 그가 돌아왔어. M월드로 메시지를
보낼 방법을 들고서.

　제인, 바로 네가 있는 세계로 말이야.

　하노이와 함께 폭포에 다녀왔어. 그가 머리를 식히는 데
폭포를 보는 것만큼 좋은 일도 없다며 나를 설득했거든. 나
는 폭포에 가본 적이 단 한 번도 없었어. 가볼 생각을 아예
하지 않았지. 폭포는 이 자유지대가 자랑으로 내세우는 곳이
라서 언제나 사람들로 붐비니까. 하노이 말로는 다른 계절의
자유지대에는 폭포가 없대. 오로지 폭포를 한 번이나마 보고
자, 그 아래 서서 낙수에 맞아보고자 다른 계절에서 이곳으
로 넘어오는 이들도 많다고 하더라. 그들은 그 행위를 세례
라고 부른대. 낙수 세례를 받아야만 P월드에 들어가서도 구
원의 끈을 놓지 않을 수 있다나? 구원이라니. 스스로 들어간
지옥에서 구원을 바라는 것만큼 역설적인 일이 또 어디 있을

까? 물론 대다수는 여전히 P월드를 지옥보다는 낙원으로 여길 테지만 무언가 잘못되었다고 느끼는 이들이 점점 더 많아지고 있는 것만큼은 분명해. 그러니 세례니 구원이니 하는 말들이 빠르게 퍼져가고 있는 걸 테지.

폭포 아래 서서 물을 맞는 건 기대 이상의 일이었어. 솔직히 아무런 기대도 하지 않고 갔거든. 그런데 물이 정수리에 퍽, 부딪치는 순간 정신이 번쩍 들었어.

진짜구나. 나는 정말로 살아 있구나. 이것은 현실이구나.

그런 생각이 강렬한 감각처럼 온몸을 휘감았어. 사람들이 왜 이곳에 오려 하는지, 왜 이를 '세례'라고 부르는지 깨달았지. 그들은 자유지대에 와서도 믿지 못하고 있었던 거야. 이곳이 또 다른 P월드는 아닐지. 여전히 자기 몸은 고치 안에 있고, 그저 뇌만 다른 세계에 접속한 것은 아닐지.

알아. 너는 지금 나를 비난하고 싶겠지. 나는 늘 해보지도 않고 판단한다고. 이번에도 그렇지 않았냐고. 맞는 말이야. 하노이가 아니었다면 폭포 아래 서는 일 따위는 결코 하지 않았을 거야. 모두가 하는 일을 따라 하는 것이야말로 자유를 가장 크게 해치는 일이라고 나는 여전히 믿으니까.

폭포 밖으로 나와 몸을 말리며 하노이와 많은 얘기를 나눴어. 내 얘기를 들은 하노이가 놀라며 물었지.

—정말이에요? 정말 P월드 접속 시간이 1년이 안 돼요?

그는 그토록 접속 시간이 짧은데도 내게 넉넉한 코인이

있다는 사실을 믿지 못했어. 나는 그의 말을 정정해줬어. 넉넉하지 않으며, 그마저도 대부분 네가 남기고 간 거라고. 그는 고개를 가만히 끄덕였어. 나는 네가 지금 이곳에 있다면 물에 쫄딱 젖은 나를 보고 입꼬리를 올리며 이렇게 말했을 거라고 했어.

—해보니 이해하겠지?

너는 늘 이해와 사랑이 동의어라고 생각했지. 이해가 사랑을 불러오는 것도, 사랑이 이해를 불러오는 것도 아니라고, 사랑이 곧 이해고, 이해가 곧 사랑이라고. 그걸 깨달으면 사람은 자유로워진다고. 그러니 내가 진정 자유를 원한다면 사랑을 하든가 이해를 하든가 둘 중 하나를 해야 한다고 말했어. 내가 도무지 이해할 수 없다고 치부하는 이들부터 이해하려고 애써보라고.

—나는 널 사랑하잖아. 너를 진짜 이해하는 건 이 세상에 오직 나뿐이야, 제인.

내 말에 너는 웃었어. 너 말고 다른 이를, 혹은 다른 것을 하나만 더 사랑해보면 생각이 바뀔 거라고 했지. 그 말은 지금도 내 마음을 아프게 해. 내게 그건 널 그만 사랑하라는 말과 같았으니까. 너는 더 많은 것을 사랑하고자 M월드로 들어갔어. 이해의 끝은 하나가 되는 거라는 말을 유언처럼 남기고서. 나를 이곳에 버려둔 채.

—정말 그런 걸까요?

내 얘기가 끝났을 때 하노이는 혼잣말하듯 내게 물었어. 그건 꼭 모든 것에 걸쳐 있는 질문 같았지. 어느새 폭포 위에 뜬 무지개처럼 내 머리 위로 그의 말이 걸렸어. 그 순간이 비로소 기억났어. 우리가 하노이와 그의 연인이 남긴 글에 답장을 남기던 때가.

이상하게 눈물이 났어. 그 순간을 까마득히 잊고 있었다는 사실 때문에, 그럼에도 그 순간이 사라지지 않고 남아 있었다는 사실 때문에. 바로 그날 하노이와 나의 만남이 이미 결정된 것이라는 생각이 너무도 자명하고 타당하게 느껴졌어. 폭포수에 머리를 맞은 순간처럼 단숨에 모든 게 이해됐지.

제인, 하노이와 그의 연인은 20년 전 그 노트에 자기들 사랑이 얼마나 달콤하고 아름다운지 적어놓았어. 자기들 사랑의 영원성을 증명하기 위해 한 페이지를 가득 채웠지. 그로부터 5년 뒤, 그 끝의 여백에 너와 나는 장난치듯 이렇게 적었어.

여전하신가요? 우리는 여전해요. 또 봐요.

그로부터 5년 뒤, 연인이 죽고 나서 삶의 의미를 잃고 방황하던 하노이는 다시 그 카페를 찾아갔어. 그는 연인의 죽음을 그때까지도 실감할 수 없었대. 모든 게 가짜라고 말하며 스스로 속였지. 그리고 그 페이지를 펼쳤어.

거기서 그는 우릴 이미 만난 거야.

하노이가 들고 온 우루무치의 편지 중 중요한 대목만 이곳에 옮겨놓을게.

(……) 이론적으로만 보자면 M월드는 하나의 덩어리입니다. 일종의 디지털 집단의식 같은 거죠. 그러니 그 안의 개별적 존재에게 메시지를 보내는 건 불가능해요. 정확히는 개별적 존재라고 할 만한 게 없다고 해야겠네요. 당신의 제인에게 밀어를 속삭일 수는 없다는 뜻입니다. 어떠한 메시지를 보내든 그것은 M월드 모두의 메시지가 됩니다. 그들을 모두라고 부를 수 있는가 하는 문제는 그냥 넘어가기로 하죠. (……) 결국 M월드도 P월드와 마찬가지로 데이터의 나열에 불과합니다. 양상은 전혀 다르지만 그 본질은 같다는 뜻이에요. 단 한 가지 다른 건 P월드의 데이터는 우리가 고치라고 부르는 캡슐 안 인간의 의식과 연결돼 있지만, M월드의 데이터는 바깥과 연결고리가 없다는 점입니다. (……) P월드가 실제로는 Paradise가 아닌 것처럼 M월드도 실제로는 Mind의 세계가 아닙니다. 우리가 무언가를 의식이라고 부르려면 그것의 유일한 속성은 '쪼개질 수 없는 것'이어야 합니다. 편의를 위해 의식에 선을 그어볼 수는 있을 것입니다. 여기서부터 여기까지는 감정의 영역, 여기서부터 여기까지는 운동의 영역 하는 식

으로요. 일종의 스펙트럼을 만들어보는 것입니다. 하지만 어떠한 식으로든 의식을 일단 쪼개는 순간, 쪼갤 수도 없긴 하지만, 그것은 더 이상 의식이라 부를 수 없습니다. (……) 그렇게 해서 저는 M월드를 쪼개는 데 성공했습니다. 정확히는 M월드를 특정한 방식으로 나누는 어떤 선을 발견했다고 말해야겠네요. 저는 이 선들을 M스펙트럼으로 부르기로 했습니다. M스펙트럼은 정말이지 많습니다. 아직 파악이 덜 끝났으나 어쩌면 M월드로 들어간 사람들 수만큼이나 많을지도 모르겠습니다. 만약 정말로 그렇다면 이건 매우 큰 문제가 될 것입니다. P월드가 낙원이 아닌 것처럼 M월드가 의식의 세계가 아니란 걸 입증하는 것이니까요. (……) 결국 고치 안으로 들어가는 수밖에 없습니다. 압니다. 저도 우스운 얘기라고 생각해요. 하지만 제가 해줄 수 있는 말은 이것이 전부이고, 당신이 취할 수 있는 방법 역시 이것이 전부입니다. M월드 바깥의 당신이 M월드 안으로 들어가지 않고 제인에게 메시지를 보내려면 일단 당신이 가짜라고 믿는 세상, 바로 P월드의 고치 안으로 들어가야 합니다. 그리고 사랑하세요. 진짜처럼. 나머지는 제가 준비해두겠습니다. (……)

하노이는 우루무치의 편지를 다 읽고 난 내게 자신들이 혁명이란 걸 도모하던 때의 마음이 어땠는지 말해줬어. 그들의 마음에는 늘 디폴트 값 같은 게 있었대. 그 값은 저마다 조금씩 달랐고. 하노이와 그의 연인의 경우 그 값은 '믿음'이었대. 믿음을 의식하고 있지 않을 때도 그들이 하는 모든 말과 행동은 그에 기반한 행동이 되는 거야. 설령 어떤 행동이 믿음과는 전혀 다른, 어쩌면 배신처럼 보이는 행동일지라도 그것은 배신이 아닌 거고.

하노이는 믿음이라는 배경음악을 무의식에 틀어놓고 살아가는 사람들의 모습을 한번 상상해보라고 말했어. 자기 둘은 그 음악 위에서 즐겁게 춤을 추었을 뿐이라고 했지. 그렇게 모든 일이 벌어졌다고.

—어떤 소리는 그것이 사라졌을 때야 비로소 존재했었음을 깨닫습니다.

그가 얘기를 끝마쳤을 때 내가 물었어.

—우주배경복사 같은 게 있었단 거네요?

한바탕 크게 웃어젖힌 그가 대답했어.

—지금도 있습니다.

제인, 나는 이제 준비가 됐어.

—이 말이 도움이 될지 모르겠네요.

하노이가 말했어.

—우루무치는 그곳에서 또 다른 혁명을 준비하고 있습니다.

하노이는 어쩌면 지금 내가 하는 일이 혁명의 불씨가 될지도 모른다고 덧붙였어. 그게 우루무치가 나를 돕는 진짜 이유라고. 말을 마친 그가 물었지.

—어때요? 긴장이 좀 풀리나요?

나는 실소하며 되물었어.

—혁명의 불씨만큼 긴장되는 일이 또 있을까요?

하노이가 웃었어. 그리고 곧장 정적이 찾아들었지. 갑자기 나는 노래하기 시작했어. 네가 멜로디를 흥얼거리고 내가 가사를 붙였던 노래, 네가 혁명처럼 불렀던 노래를. 쓰인 날로부터 단 한 글자도 바뀌지 않은 그 노래가 저절로 내 입 밖으로 흘러나왔어. 꽤 중독성 있는 멜로디인가봐. 하노이도 금세 따라 불렀지.

어쩔 수 없어 태생인걸
난 운명을 걸었고 넌 사랑을 걸었네
네 눈 속엔 바다가 내 눈 속엔 배가 한 척
왜 이리 익숙할까 파도가 치는 일

노래를 다 부르고 나서 캡슐 안으로 들어갔어. 다시는 이 안에 들어갈 일이 없을 줄 알았는데. 캡슐이 닫히기 전에 하노이가 물었어.

—방금 부른 노래 말입니다. 제가 좀 써도 될까요?

제인에게

나는 어디에 쓸 것인지 묻지 않았어. 대신 노래가 어떠냐고 물었지. 하노이가 대답했어.

―절절한 사랑 노래네요.

우린 함께 웃었어. 캡슐이 닫히기 직전에 내가 마지막으로 말했지.

―고마웠어요.

하노이가 닫힌 캡슐의 작은 유리창으로 눈인사하며 무어라 속삭였어. 들리지 않았지만 알 수 있었지.

또 봐요.

눈앞에 떠오른 이 말은 아무리 봐도 익숙해지지가 않네.

Welcome to the Paradise. This is your real P-world. Would you like to login?

내가 접속하는 순간 우루무치의 작업이 시작될 거야. 일단 나는 열심히 코인을 모아야 해. 평범한 다른 아바타들처럼. 우루무치는 코인을 모으는 데는 내 뇌의 10퍼센트가 쓰일 뿐이라고 알려줬어. 나머지 90퍼센트는 나도 모르는 새 정부가 구축해놓은 시스템의 에너지원으로 쓰인대. 소문으로만 떠도는 이야기가 사실이었던 거야. 더 이상 놀랍지도 않아. 정말 놀라운 건 내가 그런 정부의 행위를 이해해보려 하고 있단 게 아닐까?

이미 내 태그 정보는 우루무치의 서버에 전부 들어가 있어. 우루무치는 나를 통해 정부의 시스템 서버로 침입할 거야. 거기서 M월드로 들어갈 수 있대. 물론 진짜 들어가는 건 아니고, 신호를 보낼 수 있어.

내가 할 일은, 제인, 네 스펙트럼에 내 스펙트럼을 일치시키는 일. 내 의식이 열심히 코인 벌이를 하는 동안 무의식은 온통 너를 향해 있어야 해. 내 마음의 디폴트 값을 너로 만드는 일이지. 그것이 가능한지 아닌지 나는 궁금하지 않아. 아무것도 궁금하지 않아. 어떤 일들은 저절로 일어나. 아니, 모든 일이 그런지도 모르지. 나는 뒤늦게 네가 이해한 세상을 이해해보려 해. 그 과정에서 영영 이 안에 갇혀 깨어나지 못할지도 몰라. 우루무치는 최선을 다할 테고 나 역시 그를 믿지만, 그건 이제 내 영역 밖의 일이야. 다만 그에게 한 가지를 부탁했어. 나를 이곳과 저곳 중 어디에 남길지 선택해야 하는 순간이 온다면 고민하지 말고 그냥 어디에도 남기지 말라고.

이것은 나의 너에게, 반쪽이 아닌 온전한 너에게 보내는 내 마지막 편지야. 이 세상 모든 제인에게 보내는 마음으로 이 편지를 부칠게.

안녕, 제인.

은행나무는 그 자리에

푸마가 옷장 안으로 들어갔다. 겨울옷을 정리하고 봄옷을 꺼내려 한동안 옷장 문을 열어두었는데 그사이 들어간 모양이었다. 야옹거리는 소리가 들려 안을 살피니 겨울옷을 보관해둔 리빙박스 밖으로 삐져나온 회색 꼬리가 보였다. 대체 여기는 어떻게 들어간 거지. 꼬리를 잡아당기자 푸마가 엉거주춤 끌려 나왔다.

푸마가 끌려 나올 때 색이 바랜 후드 재킷 하나가 같이 딸려 나왔다. 우연히도 푸마PUMA 옷이었다. 옷을 펼치니 가슴팍에 큼지막하게 박힌 브랜드 로고가 보였다. 로고를 감싼 원의 둘레를 따라 'Go forward'라는 말과 '1984'라는 숫자가 적혀 있었다. 그걸 보았을 때야 경진이 선물한 옷이라는 걸 깨달았다. 1984는 내가 태어난 해였다. 하지만 경진에게 선물 받았을 때는 그건 생각지도 못하고 "조지 오웰?" 하고 물었다. 그때 경진은 눈을 흘기며 "넌 네 생년도 모르느냐"라고 타박했다. 한창 복고가 유행하던 시절이었다. 'Go forward'와 '1984' 사이에 어떤 연관이 있는지는 알 수 없었으나 복고 열풍에 편승한 디자인이라는 것만은 한눈에 드러났다. 경진은 그 로고가 70, 80년대에 사용된 것이라고 말해주었다.

"그때가 이 회사 황금기였던 건가?"

"아마도?"

"복고가 유행인 건 얘네나 우리나 똑같나 보네."

내가 말하자 경진은 "그쪽도 사는 게 힘든 거지"라고 대꾸했었다.

재킷은 아마 대학로에서 당인동으로 이사할 때 겨울옷들 사이로 밀려 들어갔을 테다. 대학 동기 둘을 불러서 어영부영 짐을 싸고 1톤 트럭에 아득바득 싣던 기억이 난다. 재킷이 겨울옷들 틈에서 잠을 자는 사이 10년이 흘렀다는 게 도무지 믿기지 않는다. 핸드폰을 2, 3년마다 한 번씩 최신 기종으로 교체했다는 사실과 그러는 동안 직장도 서너 번 바뀌었다는 것 말고는 내 주변에서 무엇이 대체 얼마나 바뀌었는지 명확히 체감되는 것도 없다. 다시 복고 열풍이 부는 것도, 이제는 복고가 아니라 레트로란 말을 즐겨 쓴다는 것도 영 먼 나라 이야기인 것만 같고.

그쪽도 사는 게 힘든 거지.

당시엔 흘려듣고 만 경진의 그 말이 자꾸 떠오르는 건 왜일까. 정말 사람들은 사는 게 힘들어서 과거로 빠져드는 걸까. 그럼 과거는 전혀 생각하지 않고 사는 나는 지금 전혀 힘들지 않은 거야? 과거에 안주하는 것과 과거를 반추하는 데에는 본질적으로 어떤 차이가 있는 것입니까, 선생님. 푸마는 혀로 제 털을 고를 뿐 아무 대답이 없다. 누가 그랬었지. 고양이는 현재만 산다고. 존경합니다, 선생님.

어느새 발라당 드러누운 푸마 곁에 앉아서 재킷에 붙은 털을 골라내고 있을 때 전화가 걸려 왔다. 화면에 뜬 이름을 한참 쳐다봤는데도 누구인지 선뜻 기억나지 않았지만, 이상하게도 익숙했다.

"형, 오랜만이에요."

보훈은 스스럼없이 안부를 묻더니 자기 할 얘기를 했다.

"오실 거죠? 꼭 오세요. 형 이름으로 두 장 해놓을게요."

통화를 마치며, 나는 가지 않겠다고 생각했다. 갈 이유가 없었다. 갈 이유가 없다는 근거를 찾고 있었다. 하지만 그럴수록 초라해졌고 결국 가지 않을 이유가 없다는 데 이르렀다. 그래, 가서 술이나 사주자. 그렇게 생각하며 스케줄러에 일정을 입력했다.

일요일 오후 3시. 아르코 소극장.

스케줄러를 닫고 나서 보훈에게 메시지를 보냈다.

두 장 말고 한 장.

보훈은 'ㅋㅋㅋ'라고 한 뒤 정중앙 자리로 한 장 마련해두겠다고 했다. 이때 아니면 언제 센터가 돼보시겠냐며. 몇 년 만의 연락인데도 스스럼없이 구는 태도가 밉지 않았다. 적당한 이모티콘을 골라 보낸 뒤 보훈의 메신저 프로필을 눌러보았다. 포스터가 보였다. 한가운데 비상구 표시가 큼지막했고 그 아래에 'EXIT' 대신 '출구 없음'이란 연극 제목이 쓰여 있었다. 가만 보니 녹색 인간은 문밖으로 나가려는 게 아니라 들어오는 중이었다. 양발에는 흰색 캔버스 운동화를 신고 있었다.

'수료'가 아닌 '졸업'을 하려면 토익이나 토플 같은 어학 시험을 치러 학교가 정한 기준선을 넘어야 했다. 대학을 졸업하는 데 어학 시험 성적이 필요하다는 사실이 처음에는 우습게 여겨졌다가 나중에는 화가 났다. 내가 왜? 나는 외국에 나가 살 것도 아니고 그런 성적이 필요한 곳에 취직할 생각도 없는데 대체 왜?

그러니 '오퍼'를 해보지 않겠느냐는 제안에 그게 무엇인지 제대로 묻지도 않고 승낙한 건 아무래도 토익 때문이었다. 토익 시험을 치르고 나왔을 때 고등학교 동창이 전화를 걸어

와서 자기 학교 선배가 이번에 극단을 하나 만들어 공연을 올리는데 오퍼를 찾고 있다고 했다.

"극장이 너희 학교에서 가까워. 그리고 너, 학교에서 연극도 해봤잖아?"

친구는 연극을 해본 사람만이 할 수 있는 일이라는 투로 말했다. 그 말을 듣자 비록 학내 소모임이지만 연극을 해봤다는 사실이 자랑으로 여겨졌다. 그래, 나는 연극을 해봤지. 배우로 몇 차례 무대에 올랐고 어설프지만 대본도 써봤지. 곧장 토익 따위를 보고 있을 사람이 아니라는 의식이 싹텄고, 내가 다른 이들과는 전혀 다른 인간이라는 생각이, 토익의 세계가 저쪽에 있다면 나는 거기서 가장 멀리 떨어진 곳에 서 있다는 생각이 점점 더 커졌다. 나는 무대 위에 선 사람이었다. 조명이 떨어지는 무대 위에. 망설임 없이 휴학계를 내고 친구가 준 연락처로 전화를 걸었다.

"반갑다. 잘해보자."

극단 대표 겸 연출은 호탕했고 거침없었다. 나를 보자마자 손을 잡고 흔들었고 그것으로 나는 오퍼레이터, 그들 세계 말로는 '오퍼'가 되었다.

"잘 봐. 오퍼가 잘해야 배우들도 사니까."

그는 내게 그 한마디만 던져놓고서 연습에 몰두했다. 소극장 객석 한구석에 앉아 아직 무대에 오르기 전의 공연을, 공연이 만들어지는 과정을 낱낱이 지켜보는 일은 적잖이 설렜다. 그들은 '프로'였고, 프로 배우들의 날것 같은 움직임을 보고 있다는 사실은 특권처럼 다가왔다.

연습을 단 한 번 본 것만으로도 나는 곧바로 그들 세계에 소속됐다. 3분간 독백하는 배우의 맞은편에 선 배우가 자기 얼굴을 훔치며 "야 이 새끼야, 침 좀 그만 튀겨"라고 말했을 때 모든 이들이 웃었는데, 나도 자연스레 따라 웃는 동안 내가 '살아 있는 세계'로 들어왔다는 강렬한 기분에 사로잡혔다. 침이 튀기는 세계, 대사를 '친다'라고 말하는 세계, 연습이 끝나면 흘린 땀을 보충하듯 술을 마시는 세계로.

"보니까 어땠어?"

연출은 술자리에 앉자마자 내게 물었고 나는 연습을 보며 느꼈던 점들을 시시콜콜 신이 나서 말했다. 이 부분은 정말 좋았고 이 부분은 잘 이해가 안 갔다. 이 부분의 서사가 좀 보완됐으면 좋겠다……. 내가 말하는 동안 사람들은 반쯤 놀란 표정이 되었고 그러다 점점 웃는 낯으로 바뀌었다. 말을 끝마쳤을 때 가장 나이 많은 배우가 말했다.

"얘 누가 뽑은 거야?"

불만이라는 투였고 나는 순간 주제도 모르고 나섰다는 생각에 바싹 긴장했다.

"잘 뽑았네."

이어진 그의 말에 다들 웃음을 터뜨렸다. 웃은 뒤에는 술 마시는 게 당연하다는 듯 모두 잔을 비웠다. 아직 낯선 사람들 앞에서 만취하긴 처음이었다. 만취해도 된다는 생각이, 그리고 싶다는 생각이 든 것도 처음이었다. 그건 나를 내어 주어도 좋다는 마음이었다.

경진을 만난 건 그다음 날이었다. 연습은 네 시 시작이었지만 나는 일찌감치 극장으로 갔다. 연출이 극단을 차리고 단원을 뽑은 뒤 명륜동 한구석의 건물 지하 1층을 임대해 다 같이 만들었다는 극장은 총 95석 규모였다. 1번부터 46번 좌석까지는 뒤에 사람 이름이 가나다순으로 적혀 있었다. 막판에 객석 만들 돈이 모자라자 대표는 좌석 하나당 2만 5천 원씩 기부받고 대신 좌석 뒤에 기부자의 이름표를 달아주었는데 46명이 참여한 것이었다. 대다수는 연출이나 배우의 지인이었다. 1층으로 올라와 현관을 나서면 곧장 커다란 은행나무가 보였다. 족히 몇백 년은 살았을 법한 나무는 늘 시든 잎들을 주렁주렁 매달고 있어서 죽어가는 것처럼 보였다. 그래도 잎은 많아서 여름에는 너른 그늘을 만들어주었고 배우들은 그 아래서 담배 피우는 걸 좋아했다.

반갑게 인사해줄 사람들의 모습을 머릿속에 그리며 극장 문을 열었으나 아무도 없었다. 당황해서 다시 나가려 할 때 누군가의 목소리가 들려왔다.

"누구세요?"

소리가 들려온 쪽을 쳐다보니 누군가 객석 열과 열 사이에 누운 채 고개를 치켜든 게 보였다.

"아, 저, 오퍼인데요."

내 대답에 상대는 눈살을 찌푸리며 "음향? 조명?" 하고 물었다.

"그건 아직 잘 모르겠는데요."

"아, 음향이겠구나."

덮고 있던 모포를 젖히며 완전히 몸을 일으킨 상대는 자신을 조연출이라고 소개했다. 손목에 찼던 머리끈을 빼서 뒷머리를 질끈 묶는 동작이 간결했고 '프로'처럼 보였다. 경진이었다. 통성명을 마치자마자 경진은 물었다.

"식사했어요?"

점심을 말하는 것이라면 진작에 먹었고 저녁을 말하는 것이라면 당연히 먹지 않았을 때였다. 대답을 망설이고 있었더니 경진이 앞서 나가며 말했다.

"가죠. 달아놓고 먹는 데가 있어요."

극장 근처 백반집 문을 열고 들어서자 배우들이 저마다 한마디씩 하며 반겨주었다. 왔어? 어제 많이 마셨지? 잠은 잘 잤어? 피똥 싼 건 아니고?

신을 벗고 올라가 누런 비닐 장판이 덮인 평상에 앉았다. 앉자마자 경진이 물었다.

"술 잘 마시나 봐요?"

"잘은 아니고……"라고 대답하고 있을 때 경진이 "이모, 여기 백반 두 개요"라고 외쳤다. 옆에서 듣고 있던 남자 배우가 음식을 채 삼키지도 않고 말했다. 침을 잘 튀기던 배우였다.

"대사 겹치게 치지 말랬지."

"네네, 대배우님."

경진이 지겹다는 듯이 대꾸하며 내 앞에 수저를 놓았다. 순전히 '백반'만 파는 가게에 온 것은 그때가 처음이었다. 무엇이 나올지 알 수가 없어 옆을 힐끗 보니 거의 다 비워진 찬 그릇들 사이에 큰 접시가 놓인 게 보였다. 위에 아무것도 없고 접시도 깨끗해서 대체 뭐가 놓였던 건지 알 수 없었다. 내가 접시를 쳐다보고 있는 걸 눈치챈 남자 배우가 물었다.

"후라이 좋아해?"

"네?"

"좋아하면 두 개 달라고 해."

그렇게 말한 그는 내 대답도 듣지 않고서 주방 쪽을 향해 외쳤다.

"이모, 여기도 후라이 두 개씩."

달걀프라이가 배우들의 주된 단백질 보충원이며 연출이 백반집에 특별히 부탁해서 달걀프라이를 마음껏 먹을 수 있게 해놓았다는 건 나중에 가서야 알게 된 사실이었다. 배우들이 늘 서너 시쯤 '달아놓고' 먹는 식당에 와서 점심 겸 저녁을 먹고 극장으로 간다는 것도, 그 공짜 밥을 주느냐 마느냐가 출연료를 주느냐 마느냐보다 중요하단 사실도.

정해진 타이밍에 약속된 음악을 틀고 끄는 일은 내가 이제껏 배워온 그 어떤 일보다 단순하고 쉬웠다. 환이 형—침을 잘 튀기는 형—이 나 같은 '고학력자'가 노동력을 낭비하고 있다고 농담할 정도였다. 하지만 나는 그런 생각은 전혀 하지 않았다. 오히려 이제껏 해온 그 어떤 일보다 잘 해내고 싶었다. 내게 학력學力이란 게 있다면 그것을 다 바쳐서라도. 극장이 학교 근처라는 것도 운명처럼 느껴졌다.

연출은 배우와 관객이 음악을 음악으로 분리해서 느끼지 않고 극이라는 총체의 유기물로 느끼게 해야 한다고 말했다. 그것이 이상적인 음향 오퍼레이션이라고. 나는 그 점을 정확하게 이해했다. 때로 오퍼 일을 하고 있을 때면 마치 내가 무대에 선 것처럼 느낄 만큼. 나는 눈에 보이지 않는 배우였다. 내가 어떻게 연기하느냐에 따라 배우의 연기가 살아나느냐 죽느냐가 결정되는 팬텀. 당시 내 목표는 연극계 최고의 오퍼가 되는 것이었다. 대학로 모든 극단이 와달라고 아우성치는 음향 오퍼계의 신!

내가 그렇게까지 생각한 건 함께하는 이들이 좋았고 그들에게 어떻게든 도움이 되고 싶었기 때문이었다. 이건 보편적이고 이상적인 차원에서의 이유였고…… 사실은 경진 때문이었다. 내가 오퍼계의 신을 꿈꾸는 새싹이었다면 경진은 이미 조연출계의 신이었다. 연출이나 배우들은 어떻게 생각했을지 몰라도 내가 보기엔 그랬다. 그런 경진에게 잘 보이고 싶었고, 그럴 수 있는 가장 좋은 방법은 내 일을 잘하는 것이었다.

"솔직히 말해요. 전에 오퍼 해봤죠?"

경진이 그렇게 물은 날, 나는 정색하며 맹세코 이번이 처음이라고 대답했다.

"정말?"

경진이 놀랍다며 되물었을 때 내 심장은 가로로 길게 늘어져서 입꼬리를 올린 채 웃고 있었다. 가슴 한가운데 피가 몰려서 뜨거워지는 기분이었다. 뭐라 대꾸해야 자연스러울지—별것 아니라는 투로 말해야 할지 부끄럽다는 듯이 말해야 할지 아니면 아무 말 없이 서구식으로 어깨를 으쓱해 보이며 당시 유행하던 '쿨'함을 뽐내야 할지—망설이고 있을 때 연출이 극장에 들어서자마자 소리쳐 물었다.

"경진아! 장소 알아봤어?"

경진은 기다렸다는 듯이 세 군데를 열거했다. 여기는 가깝고 가격이 싸다는 게 장점이지만 방이 하나뿐이라는 게 단점이다. 여기는 좀 멀고 조금 비싸지만 새로 지어져서 쾌적하고 방도 세 개나 된다. 여기는 적당한 거리에 가격도 적당하고 방은 하나지만 화장실이 세 개다.

단순히 엠티 장소를 알아본 거고 누구나 할 수 있는 일이었으나 경진이 말하니 어딘가 달라 보였다. 특히 "너라면 어디 가겠어?"라는 연출의 물음에 "저라면 바다 보이는 데 가죠"라고 대답했을 때, 무대 위에서 몸을 풀던 배우들이 모두 반색하며 "바다?"라고 외치는 것을 보며 나는 경진이 이미 장소를 정해두었고 이런 상황이 펼쳐지리라는 것도 다 예상했음을 직감하고는 속으로 감탄했다.

"거기가 어딘데?"

연출이 묻자 경진은 "화장실 세 개인 데요"라고 대답했다. 모든 이들이 열광했다. 바다가 보이는데 화장실도 세 개라고? 기찬아, 너 화장실 문 잠그고 자도 상관없겠다. 그냥 가자마자 화장실 하나 내줘. 밤바다에 소주를 먹어 말아? 말아 먹어! 바닷물도 마시자! 당장 가자!

······바다가 보이긴 해도 바다까지 가려면 한참을 걸어 나가야 하는 곳이었다. 그 사실을 알게 된 배우들은 "야, 서경진 너 우릴 속였어?"라고 책망하듯 외쳤으나 그렇다고 즐거운 기색이 줄지는 않았다. 경진이 대꾸했다.

"이따 밤에 맨정신인 사람만 가는 거예요."

다들 자기는 갈 거라고 장담했지만 입실하자마자 술을 마시는 것으로 보아서는 아무도 갈 수 없을 것 같았다. 채 해가 지기도 전에 뻗는 사람들이 나왔다. 기찬은 한번 구축한 자기 캐릭터를 포기할 수 없다는 듯 진짜 화장실에 들어갔다가 잠들었고, 문도 잘 잠갔다. 문제는 그가 들어간 곳이 가장 큰 화장실이라는 점이었다. 처음에는 세상에 종말이 찾아온 듯 얼른 작은 화장실로 옮기자며 열쇠를 찾아 아우성치던 이들이 금세 포기하고 "그래도 두 개 남았네"라고 말하며 자축하듯 건배하는 걸 보면서 나는 저들이 연기하는 건지 단순히 취해서 저러는 건지 구별할 수 없었고 그 점이 좋았다. 연기면 어떻고 취한 거면 어때. 삶이 연기고 연기가 곧 삶이라잖아. 휙, 사라지고 마는 연기 같은 거.

마지막 말은 우리가 보름 뒤에 올릴 공연에 나오는 대사였다. 조선시대 내시와 후궁들이 한 왕을 놓고 모략과 사랑 싸움을 벌이던 중 비차飛車를 보게 되는데 그 순간 마리화나에 취한 중전이 뱉는 말. 중전 역을 맡은 수미 누나는 그 대사를 좋아했고 대본에는 나오지 않는 그다음 말을 술자리에서 하길 즐겼다.

흩어지면 다시 돌아올 수 없는 것.

연출은 엠티가 진행되는 내내 배우들을 한 명씩 붙잡고 앉아 그가 맡은 인물과 연기에 관한 얘기를 나눴다. 연출을 거쳐 간 배우들은 여지없이 쓰러져나갔다. 그 모습을 지켜보던 경진이 중얼거렸다. 원 바이 원.

원 바이 원에 경진은 포함되지 않았다. 나는 그때까지 경진이 취한 모습을 단 한 번도 본 적이 없었다. 술을 적게 마시는 것도 아닌데 경진은 늘 맨정신을 유지했고 끝까지 살아남아 배우들을 택시 태워 보냈다. 어쩌면 그게 조연출이 갖

취야 할 가장 중요한 덕목인지도 몰랐다. 술자리에서 끝까지 살아남는 것. 연출은 연습 뒤 술자리에서 배우들과 그날의 연습을 두고서 대화하다가 '디렉션'을 주기 일쑤였는데 경진은 그것을 다 메모했다가 다음 날 배우들에게 상기해주었다. 연출이 술집에서 나오는 음악을 듣다가 "어? 이 음악 괜찮은데?"라며 이러이러한 장면에서 써보자고 말하면 그것 역시 메모했다가 내게 일러주기도 했다. 하지만 사실 나한테는 그럴 필요가 없었다. 경진이 있는 술자리에는 나도 늘 있었고, 경진이 가기 전에는 나도 가지 않았으니까.

시간이 지나면서 나는 점점 경진이 하는 자질구레한 일들을 분담해서 하게 되었다. 술 취해서 제 발로 잘 걷지도 못하는 남자 배우를 택시 태워 보내는 일이라든가 연습에 늦게 와서 미처 식사하지 못한 배우를 위해 참치김밥과 요구르트를 사오는 일이라든가. 처음에는 그러지 않아도 된다고 말하던 경진도 나중에는 고맙다고 말하며 그런 일들을 내게 맡겼고, 언젠가부터는 고맙다는 말도 하지 않게 되었다. 우리는 고마운 일을 군이 고맙다고 말하지 않아도 되는 사이가 되었다.

아홉 시가 되었을 무렵 살아남은 건 연출과 경진, 그리고 나뿐이었다. 연출이 게슴츠레한 눈으로 경진을 쳐다보며 말을 꺼내려 할 때 내가 끼어들었다.

"연출님. 무경이랑 국이랑 싸우는 장면에도 음악이 하나

필요하지 않을까요? 둘이 서로 사랑한단 걸 처음으로 깨닫는 장면인데 음악이 없으니 뭔가 허전해서⋯⋯."

연출은 "그래, 좋아. 있어야지, 음악"이라고 말하고는 나를 자기 옆에 앉혔다. 그러더니 대뜸 물었다.

"내 단 하나의 소원 알아?"

"네? 소원이요?"

"블루드래곤 몰라?"

푸른 용을 타고 나는 게 소원이라는 건가. 그런데 갑자기 소원은 왜? 어떻게 대꾸해야 좋을지 망설이던 찰나 연출이 내 유머 감각을 시험하고 있다는 생각이 들었다. '저는 레드 드래곤이 좋아요. 타면 엉덩이가 따뜻할 거 같아서요'라고 말하기로 결심하고선 사뭇 진지한 표정으로 말을 꺼내려 할 때였다.

"내 단 하나의 소원. 저녁녘 고요 속 바닷가로 돌아가고파. 숲 가까이서 조용히 잠들고 싶어⋯⋯."

연출이 갑자기 노래하기 시작했고, 나는 가만히 그의 노래를 들었다.

"내 베개 밑에서 슬퍼할 자는 아무도 없고 마른 잎 위를 스쳐 가는 가을바람 소리뿐."

노래를 끝마친 연출은 앉은 채로 잠들었다. 한없이 열정적이며 누구보다 사람과 삶을 사랑하는 그가 그토록 고독해 보이기는 처음이었다. 꼭 고독하려고 태어난 사람 같았다.

"저기, 연출님."

내가 어찌해야 할지 몰라 엉거주춤하고 있자 경진이 그의 옆에 방석 두 개를 붙여 깔더니 그 위에 그를 눕혔다.

한숨을 크게 내쉰 경진은 아무 말도 없이 담배를 꺼내 입에 물고 밖으로 나갔다. 평소였다면 당연히 따라 나갔을 테지만 이상하게도 그러면 안 될 것 같았다. 여기저기 널브러진 사람들을 멍하니 지켜보고 있다가 불을 다 껐다. 창으로 어스름한 달빛이 스며들자 술상 위에 놓인 온갖 것의 형체가 서서히 드러났다. 빈 술잔, 가득 찬 술잔, 말라붙은 쟁반국수, 양초처럼 굳은 고기 기름, 젓가락 사이에 낀 라이터, 소주병에 꽂힌 숟가락……. 자제했으나 그렇다고 술을 적게 마신 건 아니었다. 훅, 하고 취기가 올라오며 사물들이 아득히 멀어지는 기분을 느꼈다. 그때 경진의 선명한 목소리가 들려왔다.

"불은 왜 껐어?"

경진은 현관에 서 있었다. 열린 문틈으로 서늘한 바람이 들어왔다.

"가자."

그토록 기다리던 순간이었다. 내가 술을 자제하며 끝까지 살아남은 이유. 바로 경진과 단둘이 밤바다를 보는 일.

하지만 그런 일은 벌어지지 않았다. 외투를 챙겨 입고 있을 때 기찬이 화장실 문을 벌컥 열고 나왔다. 발간 눈으로 우리 둘을 쳐다보던 그는 갑자기 화를 냈다.

"뭐야? 왜 나 안 깨웠어?"

그는 우리가 저만 남겨놓고 밤바다를 보고 돌아온 줄 착각하고 있었다. 내가 검지를 입에 갖다 대며 '쉿' 하고 신호를 주었을 때야 주변을 둘러보고 상황을 깨달았다. '아' 하며 깨달음의 소리를 낸 기찬은 눈치 없게 우리를 따라나서려 했고, 외투를 가지러 가다가 바닥에 누워 있던 배우에게 걸려 넘어졌다. 그 소리에 시체들이 하나둘 깨어났다. 일어나자마자 비닐봉지에 술과 안주를 싸든 시체 군단이 외쳤다. 가자, 바다로!

요란법석에도 연출과 환이 형은 끝내 깨지 않았다. 바다에 거의 다 왔을 때쯤에야 누군가 뛰어오는 소리가 들렸고, 곧이어 환이 형의 노랫소리가 들려왔다.

"어둠은 당신의 숨소리처럼 가만히 다가와 나를 감싸고."

"저 형 또 저러네."

기찬이 혀를 차더니 다음 구절을 불렀다.

"별빛은 어둠을 뚫고 내려와 무거운 내 마음 투명하게 해."

그리고 나서 합창이 시작됐다.

땅 위의 모든 것 깊이 잠들고. 아하! 그 어둠 그 별빛! 그댈 향한 내 그리움 달래주네. 꿈속에서 느꼈던 그대 손길처럼.

옆을 보니 경진도 따라 부르고 있었다. 오직 나만 그 노래가 무엇인지 몰랐다. 그런데도 아는 척 따라 흥얼거렸다. 마지막 구절은 이미 정해진 대본이 있는 듯 환이 형 차지였다. 모두 노래하길 멈춘 순간 환이 형이 노래를 마무리했다.

"당신은 그렇게도 멀리서 밤마다 내게 어둠을 내려주네. 밤마다 내게 별빛을 보내주네."

어느새 우리는 횡으로 길게 늘어서서 밤바다를 바라보고 있었다. 노래가사와는 달리 별빛은 없었다. 어둠과 파도소리뿐이었다. 시간은 더디다가도 빠르게 흘렀다.

가져온 술이 동났을 때쯤 동이 터왔다. 정신을 차려보니 대체 누가 가져왔는지 커다란 우산 하나가 펼쳐진 채 모래사장에 꽂혀 있었고, 햇살을 피하듯 배우들이 그 아래 얼굴만 들이민 채 부챗살처럼 펼쳐져 잠들어 있었다. 경진은 그 옆에 앉아 세운 무릎을 껴안은 채 해가 떠오르는 쪽을 바라보고 있었다. 옆으로 다가가 말했다.

"누나, 나 담배 좀 줄래?"

경진이 웬일이냐는 표정으로 나를 올려다보더니 바지 주머니에서 주섬주섬 담뱃갑을 꺼냈다. 안에 딱 한 개비가 남아 있었다. 경진은 한참 동안 마지막 남은 한 개비를 쳐다보았다. 그러다 담뱃갑째 내밀었다. 나는 받지 않았다. 경진은 그러지 말라며 얼른 피우라고 했다. 몇 번의 실랑이가 오갔다. 나는 솔직하게 고백했다. 사실 한 번도 피워본 적 없다고. 내 말을 들은 경진은 어이없다는 표정으로 나를 바라보다가 실소했다.

그 한 개비를 우리는 나눠 피웠다. 경진은 친절하게 담배를 폐까지 빠는 법을 알려주었다. 입담배 피우는 놈이 '돛대'의 가치를 훼손하게 둘 순 없다며. 걱정했던 것과는 달리 나는 기침을 하지 않았다. 경진은 기대했던 장면이 펼쳐지지 않자 아쉽다는 투로 정말 처음 피우냐고 물었다. 내가 맹세코 이번이 처음이라고 답했고, 우리 둘은 이 비슷했던 예전 일을 동시에 떠올리고선 함께 웃었다.

"부럽네. 처음 하는 일도 다 잘하다니."

나는 경진의 그 말에는 따로 대꾸하지 않았다. 대신 괜히 "좋다"라고 말하며 양손으로 모래를 집고선 고개를 뒤로 젖혀 하늘을 쳐다보았다. 그 순간 경진이 자기 오른손을 내 왼손 위에 겹쳤다. 심장이 폭발할 듯 뛰었으나 아무렇지 않은 척 손을 뒤집은 나는 손가락 사이로 흘러내리는 모래를 따라 경진의 손이 밀려드는 걸 느꼈다. 깍지 낀 우리 두 손은 바싹 말라 있었다.

우리는 엄지로 서로의 건조한 손등을 쓰다듬었다. 그러는 동안 둘 다 아무 말이 없었다. 경진은 모래알을 내 손등에 대고 검지로 동그랗게 굴리는 장난을 쳤다. 내가 이대로 모래가 되어 흩어져도 좋겠다고 생각했을 때 뒤에서 연출의 외침이 들려왔다.

"이 배신자 새끼들! 나만 두고!"

극단의 첫 작품은 그럭저럭 잘되었다. 관객석이 매번 반쯤은 찬 데다 주말 공연 몇 차례는 매진되기도 했다. 별 수익을 내진 못했지만 극단 이름을 알리는 좋은 기회였다고 자평한 연출은 반년 새 두 차례 더 공연을 올렸다. 그러는 동안 관객은 점점 줄어들었고 내 오퍼레이션 실력은 거꾸로 점점 늘어갔다. 연출이 '떡' 하고 말하면 '딱' 하고 알아들을 만큼. 하지만 연출이 말했던 이상적인 오퍼레이션에서는 오히려 점점 멀어지는 기분이었다.

엠티 이후 경진과 나는 단원들 몰래 연애했다. 그러나 채 한 달이 못 가 들통났다. 경진은 조연출과 조명 오퍼를 겸하고 있었기에 우리는 공연 때마다 좁은 오퍼실에 단둘이 있었는데, 공연이 끝나고 관객이 다 나갔을 때 몰래 입을 맞추다 환이 형한테 걸렸다. 수건 서너 개를 한꺼번에 목에 두른 환이 형은 내게 '내일 수건 빨래 좀 부탁한다'고 말하려고 오퍼실로 왔다가 현장을 목격했다. 당황하지 않은 척 "집에 세탁기가 고장 나서"라고 말한 형은 돌아서며 한 손을 들어 올려 보였다. 우리는 그걸 비밀을 지켜주겠다는 뜻으로 알아들었다. 속으로 생각했다. 역시, 멋있는 형이야.

경진은 그날 아르바이트를 하러 갔고 술자리에는 나만 갔다. 경진 대신 극장 뒷정리를 다 하고 나서 술집에 들어섰을 때 기찬이 큰 소리로 외쳤다.

"형, 축하해요! 와, 대단해. 경진 누나랑. 와. 와."

단원들 사이 연애를 엄격히 금하던 연출은 뒤늦게—반년이 지나서야—알고 나서 헛웃음을 터뜨렸다. 너희는 배우가 아니니까. 그렇게 그가 우리 사이를 인정하자 배우들은 뒤늦은 축하 파티를 열어주었다. 파티의 하이라이트는 환이 형이 당시 최고 인기곡이던 아이유의 「좋은 날」을 부른 순간이었다. '나는요 오빠가 좋은걸'을 '나는요 누나가 좋은걸'로 바꿔 부르는 그의 모습에선 평소 김현식을 좋아해 누가 노래를 불러달라 요청하면 「어둠 그 별빛」이나 「도시의 밤」만 부르던 면모는 전혀 찾아볼 수 없었다. 그의 노래에 모든 이들이 비명을 질렀고 하늘에 오징어 다리와 땅콩이 날아다녔다. 더 놀라운 장면은 그다음에 펼쳐졌다. 경진이 조용히 해보라고 외치더니 답가를 부른 것이었다. 경진은 「본능적으로」를 불렀다. 나를 바라보며.

본능적으로 느껴졌어. 넌 나의 사람이 된다는 걸. 처음 널 바라봤던 순간 찰나의 전율을 잊지 못해…….

그러고 나서 반년 뒤 경진은 입봉했다. 우리 극단이 아닌 다른 극단 작품으로. 경진이 따낸 예술 지원 사업은 신진 연출가를 그와 가장 잘 어울리는 창작 집단과 알아서 연결해주는 시스템이었다. 하지만 선정자가 원하는 집단이 있을 시 그 집단을 최우선으로 연결해준다는 사실을 우리 모두 알고 있었다.

경진이 사업에 선정된 사실을 밝히며 원래 맡기로 했던 다음 작품의 조연출을 못 하게 되었다고 했을 때 연출은 알겠다는 듯 고개를 끄덕이고는 축하한다고 말했다. 배우들도 축하한다며 손뼉을 쳐주었다. 그들답지 않게 즐거운 기색은 없었다.

경진이 못 하게 된 조연출 자리는 내가 맡았다. 경진이 그랬듯 조명 오퍼 자리도 함께. 공석이 된 음향 오퍼를 봐줄 사람이 필요했고 연출은 내게 할 만한 사람이 없겠느냐고 물었다. 나는 당시 갓 복학한 보훈을 떠올렸다. 며칠 전 내게 "형, 토익 안 보고 졸업하는 방법은 없어요?"라고 묻던 모습 때문이었다. 내 예상대로 보훈은 덜컥 하겠다고 했다. 그로부터 반년간 우리 둘은 좁은 오퍼실에서 동고동락했다. 극단에 들어온 지 채 한 달이 되기 전에 보훈은 내게 말했다.

"형, 저 졸업하면 뭐 할지 정했어요. 연극 할래요. 고마워요. 다 형 덕분이에요."

나는 보훈의 어깨를 두드려주며 말했다.

"졸업하려면 토익부터 봐."

그때만 해도 보훈이 설마 졸업하고 나서 진짜 연극을 할 줄은 꿈에도 몰랐다. 유명한 노랫말처럼 '연극이 끝나고 난 뒤 혼자서 객석에 남아 조명이 꺼진 무대'를 볼 수 있는 권한이 오퍼에겐 있었다. 그때 마주하는 정적과 어둠이 낭만과

쓸쓸함을 거쳐 권태로 느껴지는 날이 서서히 다가옴을 느낄 무렵이었다. 그 시기가 보훈에게는 조금 더 늦게 찾아올 뿐, 결국엔 그도 은행원이나 증권사 직원이 되고 말 거라고 생각했다. 학창 시절 내내 꿈과 이상을 부르짖던 선배들이 졸업하자마자 자신에게는 더는 남은 꿈과 이상이 없으니 다른 이의 것이라도 팔아먹겠다는 듯 수數의 세계로 들어서던 것처럼.

그사이 경진의 공연이 올라갔다. 우리는 공연 첫날 다 같이 공연을 보러 갔다. 공연이 끝난 뒤 경진은 반갑게 우리와 인사했다. 하지만 술자리는 자기 공연 팀과 함께했다. 나중에 우리 쪽으로 넘어오겠다고 말했으나 술자리가 파할 때까지 오지 않았다. 배우들은 내게 경진한테 전화해보란 말을 하지 않았다. 경진의 공연 얘기도 하지 않았다. 시켜놓은 안주가 다 떨어졌을 때쯤 환이 형이 2차를 가자고 제안했으나 아무도 따라나서는 이가 없었다. 그 순간 어느 날엔가 경진이 했던 말이 떠올랐다. 공연이 없던 월요일이었다. 자취방 바닥에 드러누워 천장을 바라보던 경진이 말했다.

"지쳤어. 더 늦기 전에."

뒤에 끊긴 말을 나는 묻지 않았다. 대신 손을 잡아주었다.

그맘때쯤 내 마음에도 변화가 일기 시작했다. 즐겁기만 하던 단원들과의 술자리가 점점 재미없어졌고 공연이 끝나고 나면 다른 약속이 있다며 새어 나가는 일이 잦아졌다. 조연출이 어딜 가냐며 환이 형이 잡는데도 중요한 일이라고 빠져나와서는 경진의 집으로 갔다. 거기서 경진이 책상에 펼쳐 두고 나간 책을 읽었다. 경진은 자신은 하고 싶은 얘기가 없다고 했다. 하고 싶은 얘기가 없어서 다른 사람이 하고 싶어 하는 얘기를 들어주거나 혹은 대신 말해주는 게 좋다고. 그래서 연출이 된 거라고 말할 때 경진은 즐거우면서도 체념한 듯 보였다. 경진이 물었다.

"너는 어때?"

나는 답했다.

"난 하고 싶은 얘기가 많아."

실제 그랬던 건 아니다. 그저 경진이 체념함으로써 어딘가 텅 비었을 곳을 내가 대신 채워줘야겠다는 막연한 생각이 들었을 뿐이었다. 그런데 막상 대답하고 나니 경진이 내 이야기를 무대에 올리는 날이 너무도 쉽고 선명하게 머릿속에 그려졌고, 그 순간 진심이 돼버렸다. 내 대답을 들은 경진은 웃으며 말했다.

"그럼 써봐. 잘하잖아, 뭐든."

환이 형의 손길을 미처 뿌리치지 못하고 술자리에 합류한 날이었다. 배우들이 하는 이야기를 멍하니 듣고만 있다가 그들 삶이 무대 위 삶처럼 반복만 될 뿐 전혀 나아지지 않고 있다는 생각에 빠져들었다. 연극하기 어렵다고 푸념만 하면서 자기 실력을 계발하려는 노력은 전혀 하지 않는다고, 달아놓

고 먹는 밥이 하루의 유일한 끼니인 주제에 언젠가 유명해
질 거라는 믿음은 절대 버리지 못한다고. 나도 그들 중 하나
라는 생각이 들자 벗어나고 싶었다. 반복과 답습을, 제자리
걸음을, 그리고 무엇보다도 사람을, 사람들을…… 견딜 수가
없었다.

연출이 일이 있어서 술자리에 빠지는 날이면 술값 계산을
두고서 서로 눈치만 보는 사람들. 그들 사이에 앉아 있던 어
느 날엔가 농담하듯 물었다.

"돈 없다 없다 하면서 술값은 대체 어디서 나요?"

순간 정적이 흘렀고 환이 형이 내 목에 팔을 두르며 장난
치듯 말했다.

"우리가 술이라도 안 마시면 어떻게 사나?"

경진과 헤어진 건 경진의 두 번째 공연이 올라가고 나서
였다. 그사이 우리 극단은 작품을 두 편 더 올렸으나 둘 다
망했다. 임대료를 내지 못해 보증금이 까였고, 보증금이 다
까인 뒤에도 어찌어찌 서너 달을 더 버티다가 결국 극장에서
쫓겨났다.

단원들이 함께 만들었던 작은 극장. 그 극장에서 올린 마
지막 작품의 마지막 공연 날, 일요일임에도 관객이 딱 둘만

왔다. 그 전 주까지만 해도 1, 20명은 되던 관객 수가 점점 줄어든 끝에 벌어진 일이었다. 연출과 배우들은 시작을 10분 앞두고서 공연을 할지 말지 논의했다. 단 두 명을 앉혀둔 채 공연하는 건 배우는 물론이거니와 관객에게도 힘든 일이었다. 관객은 불쌍한 배우들을 구원해야 한다는 사명감에 휩싸이고, 배우들은 단 두 명의 관객일지라도 최선을 다해야 한다는 사명감에 사로잡히는 상황. 서로를 향한 지나친 배려와 애정이 서로를 망치는 상황. 그런데도 연출은 공연을 강행하기로 결정했다. 그것이 연극이라면서.

관객 둘은 멀찌감치 떨어져 앉아서는 공연 보는 내내 아무 소리도 내지 않았다. 극장 안이 건조한 탓에 기침할 법도 했지만 그러지 않았고, 심지어 부스럭대는 소리조차 내지 않았다. 공연을 보는 게 아니라 서로 아무 소리도 내지 않기 시합이라도 치르는 듯했다. 아마 그것이 자신들이 공연을 완전히 집중해서 보고 있음을 알리는 최선의 표현이라고 생각했을 테다. 배우들의 목소리는 관객의 그 최선 너머를 향해 아무런 반향도 없이 흩어졌다.

공연이 끝나자 모든 게 끝나 있었다. 연극의 3요소는 엠티, 시始파티, 쫑파티의 '3티'라고 자신 있게 외치던 이들이 3티 중 가장 중요하다는 쫑파티를 하지 않으려고 했을 만큼 철저하게, 모든 것이, 끝나버렸다. 공연 중 어디 갔다 왔는지 술에 한껏 취해서 극장으로 들어선 연출은 수고했다는 말도 없이 외쳤다.

"암만해도 쫑파티는 해야지."

돈이 없어 백반집에서 진행된 쫑파티 중 달걀프라이를 많이 달라고 했다가 사장과 싸운 연출은 씩씩대며 밖으로 나갔다. 얼마 안 가 연출은 달걀 한 판을 사와 사장에게 건네고선 미안하다 사과하고는 자기 자리로 돌아와 앉자마자 극장을 처음 만들 당시 이야기를 꺼냈다. 극장을 만들기 전에 용하다는 점쟁이를 불러서 극장을 만들지 말지를 물은 적이 있었다고. 점쟁이는 임대받을 건물의 기운이 너무 세고 어두우니 만들지 말라고 권고했다. 하지만 이미 만들기로 마음을 굳혔던 연출이 어떻게 방법이 없겠느냐고 묻자, 한참 뒤 한숨을 내쉰 점쟁이가 말했다. 저기 저 은행나무에 막걸리 두 말을 붓고 고사를 지내라고. 이야기를 마치고 나서 연출은 울었다.

쫑파티가 끝나고 집으로 돌아가는 길에 극장 앞을 들렀다. 나도 모르는 새 발걸음이 그리로 향했다. 가로등 불빛을 받은 은행나무가 환히 빛나고 있었다. 노랗게 물든 잎들은 처음 보았을 때보다 무성했고 훨씬 더 싱싱했다. 막걸리 두 말을 부었더니 그 뒤로 은행나무가 점점 살아났다는 연출의 말은 사실인 것 같았다.

한참을 서서 은행나무만 바라보았다. 은행나무가 점점 살아나는 동안 우리는 점점 시들어갔던 게 아닐까. 거기까지 생각이 미쳤을 때 경진에게 전화했다. 다음 주에 시작하는 공연 연습에 열중이던 경진은 무슨 일이냐고 물었고, 나는 방금 종파티가 끝났다고 말했다. 잠시 아무 말 없던 경진은 고생했다고 말해주었다.

다음 날 다 함께 극장을 철거했다. 이날은 경진도 참석했다. 연습 막바지일 텐데 뭐 하러 왔느냐는 배우들의 말에 경진은 웃으며 대꾸했다.

"안 왔으면 평생 안 봤을 거면서."

기부자의 이름표가 달린 좌석과 음향기기, 프로젝터와 몇몇 소품들을 뺀 나머지 것들은 전부 고물상으로 실려 갔다. 좌석은 연출이 자기 고향으로 가져가기로 했다. 동네 마을회관이나 구판장 앞에 두면 유용할 거라면서. 뒤에 낯선 이들의 이름표가 붙은 좌석에 앉아 공연이 시작되길 기다리는 노인들의 모습이 절로 머릿속에 그려졌다. 그들 눈앞에 펼쳐질 연극은 과연 무엇일지. 결국 그들이 살아온 인생밖에 없지 않을까. 오직 되감기만 가능한 플레이어. 그들을 위해 오퍼가 해줄 일은 아무것도 없어 보였다. 그저 조명을 켜주기만 하면 그뿐, 알아서 잘 흘러가다가 끝나야 할 때 끝나겠지.

앞으로 가야 한다.

가장 골치 아픈 좌석을 해결하고 나자 남은 것은 누구 집에 보관할지 의논하는 사람들 사이에 서서 자꾸만 생각했다.

앞으로 가야 한다, 나는.

서로 떠맡기를 미루고 있을 때 보훈이 나섰다. 자기 자취 방에 두겠다고. 이제 다 끝났다는 듯 목장갑을 벗어서 툭툭 털어낸 연출이 말했다.

　"다음 거 해야지."

　새로운 대본 작업 중이라는 연출은 대본이 완성되는 대로 연습실을 빌려서 딱 한 달만 연습하자고 했다. 설 연휴가 끝 나면 바로 무대에 올리자며. 극장 대관도 어느 정도 말을 맞 춰놨으니 걱정하지 말라고 했다. 그의 말에 유일하게 보훈만 기뻐했다. 나머지는 침묵했다. 침묵이 길어질 때쯤 환이 형 이 물었다.

　"그동안 뭐 하고 있을까요?"

　연출이 망설이다가 대답했다.

　"몸 안 녹슬게 관리 좀 하고, 가끔 얼굴들도 좀 보고……."

　그로부터 일주일 뒤, 경진이 자기 공연 시파티에 참석하고 있을 때였다. 경진의 집으로 간 나는 책장을 살펴보다가 『일 곱시 삼십이분 코끼리열차』를 빼냈다. 김숨, 김애란, 김연수, 김영하를 즐겨 읽는 경진에게 한국에 김씨 말고 다른 괜찮은 소설가는 없냐고 물었더니 황정은을 추천해준 게 기억났기 때문이다.

　빼낸 책 표지를 들여다보고 있자니 갑자기 ㄱ과 ㅎ 사이 가 까마득히 멀게 느껴졌다. 왜 하필 황정은이야. ㄱ과 ㅎ 사 이에 다른 작가는 없어? 이씨도 있고 박씨도 있고 조씨도 있을 텐데 대체 왜 ㅎ이야. 경진이 황정은을 추천한 데 딴 이유가 있을 거라는 말도 안 되는 생각에 빠져 있다가 빼낸 책을 도로 꽂았다. 대신 김연수의 『7번 국도』를 빼냈다. 제목 아래 'Revisited'라고 쓰여 있었다. 13년 만에 특별판으로 재발간됐다며 경진이 유독 좋아하던 책. 작가가 원점으로 돌아가는 마음으로 제목과 인물들만 그대로 놔둔 채 나머지는 새로 쓴 작품이라고 말하며 책등을 쓰다듬던 경진의 모습이 눈에 선했다. 책을 가방에 넣고서 집으로 돌아가는 길에 책 한 권을 빌려 간다고 문자 메시지를 보냈다.

경진은 그 문자 메시지에는 끝내 답장하지 않았다. 대신 그로부터 일주일 뒤 만나자고 연락해 왔다. 경진의 팀이 요새 달아놓고 먹는다는 국숫집에서 국수 한 그릇씩 먹은 우리는 마로니에 공원 벤치에 앉아 비둘기를 바라보았다. 비둘기는 멍청하다는 말도 무색할 만큼 멍청한 꼴로 여기저기 돌아다니고 있었다. 고개를 까닥이다가 후다닥 달려가 바닥에 고개를 처박고, 다시 고개를 들고 까닥이다가 후다닥 달려가고. 그러는 동안 내내 한 나무 밑에만 머물렀다. 경진이 자기 발치로 온 비둘기를 쫓아내며 물었다. 앞으로 뭐 할 거냐고. 나는 아무렇지도 않은 말투로 취직이나 해야겠다고 대답했다. 경진은 이해한다는 듯 고개를 끄덕였다. 경진을 향한 내 마지막 말은 이것이었다.

"공연 좋더라."

경진은 낯간지럽다는 듯 웃었다. 나를 향한 경진의 마지막 말은 이것이었다.

"다음 공연 때도 초대할게."

나는 끝내 빌려 간 책을 돌려주지 못했다.

설 연휴를 보름 앞둔 어느 날, 연출에게서 전화가 걸려 왔다. 받자마자 연출은 첫 연습 날짜를 고지했다. 나는 난처하다는 듯 말을 얼버무리다가 다음 달이 졸업이라고 말했다. 연출은 내 다음 말을 기다렸다. 아직 대사가 끝나지 않았다는 걸 잘 안다는 듯이.

"취직하려고요."

"그래. 잘 생각했다. 그래도 가끔 얼굴은 비추고. 응?"

연출은 자기 대사도 이미 마련해놓았던 듯 자연스레 대꾸했다. 새해 복 많이 받으시라고 말하고는 전화를 끊었다.

눈앞에 커서가 깜박이고 있었다. 3페이지까지 쓴 소설의 채 완성하지 못한 문장 다음에.

희곡이 아니라 소설을 쓰기로 한 건 희곡은 어쩐지 혼자 하는 작업처럼 느껴지지 않아서였다. 무언가를 이야기하기에는 소설이 더 편하게 느껴지기도 했고. 연출에게든 배우들에게든 소설을 쓴다고는 굳이 말하지 않았다. 말한다면 진심으로 응원해줄 사람들이라서 더욱 그랬다. 모든 게 낯간지러 웠고, 귀찮았고, 가능한 한 멀리 떨어져 있고 싶었다. 진심이 니 순수니 사람 냄새니 하는 것들로부터. 그런 게 싫은 건 아 니었다. 그냥 지쳐버린 기분이었다. 아무리 좋은 것도 반복 되면 결국 질리고 만다는 걸 그때 처음 깨달았다. 내가 반복 을 잘 견디지 못하는 종류의 인간이라는 사실도. 경진이 천 장을 바라보며 했던 말이 그제야 이해됐다.

더 늦기 전에.

나는 혼자가 되었다. 함께하는 일에는 질릴 대로 질렸다는 듯이 혼자 할 수 있는 일을 시작했다. 그들과 달리 나는 조금 씩 나아질 것이라고 믿었다. 술 마실 시간에 글을 쓰고, 한풀 이할 시간에 글을 쓰고, 매일 똑같은 짓을 미련하게 반복하 는 대신 새로운 문장을 씀으로써.

보훈은 자신이 이번 작품 조연출을 맡게 되었는데 대체 어찌 된 일이냐며 전화를 걸어 왔다. 나는 승진을 축하한다 고 말하고선 다음 음향 오퍼는 네가 찾으라고 했다. 보훈이 물었다.

"정말 취직하시는 거예요?"

태연하게 거짓말했다.

"응. 벌써 몇 군데 원서 넣었어."

"첫 월급 받으면 술이나 사주세요."

알겠다고 대답하고서 전화를 끊었으나 그 뒤로 내가 보훈에게 술을 사준 적은 없다. 그렇다고 얼굴을 보지 않은 것은 아니었다. 가끔 연습을 구경하러 갔고 마지막 공연은 꼭 챙겨 보았으며 공연이 끝나고 난 뒤 철거 작업도 도왔고 쫑파티에도 참석했다. 하지만 그러던 것도 점점 줄어들어서 나중에는 공연도 보러 가지 않게 되었다. 몇몇 배우들이 극단을 그만두었다는 말이 들려왔다. 그 과정에서 다툼이 있었다는 말도. 나는 예상했던 일이라는 듯 크게 신경 쓰지 않았고 소설 쓰기에만 몰두했다.

3년간 수십 번의 공모전에 떨어졌다. 예심에도 오른 적이 없었다. 새해 첫날 주요 일간지의 신춘문예 당선작들을 찬찬히 다 읽고 나서 인터넷 창을 닫고 이력서를 쓰기 시작했다. 이렇게 쉽게 포기된다는 게 얼떨떨하면서도 어쩐지 이치에 맞는 것 같았다. 미련하게 계속 붙들고 있느니 능력 부족을 인정하고 속 시원히 포기하는 게 현명한 일이라는 판단이 섰을 때 문득 잊고 있던 이들의 얼굴이 떠올랐다. 그들은 여전히 그 자리에 그대로 있겠지. 그렇게 생각하자 잘한 선택이라는 확신이 들었다.

인적 사항과 학력까지는 별생각 없이 적어 넣었다. 하지만 경력에 이르러 멈추었다. 커피숍 야간 아르바이트를 경력에 적을 순 없었다. 조금 더 공신력 있는 것이 없을까, 하고 고민하던 중 음향 오퍼 자리에 내 이름이 쓰였던 첫 번째 공연 포스터가 떠올랐다. 조연출 자리에 이름이 쓰였던 마지막 공연 포스터도. 대학로 구석구석에 나붙었던 포스터에 이름이 적혔다면 나름대로 공신력 있는 게 아닌가. 그런 자조적인 생각의 끝에 갑자기 경찰에게 허리춤을 잡혔던 일이 기억났다. 정확히는 허리춤이 끌어 올려졌을 때의 황망했던 감각이. 경찰은 전봇대에 포스터를 붙이고 있던 환이 형과 나를 현장 체포했다. 그가 허리춤을 잡고 끌어 올리자 바지 밑위가 사타구니를 압박했고, 절로 까치발이 띄워졌다. 그저 허리춤을 잡힌 것만으로 꼼짝도 할 수 없다는 사실을 처음 안 날이었다.

관객이 점점 줄어들자 단원들이 직접 포스터를 붙이고 다닐 때였다. 얼마 뒤 쫓겨날 극장에서 올라간 내 마지막 공연의 포스터. 포스터 붙이는 일을 전문으로 하는 인력에게 맡기면 될 일을 단원들이 하게 된 건 당장 인력에게 줄 돈도 마땅치 않던 극단 사정 때문이었다. 2인 1조로 팀을 이루어 각자 맡은 구역의 식당이나 골목의 건물 벽면, 전봇대, 용도를 알 수 없는 낮은 지상 구조물 등 눈에 띌 만한 곳이면 어디든 포스터를 붙이고 돌아다녔다. 포스터를 붙인다고 경찰에게 잡히는 일이 벌어질 줄은 꿈에도 모른 채.

근처 파출소로 끌려간 환이 형과 나는 신상 명세를 적었고, 사흘 뒤 서초동 법원으로 즉결 심판을 받으러 올 것을 고지받았다. 공권력에 반항하듯 반소매, 반바지 차림에 쪼리를 신고 법원에 간 우리는 높은 곳에서 내려다보는 판사에게 이름과 주민등록번호를 읊어야 했다. 굴욕적인 기분을 느끼지 않으려고 판사의 눈을 똑바로 바라보았다. 하지만 판사는 나 따위는 쳐다볼 값어치도 없다는 듯 자기 앞에 놓인 서류 더미만 내려다본 채 원래 벌금 5만 원 형인데 초범인 점을 감안해서 3만 원 형에 처한다고 선고했다. 내 다음 차례는 환이 형이었다. 법정을 나서기 전에 환이 형이 자기 이름과 주민등록번호를 말하는 걸 들었다. 형의 본명은 '이환'이 아니라 '김덕훈'이었다.

법원 밖으로 나오자마자 환이 형이 아이스크림이나 먹자고 했다. 갑자기 웬 아이스크림, 하고 생각했을 때 먼저 나온 이들이 죄다 한구석에서 담배를 피우는 모습이 보였다. 그때만 해도 오직 경진 앞에서만 담배를 피울 때였으니 환이 형은 내가 간헐적 흡연자라는 사실을 전혀 몰랐다. 사실 형도 담배를 피우고 싶은데 나를 배려해서 아이스크림을 먹자고 한 거란 걸 깨닫자 고맙기보단 이상하게도 짜증이 일었다. 아침부터 법원에 왔다는 게, 높은 곳에 앉은 판사를 향해 죄를 고하듯 이름과 주민등록번호를 말했다는 게 좀체 납득되지 않았다. 허리춤을 잡고 끌어 올리던 경찰의 실실 웃는 낯이 떠올랐을 때는 겪지 않아도 될 일을 겪었다는 생각이 머릿속을 가득 채웠고, 얼결에 헛웃음이 나왔다. 나는 환이 형에게 '담배 피울 줄 알아요' 하고 말하지 않았다. 대신 빵빠레나 먹자고 말했다. 환이 형이 물었다.

"빵빠레?"

"축하해야죠. 생애 첫 법원 방문인데."

내 말투가 평소와 다르다는 걸 형은 단번에 알아챘을 것이다. 잠시 말이 없던 형이 내 어깨에 손을 얹으며 말했다.

"미안하다."

그러고선 내가 미처 뭐라 답할 새도 없이 "나는 월드콘!" 하고 외쳤다. 뭐니 뭐니 해도 맛있는 건 가슴이 확 트이는 월드콘콘콘콘…… 하며 앞서 걷는 환이 형의 뒷모습이 잊히지 않는 건 법원 근처 가게에서는 빵빠레도, 월드콘도 팔지 않았기 때문일 테다. 그날 환이 형은 가게 주인에게 화를 내듯 물었다. 아니, 왜 빵빠레도 월드콘도 없어요? 그게 말이 돼? 둘 중 하나는 있어야지! 나는 실랑이가 더 커지기 전에 환이 형을 끌고 가게 밖으로 나왔다. 형은 그 어느 때보다 진지한 표정으로 내게 말했다.

"이 시점에 이게 말이 돼? 둘 중 하나는 있어야지, 하나는……."

그 말이 내게는 울지도 웃지도 못하면 대체 어쩌냐는 말로 들렸다. 안타깝게도 나는 조연출에 불과했고, 그랬기에 그에게 어떤 디렉션도 줄 수 없었다. 아니, 아마 어떤 훌륭한 연출이 왔어도 마찬가지였을 거다. 그날 우리가 빵빠레도 월드콘도 먹지 못한 건 연극이 아니라 진짜 삶이었으니까.

경력 칸을 비워뒀는데도 취직은 생각보다 쉽게 되었다. 직장인이 내 운명이라는 듯. 하지만 밤 열한 시에 출근해서 다음 날 아침 여덟 시에 퇴근하는 커피숍 야간 아르바이트 생활에 익숙해진 몸은 직장 생활에 적합하지 않았다. 몇 번이나 회사를 옮겨 다녀야 했고 그사이 집도 서너 번 옮겼다.

몸속에 쌓인 카페인이 비로소 다 사라졌다고 느꼈을 때쯤 새로 잡은 직장은 입사 원서에 키를 적으라고 요구하고 있었다. 나는 키를 대체 왜 물어보는 건지 의아해하면서도 내 나이에 자랑할 거라고는 어쩌면 키밖에 없을지도 모르겠다고 생각하며 실제 키보다 1센티미터 크게 적어냈다. 며칠 뒤 합격 통보 메시지가 날아왔다.

보훈의 공연은 기대했던 것보다 재밌었다. 인생에 출구가 없다고 느끼는 남자가 주인공이었는데 그 역을 맡은 배우는 바로 환이 형이었다. 포스터에는 분명 아는 이름이 기찬뿐이었는데 대체 어찌 된 일일까 싶었다. 보훈은 환이 형이 예명을 바꾸었다고 알려주었다. '이환'에서 '김우주'로. 자기도 아직 바뀐 이름을 부르는 게 어색하다고 덧붙였다.

어느새 눈가에 주름이 자글자글해진 환이 형. 김덕훈에서 이환이 되었다가 이제는 김우주가 된 형. 공연 막바지에 그가 쳤던 대사가 떠올랐다.

출구가 내 뒤에 있었네.

그렇게 말한 형은 뒤돌아 출구를 보는 쉬운 방법을 택하는 대신 큰 원을 그리며 무대를 한 바퀴 뱅 돌았다. 그러더니 원래 섰던 자리로 갔다. 허리를 굽히고 신발 끈을 고쳐 맸다.

보훈이 내 팔을 잡아끌며 말했다.

"시파티 같이 가요."

"내가 거길 왜 가."

"왜요? 환이 형, 아니, 우주 형도 있고 기찬이도 이따 알바 끝나면 합류하기로 했고, 경진 누나도 온다고 했는데."

보훈은 말해놓고서 아차 싶었는지 내 눈치를 살폈다. 그러다 이내 대수롭지 않다는 듯 말을 이었다.

"잠깐이라도 앉아 있다 가요."

분장을 지운 환이 형, 아니, 우주 형이 극장 밖으로 나오는 게 보였다. 일부러 시선을 피했다. 형은 멀찍이서 보훈을 향해 "안 가?"라고 외치더니 성큼성큼 우리 쪽으로 걸어왔다.

"이게 누구야!"

내가 "어, 형"이라고 어색하게 인사하자 형이 내 손을 꽉 잡았다.

"잘 살았어?"

"그냥 회사의 노예죠, 뭐. 형은 더 멋있어졌네."

"멀었다. 이름이 우주인데 더 멋있어져야지."

이름은 바뀌었어도 성격은 그대로라고 생각하고 있을 때

우주 형이 팔을 잡아끌며 말했다.

"뭐 해? 가자."

우주가 되어서도 어둠과 별빛을 찾는, 아니, 우주가 되었으므로 더욱더 어둠과 별빛만 찾게 된 환이 형. 그리고 입봉해서 한껏 기분이 좋은 보훈. 그 둘을 빼고는 아는 이가 아무도 없었다. 딱히 할 말이 없어 보훈에게 함께 극단 생활했던 배우들 안부를 하나하나 물었다. 수미 누나를 뺀 나머지는 여전히 연극을 하고 있다는 대답이 돌아왔다. 어느새 반백 살이 된 연출도 왕성히 활동하고 있었고, 내가 막연히 없어졌을 거라 믿었던 극단은 오히려 단원이 늘어서 공연 때마다 캐스팅 싸움이 치열하다는 사실도 알게 되었다. 정말로 모두 그 자리에 그대로 있을 줄이야. 기대를 저버렸다고 해야 할지 기대했던 그대로라고 해야 할지 도무지 알 수 없는 기분이었다.

사람들은 내가 누구인지는 전혀 개의치 않고 함께 즐겼다. 10년이 지났어도 그러한 분위기에 익숙하다는 사실이 조금 놀라웠고 얼떨떨했다. 그러다 혼자 밖으로 나와 담배를 피우는데 눈물이 날 것 같았다. 다시 돌아와 자리에 앉은 내게 우주 형이 물었다.

"뭔 일 있어?"

아무 일도 없다고 대답하고선 되물었다.

"형은?"

"나야 늘 일이 있지."

"무슨 일?"

"술 마시는 일."

보훈이 끼어들었다.

"이렇게 만날 마시면서도 멀쩡하다는 게 신기하다니까요."

"멀쩡하지 않다."

"예?"

"멀쩡한 정신으로 어떻게 살겠냐."

"뭐래."

우주 형이 보훈과 내게 건배를 청했다. 건배사를 고민하다가 외쳤다.

"우주의 평화를 위하여."

일원이 아닌데도 술자리가 끝날 때까지 자리에 남았다. 택시 요금 할증이 풀릴 시각이 다가오자 슬슬 하나둘 자리를 뜨는 사람들이 생겨났다. 그때까지도 경진은 오지 않았다. 나는 끝내 보훈에게 경진의 안부를 묻지 않았다. 대신 한껏 혀가 꼬인 목소리로 물었다.

"그래서, 출구는 있는 거냐 없는 거냐."

어쩐 일인지 보훈은 한참을 껄껄대며 웃다가 대답했다.

"형, 취한 거 오랜만에 보네요. 좋다."

"있단 거야 없단 거야?"

"몰라요. 그걸 알면 연극을 왜 해."

"고맙다."

"뭐가요?"

"그냥."

"고마우면 다음에 술이나 사요."

테이블에 엎드려 잠들었던 우주 형이 잠에서 깨며 "술?" 하고 말했다. 내가 더 자라며 뒷머리를 누르는데도 기어코 일어난 형은 "술값은 노래로!"라고 외쳤고, 제발 그러지 말라는 사람들의 원성에도 불구하고 기어코 노래를 시작했다.

도시의 밤은 불빛들로 시작해요. 어두움은 이젠 사라졌어요. 불빛들만 허공을 날아요…….

부르지 말라던 이들이 어느새 더 크게 따라 부르고 있었다.

밤을 잃은 도시와 하늘 앞에서 당신도 나도 똑같이 작은 사람이에요.

어딜 가나 사람들에게 자기 노래를 전염시키는 사람. 자기가 부르는 노래대로 사는 사람. 노래를 마친 형에게 물었다.

"형은 깜깜한 게 그렇게 좋아?"

우주 형은 그게 대체 무슨 소리냐는 듯 쳐다보았다.

"어둠이니 밤이니 우주니……. 죄다 깜깜하잖아."

우주 형은 법원 앞에서처럼 내 어깨에 손을 얹고선 '음' 하고 목을 가다듬었다. 그럴듯한 말을 떠올리는 모양이었다.

"깜깜해야지. 그래야 작게 빛나도 보이니까."

그러고는 허공에 대고 양팔을 허우적대며 외쳤다.

"여기요! 나 여기 있어요! 나 좀 봐줘요! 여기서 열심히 깜박이고 있습니다!"

"뭐야. 그건 또 어떤 연극 대사야."

"그냥 내 대사다."

밤이 다 지나고 해가 떴을 때야 술자리가 끝났다. 아니, 밤이 지나갔다고 하기보단 우리가 밤을 다 써버렸다고 하는 편이 나으려나. 그만큼 징글징글한 술자리였다. 우주 형은 마을버스를 타고 자기 마을로 떠났다. 떠나기 전에 나를 끌어안고선 말했다. '반갑다'라고. '반가웠다'도 아니고 '반갑다'라니. 만난 지 12시간 만에 들은 그 말에 나는 아무 대꾸도 하지 못했다. 대신 형이 떠나자마자 재채기를 했다. 자꾸 재채기가 났다. 보훈이 내 등을 두드려주며 물었다.

"토할 거 같아요? 더 세게 두드려줘? 응? 토할래요? 토해, 말아?"

택시가 쉽게 잡히지 않아서 한동안 보훈과 단둘이 서 있었다. 내가 괜찮다고 먼저 들어가라고 하는데도 보훈은 자기 역시 괜찮다며 끝없이 한쪽 팔을 흔들어댔다. 그러면서 내가 묻지도 않은 말을 해댔다. 기찬은 아르바이트를 끝마치고 바로 뺀 것 같다고, 경진은 다음 달에 새 공연을 올리는데 연습 때 문제가 생겨서 못 온 것 같다고. 처음으로 직접 쓰고 연출하는 거라 아마 고민이 많을 거라고.

"배우들 기도 세고, 무대 디자이너 곤조도 장난 아니라 하고. 지들이 얼마나 대단하다고."

마침내 택시를 잡아 세운 보훈은 차 문을 열고서 나를 재빨리 안으로 집어넣었다. 나는 자리에 앉자마자 차창을 내리고서 말했다. 조만간 보자고. 이번엔 꼭 술 사주겠다고. 보훈이 술은 상관없다는 듯 손을 휘휘 내젓고는 말했다.

"경진 누나 공연 보고 싶으면 말해요. 초대해줄게."

나는 "됐어. 뭐 하러" 하고 답하곤 부러 활기차게 말했다.

"오늘 공연 좋더라."

그러고는 얼른 차창을 올리고서 택시 기사에게 목적지를 외쳤다.

오는 내내 택시 기사와 얘기했던 것 같은데 내용이 잘 기억나지 않는다. 출구 얘기를 했던 것 같기도 하고 출근 얘기를 했던 것 같기도 하고. 내가 먼저 말을 걸었다는 것만은 확실히 기억난다. 평소 택시를 타면 기사가 행여 말을 걸까봐 눈을 감고 자는 척하고 있던 걸 생각하면 이상한 일이었다. 기사님은 이 일을 얼마나 하셨어요? 아마 내가 그렇게 물은 게 대화의 시작이었던 것 같다. 기사가 15년이라고 했던가 25년이라고 했던가…….

집에 도착하고 보니 정신이 말짱해져 있었다. 방으로 들어서자마자 책장을 뒤졌다. 『7번 국도』는 없었다. 여러 차례 이사하던 중 잃어버린 모양이었다. 이상하게도 웃음이 났다. 처음부터 돌려줄 필요가 없었던 것이라고, 경진이 문자 메시지에 답장하지 않은 건 내게 그 책을 선물로 준 것이기 때문이라는 생각이 그때야 들었다. 아마 경진은 내가 무슨 책을 가져갔는지 단번에 알아챘을 것이다.

방바닥에 누워 천장을 바라보았다. 지금 잠들면 출근할 수 있을까. 반차를 낼까. 그냥 확 무단결근을? 결근한 김에 영영 출근하지 말까…… 하는 생각들을 하다가 아무래도 좋다고 느끼며 기지개를 켰다. 이런 기분을 느낀 게 얼마 만인지 짐작도 되지 않았다. 한구석에 펼쳐진 푸마 재킷 위에 잠들어 있던 푸마가 어느새 깼는지 나를 따라서 늘어지게 기지개를 켰다. 그러더니 잠시 나를 멀뚱멀뚱 쳐다봤고, 다시 누워서 잠들었다. 뭐야, 그럴 거면 기지개는 왜, 하고 중얼거렸을 때 스르륵 눈이 감겼다.

꿈결에 푸마가 말을 걸어왔다.

"에헴. 되감는 것도 앞으로 가는 것도 어쩌면 다 한 버튼 위의 일인지도 모른다네."

내가 눈을 동그랗게 뜨며 물었다.

"정말이에요, 선생님?"

어느새 눈앞에 가로등 불빛을 받은 은행나무가 우뚝 서 있었다. 마지막으로 보았을 때보다 훨씬 더 싱싱한 잎들을 매단 채 스으-스으으-으으으으- 하는 이상한 소리를 내었다. 꼭 고통의 신음 같기도 했고 기지개를 켜는 소리 같기도 했다. 나무에 귀를 대고 한참을 그 소리만 들었다. 나무가 조금씩 나이테를 늘려가는 소리, 라고 생각했을 때 발목에 따뜻한 감촉이 느껴졌다. 내려다보니 푸마가 내 발목에 자기 꼬리를 감은 채 잠들어 있었다.

환한 조명 아래 우리는

10년 넘게 무대에 섰지만 첫 등장은 아직도 떨린다. 환한 분장실에서 나와 컴컴한 가림막 뒤에 숨어 무대를 바라보는 시간. 기복 형이라면 이렇게 말할 것이다. 첫 등장은 '아직도' 떨리는 게 아니라 '언제나' 떨리는 거라고. 평생 연극만 한 배우도 매 공연의 첫 등장만큼은 떨리기 마련이라고. 몇 분 뒤 수미 누나가 의자에서 일어나면 서정적인 피아노 연주곡이 흐를 테고, 나는 천천히 무대로 나가야 한다. 다섯 발자국이면 수미 누나 앞에 이를 것이다. 누나는 나를 쳐다보지 않을 것이고, 나는 이름을 부르는 대신 누나의 왼 어깨에 손을 얹을 것이다.

　누나가 의자에서 일어나기 전까지의 몇 분이 한없이 길게 느껴진다. 발끝에 이른 조명이 무대와 무대 밖을 어렴풋이

가른다. 희붐한 경계 위로 수많은 장면과 생각이 두서없이
오간다.

1년 전, 무대 위에서 쓰러졌다. 쓰러지기로 약속하지 않은
때에 그러고 말았다. 평소라면 임기응변으로 상황을 모면했
겠지만 그럴 수가 없었다. 쓰러지기 전에 이미 정신을 잃었
으니까. 내가 쓰러졌다는 사실도 나중에 들어서 안 얘기다.
누가 뒤에서 밀기라도 한 것처럼 풀썩, 허수아비처럼 풀썩,
쓰러졌다고.

하지만 사람들이 내가 쓰러지는 걸 본 뒤로도 나는 한동
안 제대로 서 있었다. 꿈속인지 무의식 속인지 알 수 없으나
아무튼 아주 환한 곳이었다. 조명 아래 섰을 때 느끼는 것과
는 전혀 다른 환함이 공간을 가득 채우고 있었다. 대기가 맑
아서 환한 느낌도 아니었고 햇살이 강해서 그런 것도 아니었
다. 공간 자체가 환했고, 모든 게 너무 선명했다.

가만 보니 과수원이었다. 저 멀리 밀짚모자를 쓴 엄마와
아빠가 보였다. 둘은 만 평도 넘어 보이는 부지를 한가로이
거닐며 사과를 하나씩 따고 있었다. 갸우뚱했다. 도매시장에
서 과일을 떼다가 파는 사람들이 여긴 왜. 군데군데 칠이 벗
겨진 낡은 트럭에 과일을 가득 싣고서 아파트촌을 돌아다니

는 둘의 모습이 눈에 선했다. 20년 전처럼 리어카를 끌고 다닌다면 모를까 과수원을 운영할 사람들은 절대 아닌데…… 하는 생각을 하다가 둘이 과수원에 고용된 것이라는 결론에 이르렀다. 과일을 떼어 올 돈도 더는 남지 않아서 아예 따는 데 취직한 모양이라고. 남 밑에서 일하는 걸 죽기보다 싫어하는 아빠. 다른 건 몰라도 아빠의 그런 굽힘 없는 성격만큼은 마음에 든다던 엄마. 둘이 어쩌다 저렇게 됐을까 생각해보니 아무래도 내 탓 같았다. 내가 무대 위에서 조명을 받는 동안 내 뒤로 생긴 그림자는 우리 집 위로 드리웠다. 무대에 자주 설수록 그림자는 더욱더 짙어졌다. 둘은 나를 조명 아래 세우려고 조금씩 집안 살림을 내놓았다.

연극을 시작한 지 3년이 지났을 때 아빠는 처음이자 마지막으로 내게 물었다. 그걸 꼭 해야겠느냐고. 나는 그렇다고 대답했다. 이상하게도 대답하고 나서부터 집에 손을 벌리는 일이 더는 미안하지 않았다. 오히려 당연한 일로 여겨졌다. 사과를 안에서부터 조금씩 갉아먹는 벌레처럼, 나는 마침내 구멍이 뚫릴 때까지 내 길만을 갔다. 사과를 살피진 않았다.

도와드리려고 다가갔다. 이제라도 그래야 할 것 같았다. 그러나 몇 발자국 못 가서 멈추었다. 둘은 웃고 있었다. 과수원에 고용된 사람의 웃음이 아니라 과수원을 소유한 사람의 웃음이었다. 자기가 피땀 흘려 재배한 과일을 자기 손으로 수확하는 이의 즐거움이 깃들어 있는 웃음. 설마 둘이 정말로 과수원을? 꿈같은 얘기였다. 꿈이라 해도 좋을 얘기였다. 꿈이 아니라면 슬플 얘기이기도 했다.

꿈이어서 좋은 건지 슬픈 건지 알 수 없는 감정이 들었을 때쯤 갑자기 암전됐다. 지상낙원처럼 보이던 곳이 순식간에 깜깜해졌다.

의사는 뇌동맥류가 터져서 벌어진 일이라고 했다. 뇌혈관의 어느 부분이 풍선처럼 부풀었는데 그게 터진 거라고. 보통 40대 이상 연령층에서 생기지만 더러 젊은 나이에 생기기도 한다고 말한 의사는 신중한 표정으로 손에 든 차트를 바라보았다.

"서른여덟이면⋯⋯."

그가 중얼거렸다. 뒷말은 하지 않았다. 차트를 내려놓은 의사는 모니터에 MRI 사진을 띄우고는 그게 내 뇌라고 했다. 노란색 포인터가 어딘가로 움직였다. 포인터가 멈춘 곳에 작은 혹 같은 게 보였다. 의사가 설명했다. 이것 역시 뇌동맥류입니다. 그는 다시 포인터를 움직였다. 멈춰 선 곳에 같은 게 하나 더 있었다. 이것도요. 그러곤 크기가 작고 위치도 나쁘지 않으니 지켜보면서 보존적 치료를 하는 편이 낫다고 했다. 손가락으로 머리를 가리키며 의사에게 물었다.

"이 안에 폭탄이 두 개나 더 있다고요?"

의사는 잠시 침묵하다가 대답했다.

"폭탄이 아니라 작은 혹이나 풍선 같은 거로 생각하는 편이 좋습니다."

"이건 안 터지나요?"

"터질 확률은 1퍼센트 미만입니다. 그보단 이번에 수술한 부위의 재출혈이 더 위험합니다."

의사는 뇌 수술 후 반년 내에 재출혈할 확률이 50퍼센트이며 재출혈 시 사망률은 80퍼센트에 가깝다고 말했다. 아직 진짜 위험은 시작도 안 했다는 말로 들렸다.

"원래 있던 건 왜 터진 거죠?"

"뇌동맥류의 원인은 아직 정확히 알려진 바가 없습니다. 다만 지나친 음주와 흡연, 고혈압이 영향을 미친다는 보고가 있습니다."

「출구 없음」의 연습을 시작한 게 언제였더라. 첫 연습을 끝내고 나서 폭음했던 기억이 난다. 그때부터 무대 위에서 쓰러지기 전까지 내가 비운 술병과 피운 담배꽁초가 얼마나 많을지 가늠도 되지 않았다. 맞지 않는 역할을 맡다 보니 스트레스가 심했다. 스트레스가 심하니 술과 담배를 평소보다 더 많이 했다.

"죄송합니다."

의사에게 사과했다. 그는 멋쩍은 표정으로 저한테 미안해하실 건 아니고요, 라고 대꾸했다. 그가 화제를 돌리려는 듯 물었다.

"쓰러지기 전에 심한 두통을 느끼시지 않았나요?"

느꼈다. 두통이라는 말로는 천만 분의 일도 표현하지 못할 만큼 큰 고통을. 누군가 온 힘을 다해 내 머리를 망치로 후려친 것만 같았다.

쓰러지기 직전에 나는 울었다. 아마 너무 아파서 저절로 눈물이 흘러나왔을 테다. 나는 그걸 물리적 고통 때문이 아니라 정신적 고통 때문에 우는 거라고 느꼈다. 너무 서럽고 슬퍼서 우는 거라고.

그러고 나서 쓰러졌는데 쓰러진 걸 기억하지는 못한다. 다만 이런 생각을 했던 것이 떠오를 뿐이다.

왜 조명을 끄지? 나 아직 연기 중인데.

내 머릿속은 백지장처럼 하얗다. 대사를 쳐야 할 타이밍인데 대사가 생각나지 않는다. 아무 말도, 심지어 '아' 하는 소리조차 낼 생각을 하지 못한다. 침묵 속에 몇 초가 흐르고, 기찬의 얼굴은 순식간에 불안과 당혹으로 물든다. 내 머릿속이 하얀 만큼 그의 얼굴도 하얗게 말라간다. 침착하자. 침착해야 한다. 기찬이 내게 한 말을 생각해보면 그 안에 답이 있을 거다. 분명 직전에 이렇게 말했지.

나한테 왜 그랬어요?

이 말 다음에 내가 할 수 있는 말은 무엇일까? 그러니까, 나는 대체 왜 그랬을까? 왜 연약하기만 한 이중필을 때렸을까. 내게 닥친 모든 일이, 도무지 출구가 보이지 않는 이 상황이 전부 네 탓이라는 듯. 기찬이 연기한 이중필은 대본상 그저 나와 함께 일하는 알바생이었다. 그는 나보다 열 살이나 어렸고, 어린 만큼 여렸으며 늘 수줍게 말했다. 하지만 불공정한 상황에선 누구보다 앞장서서 목소리를 낼 줄 알았다.

기찬은 이중필을 마음에 들어 했다. 평소 자기라면 절대 그런 상황에서 그런 말은 하지 못할 텐데 이중필은 그럴 수 있어서 연기할 때마다 속이 다 후련하다고 말했다. 반면 나는 내 역할이 마음에 들지 않았다. 보훈은 내가 맡은 역이 날 때부터 다혈질이고 평생 별생각 없이 살아온 인물이라고 강조했다. 그런 놈이 많은 생각을 해야만 하는 처지가 되었다 생각하고 연기하라고. 묻고 싶은 게 많았으나 보훈의 연출 입봉작에 딴지를 걸고 싶지 않았다. 그의 기를 꺾어서 좋을 게 없었다. 내가 역할에 적응하면 그만이라고 여겼다.

그러나 맞지 않는 옷을 입은 느낌은 좀체 사라지지 않았다. 배우야 맡으라는 역을 맡고 입으라는 옷을 입어야 할 따름이지만 그래도 이왕이면 조금이라도 맞는 역을 연기하는 게 좋다. 그게 편하다. 편하면 연기가 잘된다. 연기가 잘되면 대사를 잊을까 걱정할 필요가 줄어들고 실제 거의 까먹지도 않는다. 반면 맞지 않는 역을 맡으면 대사가 입에 잘 붙지도 않고 실수할까봐 노심초사하게 된다.

내게 다혈질 같은 면이 있는 건 사실이다. 그렇다고 해서 별생각 없이 살아오지는 않았다. 오히려 늘 생각이 많은 게 탈이었다. 철학과를 간 것도 그 이유에서였다. 철학을 배우면 뒤죽박죽이던 생각이 정리되고 꼭 필요한 것만 남을 거라고 막연히 믿었다. 하지만 그 반대였다. 생각은 더 많아졌고, 모든 게 다 쓸데없이 느껴졌다.

철학은 무대 위에서도 별 도움이 되지 않았다. 맡은 역을 필요 이상으로 깊게 생각하다 보면 역설적으로 역에서 점점 멀어졌다. 껍데기가 되었다. 약속된 대사를 뱉고 약속된 동선대로 움직일 뿐 영혼은 온데간데없는 껍데기. 껍데기가 되기 가장 쉬울 때는 맞지 않는 역을 맡았다고 느낄 때였다. 맞지 않는다고 느낄수록 생각을 더 많이 하게 됐으니까.

그러니 끝내 대사가 떠오르지 않는다면, 그래서 내가 극을 망치고 만다면, 그건 보훈에게 따져야 할 문제다. 어느 날엔가 참지 못하고 보훈에게 말했던 기억이 난다.

"보훈아, 웬만하면 하겠는데 이건 영 아니다. 제목도 「출구 없음」이 뭐냐. 모든 건 제목 따라가는데. 이러다 우리 진짜 출구 없이 끝난다."

보훈은 내 마음을 잘 알겠다면서도 뜻을 굽히지 않았다.

"나 입봉작인데 그냥 좀 도와주면 안 돼? 잘할게. 잘할 자신 있어."

"당연히 도와줘야지. 도와줄 건데."

"난 형이 이 역할 잘할 거라고 믿어. 형한테도 도움이 될 거라고 생각하고 쓴 거야."

무슨 도움이 되느냐고는 묻지 않았다. 모든 역이 결국엔 도움이 된다는 걸 알았다. 왜 아니겠는가. 다만 그게 언제 어떤 식으로 도움이 될지 알 수 없을 뿐이다.

고개를 슬쩍 돌리니 가림막 뒤에 숨어 등장할 준비 중인 기복 형이 내 쪽을 향해 입을 뻥긋해 보인다. 대사를 알려주려는 것 같다. 알아보기 힘들다. 대체 뭐라고 하는 거지? 그 순간 머릿속에서 폭탄이 터졌다.

너무 아파. 주저앉고 싶어.

그럴 수는 없다. 일단 극을 시작했으면 어떡해서든 끝을 봐야 한다. 그래야만 한다. 그게 배우의 숙명이다. 그런데⋯⋯ 너무 슬펐다. 이렇게나 아픈데, 당장 주저앉아도 이상하지 않을 만큼 아픈데도 아픈 내가 아니라 다른 걸 신경 써야 한다는 게, 그러고 있는 내 모습이 서러웠다.

나는 이중필의 양어깨에 내 양손을 올렸다. 대본엔 없던 동작이었다. 그런 채로 울었다. 눈물이 멈추지 않았다. 머리가 아니라 가슴이 찢어질 것처럼 아팠다. 이중필한테 그래선 안 되었다. 내가 힘든 건 그의 탓이 아니었다. 내 삶에 출구가 보이지 않는 것도, 애초에 출구 따위 없다는 생각과 그에 따른 분노도 그의 탓이 아니었다. 이중필은 그냥 내 앞에 서 있었을 뿐이다.

　내게 할당된 대사는 여전히 떠오르지 않는다. 그저 이중필에게 미안하다고 말해야 한다는 생각만이 머릿속을 가득 채운다. 하지만 끝내 그 말을 하지 못한다. 온몸에 힘이 풀리며 무너져 내린다.

　관객은 내가 쓰러진 게 연기인지 아니면 응급 상황인지 잘 몰라서 서로 얼굴만 쳐다보고 있었다고 한다. 그때 기찬이 큰 소리로 외쳤다.

　"112, 112 불러!"

　다행히 경찰차가 아니라 구급차가 왔다. 무대 위에서 온갖 일을 다 겪은 기복 형이, 연기 경력 25년 차인 우리 기복 형이 112를 부르는 대신 침착하게 119를 불렀기 때문이다.

　공연은 중단되었고 조명 오퍼는 모든 조명을 밝혔다. 당황한 음향 오퍼가 기복 형이 등장하면 틀기로 되어 있던 음악을 실수로 튼 일을 빼고는 모두 응급 상황에 잘 대처했다고 한다. 공연 시작하기 불과 몇 시간 전에 민방위 훈련을 받고 온 기찬이 투덜대던 게 기억난다. 재수가 없는지 앞으로 불려 나가서 응급 처치법 교육의 실습생이 돼버렸다던. 기찬은 장난스레 내게 말했었다.

"나 오늘 좀 재수가 없는 것 같으니까 조심해. 잘못 맞으면 어떤 폭탄을 터뜨릴지 몰라."

나는 공연이 시작되고 나서 30분쯤 지났을 때 이중필을 패기로 되어 있었다. 물론 진짜 패는 건 아니고 그런 시늉을 아주 그럴 듯이 하는 것일 뿐이지만 그럴 듯이 하다 보면 정말로 때리게 될 때도 있었고, 아직 그런 적은 없지만 만약 기찬이 진짜로 맞는다면 자기도 나를 때릴지도 모른다는 말을 농담처럼 한 것이었다. 좀 살살 해달라고.

나는 연습대로 이중필을 아주 잘, 아무 실수도 없이 그럴 듯하게 잘 팼다. 그런데도 폭탄이 터졌다. 내 머릿속에서.

수술이 끝나고 보름쯤 지났을 때 병문안을 온 기찬은 다 자기 탓이라고 말하며 울었다. 자기가 그날 영 재수가 없었는데 그게 다 나한테 옮겨 가서 그렇게 된 것 같다며. 폭탄을 터뜨리느니 마느니 하는 얘기는 하는 게 아니었다고. 하지만 나는 전혀 다르게 생각한다. 기찬의 재수 없음이 오히려 내게 재수 좋음이 되었다고.

상황이 심상치 않음을 알아챈 기찬은 112를 부르라고 외치자마자 내 목 경동맥 위에 두 손가락을 대고서 맥박을 확인했다. 맥이 잡히지 않았다. 이어서 내 코밑에 귀를 갖다 대고 호흡을 확인했다. 숨도 쉬지 않았다. 기복 형이 신호가 잡히지 않는 핸드폰을 부여잡고 극장 밖으로 뛰어나갔을 때 기찬은 누구의 도움도 없이 심폐소생술을 시작했다.

음향 오퍼가 실수로 음악을 튼 건 기찬과 내 입술이 맞닿았던 순간이었다, 라고 기복 형이 알려주었다. 구 주임이 등장하면 틀기로 되어 있던 음악이 갑자기 흘러나왔다. 기복 형은 그 순간 내가 무대 위에 쓰러진 게 연극의 일부인지도 모른다는 생각에 잠깐 빠졌었다고 말했다. 전날 술자리에서 보훈이 이러이러하게 바꾸자고 디렉션을 줬는데 자기가 너무 만취한 나머지 그걸 기억하지 못하고 있는지도 모른다고. 기복 형이 연기한 구 주임의 등장 음악은 영화 「록키」의 그 유명한 테마음악이었다.

따단따 ─ 따단따 ─ 따단따 ─ 따단따 ─

경쾌하고도 에너지 넘치는 멜로디에 맞추어서 기찬의 숨이 내게로 불어 넣어졌다. 아마 그랬을 것이다. 길게 두 번 불어 넣어지는 숨. 이어지는 가슴 압박. 갈비뼈가 부러질 만큼 거셌던 심폐소생술.

가늠컨대 이 모든 일은 그의 몸에 민방위 훈련 때의 감각이 아직 남아 있었기 때문에 가능했다. 불과 몇 시간 전에 실습 인형에 대고서 반복했던 인공호흡과 심폐소생술의 감각. 기찬이 재수 없게 실습생으로 불려 나가지 않았다면 나는 지금 죽어 있거나 살았더라도 돌이킬 수 없는 손상을 입었을 것이다.

수미 누나가 내 어깨를 가볍게 툭, 친다. 나는 일부러 과장되게 뒤로 밀려난다. 너무 진지한 장면이라는 생각에 장난을 조금 친 거다. 내가 밀려났던 몸을 바로잡으며 대사를 치려 할 때 누나가 말한다.

　"여기서 왜 이래야 돼?"

　그전까지 누나는 그 질문을 늘 보훈에게 했다. 하지만 지금은 나를 똑바로 바라보고 있다. 나는 아무 대답도 하지 않는다. 보훈이 무어라 대답하려 할 때 수미 누나가 외치듯 말한다.

　"조금만 쉬었다 하죠."

　말하자마자 바지 주머니에서 담배를 꺼내 입에 물고선 밖으로 나간다. 보훈은 난처하단 표정으로 나를 쳐다본다. 나는 그저 어깨를 으쓱해 보인다. 보훈의 시선이 이번엔 조연출로 향한다. 조연출은 시선을 피한다. 그는 싹싹하고 똑 부러졌으나 이번이 조연출로 임하는 고작 두 번째 작품이다. 이런 상황에서 자기가 어떤 역할을 해야 하는지 알 리가 없고, 안다고 해도 자기보다 스무 살이나 많은 대선배가 연습을 중단시키고 밖으로 나갔을 때 몸을 움직이기란 쉽지 않다. 그렇다고 보훈이 나서는 건 연출로서 면이 서지 않는 일이니 결국엔 내 몫이었다.

수미 누나는 늘 그렇듯 극장 건물과 중식당 건물 사이의 좁은 골목에서 담배를 피우고 있었다. 다가가 물었다.

"담배 있어?"

수미 누나는 한동안 내 얼굴을 쳐다보다가 말했다.

"미쳤냐? 또 쓰러지려고?"

"한 대쯤은 괜찮아."

"그 한 대가 나한테서 나올 일은 없다."

누나는 몸을 틀어 내 반대쪽으로 연기를 내뱉었다. 그런 채로 천천히 담배를 피웠다. 다 피운 뒤 아무 일 없었다는 듯 "가자"고 말하며 나를 지나쳐 가려 했다. 말로 누나를 붙잡아 세웠다.

"힘들지?"

누나가 돌아보았다.

"뭐가?"

"연기 다시 하는 거."

누나는 나를 빤히 쳐다보다가 어이가 없다는 듯 웃음을 터뜨렸다.

"너 지금 내가 좀 쉬었다고 선배 노릇 하려는 거야?"

"그게 아니라."

"네 걱정이나 해."

누나는 매몰차게 뒤돌아서 다시 극장으로 내려갔다. 심각한 상황인데도 웃음이 났다. 기복 형이 제대로 보았다. 무대 위에서 쓰러지고 나서 되살아난 뒤 나는 어딘가 달라졌다. 뇌 어딘가에 구멍이 뚫렸는데 거길 누가 자꾸 간질이는 기분이다.

의사는 수술이 성공적이라고 했다. 하지만 회복은 생각보다 더딜 테니 너무 조급하게 생각하지 말라고 덧붙였다. 그는 얼마 안 가 자기 말을 정정해야 했다. 내 회복 속도는 그의 예상을 훌쩍 뛰어넘었다. 의사는 코밑을 긁으며 말했다.

"워낙 근육질이라서 그런가."

그 말을 들었을 때 내가 배우로 살아온 게 어쩌면 이번 일에서 살아남기 위해서인지도 모른다는 생각이 들었다. 다른 건 몰라도 운동만큼은 매일 빼먹지 않고 했다. 언제든 자신 있게 맨몸을 보여도 될 만한 몸을 갖겠다는 일념으로 시작한 일이었다. 배우는 신체도 연기력에 포함된다는 말을 어느 선배에게 들었던 게 계기였을 것이다.

데뷔한 지 1년 만에 대학로에서 몸이 가장 좋기로 유명한 배우가 되었다. 그런 평가를 듣자 더욱더 열심히 운동했다. 돌이켜 보건대 내 배우 인생에서 유일한 선순환이었다. 술을 매일 마셔도 근육은 늘 부풀어 있었다. 많이 마실수록 많이 운동했으니까. 그러니 만약 배우가 되지 않았다면 근육질 몸이 아니었을 테고, 이렇게 회복도 빠르지 않았을 테고, 어쩌면 깨어나지 못했을지도 모른다.

내 이런 생각을 들은 기찬은 울먹이면서 대꾸했다.

"애초에 배우가 아니었으면 쓰러질 일도 없었을 거잖아."

그러고는 더 펑펑 울었다. 내가 배우가 된 게 꼭 자기 책임이라는 듯이. 자기가, 그리고 우리가 배우인 게 서럽다는 듯이. 하지만 나는 웃음이 났다. 작게 킥킥대다가 금세 껄껄거리며 웃었다. 기찬이 멍한 표정으로 나를 바라보았다. 나는 웃으면서도 내가 왜 웃는지 알지 못했다. 기찬의 표정을 보니 더 웃음이 날 뿐이었다. 기찬은 내가 미쳤다고 생각했을 것이다. 그래서인지 더 크게 울었다. 나는 웃고, 기찬은 울고.

웃음과 울음이 잦아들고 침묵이 찾아왔을 때 나는 기찬에게 미안하다고 말하려 했다. 그런데 실제로는 엉뚱한 말이 튀어나왔다.

"삼겹살 먹자."

말하고 나서도 나는 한동안 내가 미안하다고 말한 줄 알았다. 기찬은 그게 대체 무슨 소리냐는 표정을 지었다. 내 뇌가 아직 언어 능력을 제대로 회복하기 전의 일이다.

나는 그날 기찬에게 가평의 한 펜션에서 삼겹살을 구워 먹은 이야기를 한참 신이 나서 떠들어댔다. 나랑 기복 형, 기찬, 보훈 이렇게 넷이서 새벽에 무턱대고 가서는 종일 고기만 구워 먹다가 돌아왔다고. 문제는 그 기억이 내게만 있다는 점이었다. 나머지 셋에겐 그런 기억이 없었다. 여러 상황을 고려해보건대 실제 그런 일은 벌어지지 않았다. 우린 펜션에 간 적이 없고, 그러므로 고기를 종일 구워 먹은 적도 없다. 그런데도 기찬은 내 말에 계속 맞장구쳐주었다.

"그래, 그날 고기 맛있었지. 물소리도 좋았고. 계곡에 발이라도 담그고 왔어야 하는 건데 고기만 구워 먹다 오다니……. 참 바보 같았네."

기찬이 연극을 그만두었단 소식은 보훈에게 전해 들었다. 기찬에게 전화해볼까 하다가 말았다. 또다시 웃음이 났다. 웃음이 멈췄을 때 나는 내가 정말 미친 건지도 모르겠다고 생각했다. 뺨을 한 대 때려보았다. 아팠다. 다시 웃음이 났다.

몇 달 뒤 재활병원으로 옮겼다. 담당의는 나를 재활병원으로 보내면서 수술 전으로 회복될 확률이 채 10퍼센트가 되지 않는다고 말했다. 다리를 절게 되거나 언어 능력이 현저히 떨어지게 되거나 여타 다른 문제들이 생길 거라고 맥베스의 마녀처럼 예언했다.

그는 또 틀렸다. 반년쯤 지나자 나는 거의 예전 몸으로 회복했다. 전처럼 멋지게 돌려차기를 할 수는 없어도 절지 않고 걸을 수는 있게 되었고, 언어 능력도 점점 나아져서 대화하는 사람들이 내 엉뚱한 말을 듣고선 당황하는 모습도 더는 보지 않게 되었다.

다들 내 회복이 기적이라며 놀랐지만 정작 나는 대수롭지 않게 여겼다. 연극 배우 중 성공하는 이는 대략 만 명 중 한 명꼴이라고 들었다. 나는 늘 내가 성공할 거라고 믿었으므로 앞으로 쟁취할 그 확률에 비하면 의사가 말한 확률은 아무것도 아닌 셈이었다. 조금 아쉽기는 했다. 내 인생에 할당된 정량의 운을 뜻밖의 이유로 다 써버린 느낌이 들었기 때문이다.

어느 날은 인생에 세 번 찾아온다는 대운 중 한 번을 이번에 회복하는 데 써버린 건 아닐까, 하는 생각을 했다. 곧장 웃음을 터뜨렸다. 아직 안에 폭탄 두 개가 더 남았으니 남은 두 번의 운은 그것들을 위해 쓰이겠군.

기분이 나쁘진 않았다. 오히려 좋다고 할 만했다. 공연 중 관객이 다 보는 앞에서 뇌출혈로 쓰러지고 난 뒤 수술받고 재활해 다시 무대에 서는 배우는 무척 드물 테니까. 이건 실로 대단한 이력이었다. 오디션 응모 원서에 '철학과 출신'이라거나 '540도 발차기 가능'이라고 써 넣는 것보다 '무대 위에서 죽었다가 다시 살아남'이라고 쓰는 게 확실히 주목받을 일일 테니.

보훈이 돌아온 이들을 위한 연극을 하고 싶다고 말했을 때만 해도 설마 그게 제목일 줄은 몰랐다. 대본 첫 장에 「돌아온 이들을 위한 연극」이라고 쓰인 걸 보고 가제냐고 묻자 보훈은 이미 포스터 시안도 나왔다고 답했다. 배우는 수미 누나와 나, 단둘뿐이었다.

　수미 누나와는 처음부터 합이 맞지 않았다. 누나가 연기를 오래 쉬어서 그런 거라면 차라리 나았다. 연습하다 보면 결국에는 예전 실력을, 몇 마디 말만으로 관객을 사로잡던 때의 감각을 되찾을 테니까. 내 마음에 자꾸 걸리는 건 누나의 연기가 아니라 태도였다. 누나는 너무 진지했다. 누나가 마음을 다해 대사를 칠 때마다 가슴이 답답했다. 누나의 진심이야 모르는 바가 아니었다. 누나는 정말이지 돌아온 사람 그 자체였다. 하지만 누나의 진심이 느껴지면 느껴질수록 자꾸만 무언가가 나를 옥죄는 기분이었다.

　애초에 나는 보훈의 캐스팅 제안을 거절했었다. 다시 무대에 선다는 게 두려워서가 아니었다. 아직 준비되지 않았다고 느낀 것도 아니었다. '돌아온 이들'을 위한 연극에 내가 맞지 않는다고 느꼈기 때문이다. 그럼에도 보훈은 끈질기게 구애했다. 나 아니면 못 올리는 연극이라며 매달렸다. 그때 기복 형이 했던 말이 떠올랐다. 내가 쓰러지고 나서 보훈이 한동안 술에 절어 살았다는 말. 나는 보훈에게 죄책감 때문에 이러는 거라면 그럴 필요 없다고 말했다. 너 말고 이 불사조 배우님과 같이하고 싶은 사람은 많다고도.

"그냥 공연 콘셉트가 마음에 안 들 뿐이야. 돌아온 이들이라니. 낯간지러워서, 원."

그런데도 보훈은 포기하지 않았다. 오히려 더 매달렸다.

결국엔 하겠다고 했다. 대신 한 가지 조건을 내걸었다. 돌아온 이들이 결연한 태도로 뭔가를 성취해나가는 이야기만은 피하자. 설령 그런 이야기라고 하더라도 연출만은 그렇게 하지 말자. 웃으면서, 즐기면서, 좀 허술하게. 이를테면 해학? 보훈은 고개를 끄덕였다.

"여기서 왜 이래야 돼?"

연습이 시작되고 나서 수미 누나가 가장 많이 한 말이었다. 보훈은 배우를 자유롭게 풀어두는 스타일이었고, 나는 마음껏 자유로워지려 했다. 진지한 장면에서 장난을 쳤고 대본에 없는 말을 하기도 했다. 누나는 그런 나를 받아들이지 못했다. 그렇다고 해서 내게 직접 불만을 토로하진 않았다. 대신 도저히 못 참겠다 싶을 때면 보훈을 향해 외치듯 물었다.

여기서 왜 이래야 돼?

보훈은 내가 알아서 누나와 풀길 바랐다. 나는 예나 지금이나 술 없이는 그런 걸 잘 못 하는 사람인지라 누나와 술 마실 기회만을 노렸다. 하지만 누나는 사정상 연습이 끝나자마자 집으로 돌아가야만 했다. 주말에는 시간이 된다고 했지만 약속을 잡으면 꼭 일이 생겼다. 더는 미룰 수 없다는 생각에 무턱대고 누나를 붙잡았다.

　　"한잔 하자."

　　거절할 줄 알았는데 뜻밖에도 누나는 알겠다고 말하더니 먼저 가서 자리를 잡으라고 했다. 담배를 꺼내 입에 물고선 어딘가로 전화를 걸었다.

　　우리는 풀지 못했다. 그 근처에도 가지 못했다. 오히려 그간 서로 참아왔던 싸움을 시작했다.

　　"넌 네가 맞다고 생각하지? 자유로운 게 옳다고?"

　　"자유롭자는 게 아니라 그냥 좀 즐기자는 거야."

　　"그게 돼? 이 대본에?"

　　"진지하기만 한 햄릿만큼 촌스럽고 지루한 건 없다고 한 사람이 누구였더라. 내가 존경하던 그 사람은 어디 갔지?"

　　"그거랑 이거랑 같아?"

　　"다를 게 뭔데?"

　　"모든 게 다르지."

"아니, 누나가 달라진 거야."

소식을 들은 보훈과 조연출이 뒤늦게 술집 문을 열고 들어섰을 때 수미 누나는 취할 대로 취해 있었다. 나 역시 그만큼 취했다면 상황이 나았을지도 모른다. 하지만 나는 전혀 취하지 않았다. 의사가 예전처럼 폭음하면 그땐 정말 죽을 줄 알라고 경고했기 때문이다. 아예 마시지 말라는 말은 하지 않았다. 수술 후 6개월쯤 지났을 때, 경과를 확인하려고 MRI를 다시 찍으러 갔다. 그 전날 나는 일부러 술을 좀 마셨다. 의사는 결과지를 보며 내 몸과 뇌 둘 다 상태가 아주 좋다고 말했다. 나는 조심스레 술을 마셔도 되는지 물었다. 의사는 어이가 없다는 듯 "되겠어요?" 하고 물음으로 응수했다. 나는 "어제 마셨는데요"라고 답했다. 잠시 말이 없던 의사가 말했다.

"예전처럼 마시면, 그땐 정말 죽을 줄 아세요."

누나는 게슴츠레한 눈으로 보훈에게 물었다.

"얘 어떻게 된 거니? 어쩌다 이렇게 된 거야?"

나는 누나를 제지했다.

"나한테 말해. 괜한 애 갈구지 말고."

"나 얘랑 못 해. 연극이 장난인 줄 아는 애랑은 아무것도 못 해. 안 해."

"누가 연극이 장난이래? 연극은 진짜야. 삶이 장난이지."

"그럼 이 새끼야 장난질은 네 삶에서나 하고 무대에선 진짜로 해."

"시발 근데 사는 게 연극인 걸 어떡해."

보훈은 우리 둘을 말리느라 애썼다. 배우끼리 벌이는 싸움을 잘 말리는 것도 좋은 연출이 지녀야 할 덕목 중 하나였고 보훈은 그걸 잘하는 편이었다. 다만 이번만큼은 그러지 못했다. 수미 누나는 조연출의 부축을 받으며 술집 밖으로 나섰다. 나가다 말고 뒤돌아서더니 그 순간 맨정신으로 돌아온 듯 허리를 꼿꼿이 세우고선 나를 바로 보며 말했다.

"무서우면 무섭다고 말해. 어쭙잖은 장난질 뒤에 숨으려고 하지 말고. 다시 쓰러질까봐 두려운 거잖아? 그런데 아닌 척 하려고 그러는 거잖아? 아냐?"

이 이상 갔다가는 정말로 모든 게 끝이라는 걸 직감한 보훈이 자리에서 벌떡 일어났다. 하지만 그가 다가갔을 때는 누나가 이미 할 말을 마친 뒤였다.

"정신 차려. 변한 건 내가 아니라 너야."

조명이 너무 환해. 도망치고 싶어.

연극을 시작한 지 2년쯤 지났을 무렵이었다. 갑자기 무대에 서기가 두려워졌다. 그때 대학 시절 철학과 교수가 했던 말이 떠올랐다. 삶을 무대에 비유하길 좋아하던 교수였다.

"일단 무대에 오르면 잘하든 못하든 우리는 모두 햄릿입니다. 당위입니다. 어차피 햄릿일 건데 햄릿 역할을 잘 못할까 봐 두려워하는 건 너무 소모적인 일 아닐까요."

당시에는 흘려들었던 그 말에 답이 있다고 느끼면서도 한편으로는 이런 생각이 들었다.

그 교수는 연기를 한 번이라도 해봤을까?

연극이, 그리고 무대가 자기 삶의 전부이고 죽더라도 무대 위에서 죽겠다고 말하는 배우들이 꽤 많다. 내가 아는 한에서 그런 이들은 전부 연극을 그만뒀다. 오히려 별생각 없이 시작했던 이들이 오래가는 경우가 많았다. 연극을 왜 하느냐는 질문에 '그냥 좋아서'라고 말하거나 '커튼콜 때 박수받는 데 중독됐나 봐' 혹은 '여기 아니면 내가 어디 가서 이렇게 분장 받아보겠어?'라는 식으로 말하는 이들.

나는 이쪽도 저쪽도 아니었다. 연극에 목숨을 걸고 싶지는 않았으나 그렇다고 해서 취미나 장난으로 하고 싶지도 않았다. 그게 문제였을까. 어쩌면 삶은 이도 저도 아닌 어정쩡한 자세를 취한 이들을 괴롭히는 데 도가 텄는지도 모른다. 목을 매거나, 아예 판을 떠나거나. 둘 중 하나를 선택하게 한다.

연극을 시작한 지 10년쯤 되자 나 역시 둘 중 하나를 선택해야만 하는 처지에 놓였다. 떠나고 싶지는 않았다. 그럼 그냥 남으면 될 일인데 이상하게도 남으려면 목을 매달아야만 했다. 상황이 그렇게 흘러갔다. 어느새 나는 연극에 온 생을 걸고 있었다. 네가 이기나 내가 이기나 어디 한번 해보자. 독기가 올랐다. 오른 독기만큼 웃음은 사라졌다. 가끔 웃어도 거기 독기가 어려 있었다. 점점 혼자 속으로 웃게 됐고 자연히 독기는 나를 향했다. 서서히 안에서부터 망가져갔다. 그런데도 그 사실조차 몰랐다. 7년 전이었나 8년 전이었나, 수미 누나는 연극판을 떠나기 전에 내게 말했다.

"환아, 너 왜 그러고 있니?"

내가 걱정돼서 한 말일 테다. 그런데 당시엔 그 말이 자기랑 같이 떠나자는 말로 들렸다. 힘든 일 함께 그만두자고. 나는 불같이 화를 냈다. 누나는 겁쟁이라고, 비겁자라고, 도망자라고 욕을 했다.

돌아보면 전부 나를 향했어야 할 말들이다. 누나보다 더 떠나고 싶으면서도 그러지 못하는 내게, 스스로 속이느라 안에서부터 점점 죽어가는 내게 뱉었어야 할 말들을 누나에게 해버렸다.

어쩌면 누나가 대신 떠나줘서 내가 더 버틸 수 있었던 건지도 모른다. 떠나는 많은 이들을 욕하며, 그들을 밑거름 삼아 나는 계속 버텼다. 그게 사실 거름이 아니라 독이라는 걸 모른 채 무대에 올랐다.

잘 맞지 않는 역을 맡아서, 매일 폭음해서, 하루에 담배를 몇 갑씩 피워대서. 그런 이유로 폭탄이 터진 게 아닐지도 모른다. 시간이 지날수록 내가 스스로 폭탄을 터뜨린 거라는 생각이 든다. 스스로 끝장내기 힘든 나를 대신해서 내 안의 또 다른 내가 터뜨린 거다.

나를 죽이려고 그런 건지 살리려고 그런 건지는 아직 잘 모르겠다.

"환아. 그냥 그 이름 계속 써. 우주가 뭐냐, 우주가."

「출구 없음」 공연을 앞두고 예명을 이환에서 김우주로 바꾸었을 때 기복 형은 말했었다. 사람 이름이 너무 거창해도 안 좋은 법이라고. 나는 우주라는 이름이 거창하다고 느끼지 않았다. 오히려 좁다고 느꼈다. 실제 우주를 담기에는 우주라는 말이 너무 좁은 것 같다고. 실제 우리 삶을 담기에는 무대가 너무 좁듯이.

하지만 정작 이름을 바꾼 건 그런 거창한 이유 때문이 아니다. 그냥 지겨웠다. 연극을 하다 보면 주기적으로 찾아오는 감각. 무대와 나 사이는 서로 죽고 못 사는 연인과 같고, 연인 사이에 그러하듯 나와 무대 사이에도 늘 권태가 끼어들고.

권태를 느낄 때마다 잠시 무대를 떠나 자신이 유명한 영화감독이 될 거라 믿는 영화학도들의 단편영화에 자원봉사 수준으로 출연했다. 카메라 앞에 설 때면 이쪽 판도 허튼 기대와 믿음, 희망 따위로 가득 차 있다는 점에서 연극판과 별다를 게 없다는 냉소에 빠졌다가도, 또 한편으로는 '컷'이라고 외치는 것만 잘하는 이 어리숙한 친구가 유명한 감독이되어서 나를 영화의 주연으로 캐스팅하는 달콤한 상상에 빠져들었고…….

때로는 기한 없이 도보 여행을 갔다. 걸으면 기분이 좀 나아졌다. 대체 어떤 원리로 그런 걸까 생각하다 보면 걸음만큼 단순 반복적인 일이 없어서인지도 모른다는 생각이 들었다. 반복에서 온 권태를 더 큰 반복으로 이겨내는 원리라고해야 할까. 엇갈리는 발걸음을 따라 이러저러한 생각들이 스쳐 지나가고 나면 아무 생각도 안 날 때가 찾아왔다. 그럴 때고개를 들어보면 늘 어딘가 도착해 있었고, 하늘이 있었고, 그러면 술을 마셨다.

어떨 때는 그조차도 질릴 때가 있었다. 그러면…… 아무생각 없이 아르바이트만 했다. 정말로 아무 생각 없이 그런것이었는데 다시 무대로 돌아갈 마음이 생겼을 때쯤 통장에쌓인 돈을 보면 이번엔 돈 걱정 없이 마음 편히 연기할 수 있겠다 싶었다. 곧장 내가 무작정 일한 게 나를 무대로 돌려보내기 위한 어떤 큰 계획의 일부였던 것인지도 모른다는 생각이 이어졌고, 대단한 깨달음이라도 얻은 것처럼 우쭐한 기분에 빠졌다. 그리고, 놀랍게도, 이런 과정도 몇 번 겪다 보니 패턴이 되었다. 몇 개월간 쉬지 않고 아르바이트를 하고, 통장에 쌓인 돈을 바라보며 무대로 돌아갈 생각을 하고, 그게 운명이라고 느끼고.

그래서 이름을 바꾸었다. 그러면 무언가가 달라질 거라고 믿으며.

수미 누나와 싸우고 나서 사흘쯤 지났을 때다. 출연 배우가 단둘뿐인 연극에서 둘이 싸웠으니 연습은 잠정 중단됐고, 나는 집에서 운동만 하며 지내고 있었다. 갑자기 기복 형이 소고기를 사주겠다고 불러냈다. 그러고는 대뜸 내가 이름을 우주로 바꿔서 그런 일이 생긴 거라고 말했다.

"환아. 아니, 우주야. 아니지, 덕훈아. 너 그냥 덕훈이 해라. 아무리 생각해도 그 이름이 너한테 딱이다. 다시 본명대로 살자, 응? 이환일 때는 우환이 많았고 우주일 때는 어둠 속에 빠졌지만……. 덕훈이가 되면 적어도 무대에서 쓰러지는 일은 없을 거다. 덕훈이는 덕이 많은 이름이니까."

내가 병상에 누워 있을 때 가장 자주 문병을 온 사람. 침착하게 119를 불러준 나의 구 주임. 은혜를 입었으니 이렇게 말하고 싶은 걸 참는다.

형은 이름이 기복이라 연기 기복이 그렇게 심해?

물론 그런 말을 들어도 자기 이름이 기복이라 복이 이미 와 있다고 말할 사람이다. 사람들은 이미 와 있다는 그 복이 대체 어디 있냐고 물으며 형을 놀리곤 했다. 하지만 이제는 그럴 수 없게 되었다. 이번엔 정말로 복이 와버렸다. 몇 년 전 무급으로 출연했던 단편영화의 감독이 저예산 장편영화를 찍으며 형을 '거의 주연'급으로 캐스팅했는데 그 영화에 대한 좋은 평이 이어지자 영화판에서 형을 찾기 시작했다. 심지어 같은 감독의 상업영화 데뷔작에 최소 조연급 이상으로 출연하기로 말을 다 맞춰둔 상태였다. 형이 호기롭게 소고기를 사주며 마음껏 먹으라고 하는 건 바로 그래서다. 소고기씩이나 사주니 잔소리할 생각도 들겠지.

"수미랑 싸웠다며."

"아, 보훈이 이 새끼."

"수미 어렵게 결정한 일인데 도움은 못 될망정 그러면 쓰겠냐."

"내가 뭘."

"수미한테 전화 왔더라."

누나가 설마 기복 형한테 연락했을 줄은 꿈에도 몰랐다. 전혀 누나답지 않은 행동이었다. 그만큼 간절하다는 걸까. 그런데 누나는 대체 뭐가 그렇게 간절하지? 머릿속에 폭탄을 두 개나 갖고 사는 나도 있는데.

기복 형은 나를 달래려 했다. 그러나 따져보면 기복 형이 달래야 할 사람은 내가 아니라 수미 누나였다. 나는 언제든 다시 연습할 준비가 되어 있었다. 그날 누나가 내게 한 말이 진심이었기 때문이다. 그저 내 속을 긁어놓으려고 한 말이었다면, 그랬다면 우리는 정말로 영영 안녕이었을지도 모른다. 누나가 옳다. 나는 무섭다. 두렵다. 변한 것도 맞다. 하지만 딱 하나만은 누나가 틀렸다. 장난 뒤로 숨으려던 건 결코 아니다. 오히려 그 어떤 때보다 더 진지했다. 그걸 왜 모를까. 대체 왜 몰라줄까. 내가 제일 두려운 건 당장 죽느냐 사느냐의 문제가 아니었다. 나와 무대 위에서 한생을 보내야 할 상대 배우가 나를 끝내 이해해주지 못하리라는 것이었지.

기복 형은 내게 말도 없이 수미 누나를 불렀다. 보아하니 이미 그러기로 말이 맞춰져 있던 것 같았다. 누나는 진지한 표정으로 들어와서는 엄숙한 자세로 내 맞은편에 앉았다. 그러는 동안 일부러 나를 한 번도 쳐다보지 않았다. 그런 누나를 보고 있자니 갑자기 웃음이 터졌다.

내가 웃는 걸 본 누나는 당황했다가, 곧이어 인상을 찌푸리며 뭐라고 하려다가, 결국엔 따라 웃었다. 처음에는 실소였다. 이런 미친 놈 때문에 여태 속앓이를 했다는 게 억울하다는 웃음. 자기가 참고 말아야지 어쩌겠냐는 체념과 초탈의 웃음. 그러다 어느 순간부터 진짜로 웃기 시작했다. 연습을 시작하고 나서 처음으로 누나가 나를 이해했다는 느낌을 받았다. 우리 둘의 눈치만 살피던 기복 형도 어느새 따라 웃었고, 우리는 누가 뭐라 할 것도 없이 잔을 들어 건배했다. 기복 형이 신이 나서 외쳤다.

"2차도 걱정하지 말아라. 3차도 걱정하지 말고. 나한테 다 계획이 있다."

"무슨 계획?"

"2차는 꼼장어, 3차는 바에 가서 칵테일!" 하고 외치는 형을, 그의 성공을 우리는 진심으로 축하해준다. 함께 고생하다가 먼저 성공한 사람을 진심으로 축하하는 일이 얼마나 어려운 일인지 알 사람은 다 안다. 그 어려운 일이 전혀 어렵지 않게 느껴지는 사람이 곁에 있다는 건 어쩌면 우리가 축하받을 일인지도 모른다.

"근데 나 3차까지 가도 될까? 의사가 예전처럼 마시면 그때는 정말 죽을 줄 알라고 했는데."

기복 형은 "그래?"라고 말하고선 한참을 고민하다 외쳤다.

"그럼 맥주 마셔. 꼼장어 집에선 막걸리 마시고, 이따 바에 가선 와인 마셔."

그러고는 결연한 표정으로 덧붙였다.

"소주는 절대 마시지 마라."

3차에서 우리는 바에 일렬로 나란히 앉았다. 누나가 내 곁에 앉았다. 전부터 묻고 싶었으나 꾹 참아왔던 걸 물었다.

"누난 결혼해서 연극을 그만둔 거야 아니면 연극 안 하려고 결혼한 거야."

"둘 다 아니야."

"그럼?"

"그냥 좋은 사람 만나서 했어. 하려고 마음먹고 나서 보니 연극 말고 다른 재밌는 것도 많다는 걸 알게 됐고."

"그런데 왜 돌아온 거야. 다른 재밌는 거 하면서 즐겁게 살면 되지."

누나는 한동안 말이 없었다. 눈앞에 놓인 마티니만 멍하니 쳐다보다가 올리브를 잔 밖으로 빼냈다.

"이제는 좀 놓았다고 생각했어."

"뭘?"

"연극을."

누나는 연극을 그만두기 1년 전쯤 한 가지 의문이 들었다고 했다. 자신이 연극에 너무 모든 걸 걸고 있는 게 아닌지, 그렇다면 대체 왜 그래야만 하는지. 연극만은 자신을 알아준다고 여기던 것이 어느 순간 정반대로 생각됐다고, 이 세상에서 오직 연극만이 자신을 몰라준다고.

"목매달고 살았지. 연극이 전부인 것처럼. 연기를 잘하는 게, 연출한테, 관객한테 인정받는 게 제일인 것처럼. 연기 못한단 소리 들으면 아무짝에도 쓸모없는 쓰레기가 된 것 같고, 쓰레기는 재활용이라도 되지 나는 재활용도 못 한다고 자학이나 하고……. 그러다가도 칭찬 한번 들으면 또 세상을 다 가진 것 같고."

그러던 어느 날 커튼콜 때 박수를 받다가 문득 이런 생각이 들었다고 했다. 전부 자기 게 아닌 것 같다고. 관객의 어느 박수 하나도, 어느 환호성 하나도 자기 게 아니었다고. 거기 어디에도 자기가 속할 곳은 없었다고.

"내 삶이 증발한 것 같았어. 분장실로 와서 분장을 지우는데 눈물이 나더라. 내 삶의 주인이 내가 아니라 연극이란 걸 깨달은 거야. 나도 모르는 새 전권을 연극한테 줘버린 거지."

누나는 손톱으로 올리브를 으깼다. 올리브가 머금고 있던 마티니를 뱉어냈다. 누나가 말했다.

"내가 먼저잖아? 적어도 내 삶에서는 내가 먼저여야 하잖아?"

내가 미처 뭐라 대답하기도 전에 누나는 깔깔대며 웃기 시작했다. 꼭 미친 사람 같았다. 마치 나처럼.

"웃긴 게 뭔지 알아? 이번에 돌아오려고 마음먹으면서 다짐했다? 마음 편히 하자고. 몇 년 만에 돌아왔네, 어쩌네 하면서 설레발치지 말고 욕심도 내지 말자고. 무엇보다도 이번엔, 연극한테 모든 걸 내주지 말자고. 목매달지 말자고. 그런데 일주일도 안 돼서 그러고 있더라. 이게 대체 뭐라고."

잠시 말을 멈춘 누나가 게슴츠레한 눈으로 내 눈동자를 바라보며 말했다.

"안 믿었는데 말이야."

"뭘?"

"네가 웃겨졌다는 말."

"나 안 웃겨. 진지해."

"알아."

누나는 내 장난이 그저 장난이 아니라는 건 이제 알겠다고 했다. 다만 그 장난이 과연 맞는지 안 맞는지는 두고 봐야겠다고도.

"어쨌든 요새 덕분에 웃는다. 고마워."

"나도 고마워."

"뭐가?"

"누나 아니었으면 내가 두렵다는 걸 끝날 때까지 몰랐을 거야. 인정 안 했을 거고. 그러면 정말 장난에 불과해졌겠지. 그러고 나면."

누나가 내 말을 끊었다.

"야."

"왜."

"그만 진지해. 웃긴 게 훨씬 낫네."

우리는 웃었고, 잔을 들어 건배했다. 화해한 듯 보였다. 하지만 누나도, 그리고 나도 잘 알았다. 우린 화해한 게 아니다. 화해는 그렇게 쉽게 되는 게 아니다. 우리는 다만 함께 살기로 한 거다. 적어도 연극이 끝나기 전까지는. 이왕이면 사이 좋게. 그러다 보면 점점 나아질 거라는 것 역시 둘 다 잘 알았다.

헤어지기 전에 누나가 물었다. 넌 왜 그렇게 변한 거냐고. 죽을 뻔했다가 살아나면 사람이 다 그렇게 변하는 거냐고.

"원래 네가 나보다 훨씬 더 진지했잖아. 아니지. 진지한 게 아니지. 완전 암흑이었잖아, 너. 어둠이 어쩌니 별빛이 어쩌니 고독이 어쩌니. 완전 다크나이트."

"그러게. 내가 어쩌다 이렇게 됐을까."

술에 취해 고개를 푹 숙이고선 졸고 있던 기복 형이 외친다.

"할증 풀렸다, 집에 가자!"

우리는 형을 먼저 택시에 태워 보내기로 한다. 택시를 기다리고 있을 때 형이 중얼거린다.

"너희도 조만간 다 풀릴 거야. 힘들고, 무겁고, 그런 거 다 지나가면……."

"거참, 잔소리는."

형의 말을 끊으며 택시 안으로 밀어 넣는다. 형은 다급하게 "기사 아저씨, 잠깐만요, 잠깐만" 하고 말하고선 대뜸 우리 이름을 외쳐 부른다.

"덕훈아, 수미야!"

수미 누나가 짜증 난다는 듯이 말을 받는다.

"왜?"

"사랑한다!"

그렇게 외친 형은 이번엔 기사를 향해 "아저씨도 사랑해요!"라고 외친다. 기사는 거참 웃긴 사람 다 보겠다는 듯한 표정으로 문이나 닫으라고 말하고선 급발진해서 떠난다.

한때는 내가 모든 이를 사랑하는 줄 알았다. 그래야 했다. 그게 연극인의 정신이라고 믿었다. 사람을 사랑하지 않으면 그 공연은 거짓이 됐으니까. 어떤 이가 누군가를 미워하면 그 감정은 순식간에 온 곳으로 전염되고, 관객은 무대 위에서 서로 미워하는 이들을 보게 된다. 그것은 더는 공연이 아니었다. 그러므로 나는 최선을 다해 모두를 사랑했다.

나중엔 내가 아무도 사랑하지 않는다는 걸 알게 됐다. 아무도 사랑할 수 없어서 모두를 사랑한다고 스스로 속였다는 걸 깨달았다. 어느새 눈앞의 상대를 최선을 다해 미워하고 있었다. 미움이 나를 연기하게 하는 힘이었다. 누군가를 미워하지 않고는 버틸 수가 없었다. 나 자신을 미워하는 일이 가장 쉽고 편했다.

이제는 둘 다 아니라고 생각한다. 물속을 힘겹게 걸으며 재활 훈련을 하던 어느 날이었다. 처음으로 이쪽 끝에서 저쪽 끝까지 한 번도 쉬지 않고 걸어간 순간, 도착 지점의 차가운 타일 벽을 쓰러지듯 짚을 때 내가 나를 사랑한다는 걸 깨달았다. 결국엔 그래야만 하는 거라는 생각이 들었다.

나는 나만 사랑하면 된다. 그러고 나면 나머지는 알아서 된다.

그걸 깨닫는 데 이렇게 오랜 세월이 걸릴 줄은 몰랐다. 모두를 사랑한다고 착각할 때도 나를 사랑하지는 않았던 것 같다. 가장 먼 길을 돌아 가장 가까운 곳으로 돌아온 셈이었다. 웃음이 났다. 가만 보니 삶이라는 게 죄다 이런 식이었다. 누군가 웃자고 만들어놓은 것 같았다. 기쁠 때도 웃고 슬플 때도 웃고 화가 날 때도 웃고 아무튼 아무 때나 웃으라고. 그래야만 간신히 이해되는 게 삶인지도 모른다.

정말 웃긴 얘기다.

2차로 간 꼼장어집. 기복 형이 고백한다.

"덕훈아. 사실 나 슬펐다."

"또 뭐가?"

"네가 그랬잖아. 셰익스피어가 그랬다고."

"셰익스피어?"

"나이가 들수록 입을 닫고 지갑을 열라."

"내가 그랬다고?"

"아니. 셰익스피어가 그랬다고 네가 그랬다고."

"아, 그랬었지, 참."

"내가 연극 하면서 제일 힘들었던 게 뭔지 알아?"

"다 힘들었겠지."

"나이는 드는데 들어오는 돈은 똑같은 거야. 들어오는 돈은 똑같은데 쓸데는 많아지고."

형은 한동안 몹시 외로웠는데 처음엔 그게 나이가 들어서 그런 거로 생각했다고 말했다. 늙으면 다들 외롭다고 하니까. 하지만 어느 순간 나이 때문이 아니라 돈이 없어서 외롭다는 걸 깨달았다. 후배들은 자꾸 늘어나는데 버는 돈은 똑같고, 술 한번 사줘야겠다고 생각하다가도 그럼 쟤네 다 사줘야 하는데 그럴 돈은 없고. 술자리에서 후배들이 만 원씩 걷자고 하는 게 처음엔 고마웠는데 나중에는 그런 자리에 있는 것조차 힘들었다고 했다. 자꾸 눈치가 보였다고. 술 못 사주는 대신 좋은 말이라도 해줘야겠다고 생각하다 보니 어느새 꼰대질하고 있었다고.

"그럴 때마다 네 생각이 났다. 나이 들수록 입을 닫고 지갑을 열라던."

"형 들으라고 한 말 아니야."

"알아. 자격지심이지. 근데 틀린 말이 아니더라. 내가 돈 벌어서 가장 좋은 게 뭔지 알아?"

"몰라. 다 좋겠지."

"너희 술 사줄 수 있는 거다."

"무슨 우리가 술 때문에 형 만나는 것처럼 말해."

"아니란 걸 아는데도 말이다. 그냥 그렇더라. 외로운 게 돈 때문이라고 생각하다 보면 참담한 심정이 드는데……. 그런 거에도 익숙해지는 나를 보고 있으면 이건 참담한 게 아니라 뭔가 단단히 잘못된 것 같고, 그러다 나중엔 웃기더라. 웃게 되더라."

"셰익스피어 이 새끼. 왜 그런 말을 해서."

"하하하. 웃긴다. 내가 너 때문에 다 웃네."

"나 이제 잘 웃겨."

"하하하."

웃음을 멈춘 기복 형은 갑자기 내게 노래를 청했다. 나는 거절했다. 그러자 수미 누나까지 가세했다.

"해봐. 나도 오랜만에 네 노래 좀 들어보자."

"싫대도."

"내가 소고기도 사주고, 꼼장어도 사주고, 응? 너 지금 손에 든 거, 그거 꼬리 내려봐."

나는 노래하기로 한다. 기복 형이 술을 사줘서가 아니라 그가 원해서. 누나가 원해서. 그들이 원하는 걸 내가 갖고 있고, 그걸 언제든 내어주어도 좋다는 마음이 드는 건 즐거운 일이다. 그러니 노래해보자.

"줄 수 있는 게 이 노래밖엔 없다. 가진 거라곤 이 목소리밖에 없다."

기복 형이 웃는다. 누나도 웃는다. 기복 형이 말도 안 된다는 듯 말한다.

"이 새끼 진짜 웃겨졌네."

내가 다시 무대에 선다는 소문이 돌자 많은 이들이 연습실로 찾아왔다. 박카스나 도넛, 카스텔라, 귤 따위를 사 들고 와서 연습을 보는 둥 마는 둥 하다가 연습이 끝나고 나면 술을 사줬다. 보훈은 내 덕분에 따로 간식 살 필요도 없고 술값도 굳는다면서 좋아했다.

"우리 불사조 배우님 개런티 좀 올려줄까?"

놀리듯 말하면서도 끝에는 늘 진지한 표정으로 덧붙였다.

"안 마시란 말은 안 할 테니까 너무 많이 마시진 마."

안 그래도 알아서 조절하며 마셨다. 폭탄이 언제 터질지 모른다는 두려움은 옅어지긴 했어도 결코 사라지지 않았다. 오직 웃고 있을 때만 잊을 수 있었다. 갑작스러운 암전의 순간. 나조차 사라지는 느낌. 또 한 번 그런 기분을 느꼈다가는 정말로 끝이라는 걸, 영영 돌아오지 못하리라는 걸 잘 알았다.

술을 사준 이들은 꼭 내 노래를 듣고 싶어 했다. 내가 전처럼 노래를 부르지 않는 게 서운하다고 투덜대며.

"내가 노래를 불렀다고? 어떤 노래?"

되물으면 저마다 자신이 기억하는 노래를 흥얼거렸다. '어둠은 당신의 숨소리처럼 가만히 다가와 나를 감싸고'라든지 '밤을 잃은 도시와 하늘 앞에서 당신도 나도 똑같이 작은 사람이에요'라든지. 익숙한 멜로디와 가사였지만 내가 그 노래들을 부르는 모습은 도무지 상상되질 않았다. 모두 너무 기대하는 눈치라서 "아, 그랬었지, 참" 하고 대답하고 말았다. 그러면 기대의 눈빛이 더욱더 짙어졌다. 하는 수 없이 그들이 흥얼거렸던 멜로디를 따라서 흥얼거려보았다. 처음에는 허밍으로. 그러다 가사를 붙여서.

돌아온 기분이 들었다. 내가 잊고 있던 캄캄한 어둠 속으로. 캄캄한데 따뜻했다. 그 한가운데서 아주 작은 불빛이 자신을 좀 알아봐달라는 듯 깜박이기 시작했다. 나를 부르는 신호 같았다. 가까이 다가갔다. 그러자 빛이 사라졌다. 완전한 어둠. 그러나 전과는 전혀 달리 느껴졌다. 나는 사라지지 않고 거기 서 있었다.

포스터 최종안이 나오기 직전, 보훈이 내 이름을 무얼로 할 건지 물었다. '김우주'로 하겠다고 답했다. 보훈의 표정이 굳었다. 내가 그 이름을 처음으로 쓴 공연에서, 그것도 하필 그의 입봉작에서 쓰러졌으니 어찌 보면 당연한 반응이었다. 보훈이 망설이다가 말했다.

"그냥 이환이나 김덕훈으로 하면 안 돼?"

한 손으로 보훈의 어깨를 짚으며 말했다.

"이번엔 다른 우주가 될 테니까 걱정하지 마라."

속세의 믿음이 옳은지도 모른다. 사람은 이름 따라서 간다. 하지만 모든 건 겉보기와는 다른 정반대의 의미를 갖고 있다. 그것이 내가 짧게나마 배운 철학의 기초다.

나는 우주의 두 가지 의미를 다 살아보기로 했다.

떠나온 적이 없는데도 돌아가고 싶어.

수미 누나의 그 대사에 나는 이렇게 대꾸한다.

나는 떠나간 적이 없는데도 돌아오고 싶어.

수미 누나가 웃으면서 내 어깨를 툭, 밀친다. 나는 과장되게 뒤로 밀려났다가 어깨를 되돌리며 따라 웃는다. 돌아가고 싶은 사람과 돌아오고 싶은 사람은 함께 웃다가 가볍게 포옹한다. 포옹을 풀고선 서로를 지나쳐서 횡으로 퇴장한다. 포옹이 사라진 자리엔 푸른 조명이 남아 있다.

우리는 각자 퇴장했던 곳의 반대 방향에서 다시 등장한다. 그 과정은 관객의 눈엔 보이지 않는다. 암전된 뒤이기 때문이다. 조명이 들어오면, 우리는 조금 전에 서 있던 꼭 그 자리에서 서로 위치만 바뀐 채 포옹하고 있다.

오픈 리허설이 끝나자 많은 이들이 그 장면의 의미를 물었다. 돌아가는 것과 돌아오는 게 무슨 차이냐고. 조명은 왜 남아 있는 거냐고. 나는 그걸 왜 나한테 묻느냐며 연출한테 물으라고 했다. 보훈은 자기는 배우들한테 자유롭게 움직여 보라고 했을 뿐이고 조명도 조명 감독한테 알아서 하라고 했을 뿐이라며 대답을 피했다. 조명 감독은 자리에 없었으므로 물었던 사람은 다시 나를 쳐다봤다. 내가 한숨을 내쉬자 수미 누나가 한 손으로 내 어깨를 툭, 치더니 나 대신 말했다.

"치고 싶으니까 쳤고, 쳤으니까 돌아왔겠죠. 조명이야 원래 꺼졌다 켜졌다 하는 거고 실수로 안 끌 때도 있는 거잖아요? 화장실 불 안 끄고 나온 적 한 번도 없어요? 있죠? 그때 어떻게 해요? 다시 끄러 가죠?"

나는 진정하라는 듯 수미 누나의 어깨를 잡는다. 수미 누나는 언제 목소리를 높였냐는 듯 살갑게 웃으며 말한다.

"다들 그렇게 살잖아요? 안 그래요?"

연기하면서 가장 힘든 일 중 하나는 나를 잊는 일이다. 하지만 그보다 더 힘든 일이 나를 잊고 난 뒤에 벌어진다. 커튼콜이 끝나도 배역에서 빠져나오지 못할 때, 내가 지금 어디서 있는지 알 수 없을 때. 공연이 끝나고 다시 '나'로 돌아와야 하는 바로 그 순간 어리둥절해진다. 관객은 누구를 향해 갈채를 보내는 걸까. 직전까지 내가 연기한 역? 아니면 그 역을 연기한 원래의 나?

연극은 아직 끝나지 않았으며, 밝혀진 무대와 객석, 극장을 가득 채운 박수 소리마저 대본의 일부인 것 같단 생각이 들면 머릿속이 하얘진다. 조명은 점점 밝아지고 소리는 점점 멀어진다. 그러다 정신을 차리면 분장실에 앉아 분장을 지우고 있다. 그 순간이 제일 두렵다. 내가 지금 뭐 하고 있는 거지? 나는 누구지? 분장을 아무리 지워도 내가 찾는 나는 없을 것만 같은 공포.

물론 그런 기분을 느낄 만큼 공연에 몰입하는 일은 드물다. 그건 정말 어려운 일이고, 많은 배우가 한 번이라도 그러길 꿈꾼다. 하지만 돌아갈 곳을 잃어버린 게 아니라 돌아갈 곳이 애초에 없을지도 모른다는 자각에서 비롯한 원초적인 두려움을 한 번이라도 느껴본 이라면 마냥 그 순간을 바라지는 않는다. 오히려 가능한 그로부터 도망치려 한다. 배역과 자신 사이에 최소한의 거리를 유지하려 한다.

그러다가도 다시 그 상황에 빠지면, 이제 빠져나갈 유일한 방법은 술뿐이다. 술로 또 한 번 나를 잊는 일뿐.

그런데 이제는 이 모든 일이 우습다. 마치 누가 더 연기에 진지한지 과시하는 놀이를 했던 것만 같다.

결국엔 무대 위에서 벌어지는 일은 모두 놀이이다. 정해진

동선을 따르고 정해진 말을 하면서도 최선을 다해 잊고 놀아야 한다. 그 수밖에 없다.

「돌아온 이들을 위한 연극」의 공연 첫날. 보훈이 몹시 초조해 보인다. 조연출은 마냥 들떠 있다. 좌석이 매진인 게 뿌듯한 모양이다. 보훈에게 초대가 몇이나 되느냐고 묻는다. 보훈은 뭘 그런 걸 묻느냐며 대답을 피한다. 절반쯤 되겠지. 분장을 받던 수미 누나가 대신 말한다. 보훈이 웃는다.

"뭐야? 더 많아? 죄다 지인인 거 아냐?"

수미 누나가 보훈을 떠보듯 묻지만 보훈은 그저 웃기만 한다. 나는 의자를 박차고 일어나서 새처럼 두 팔을 퍼덕이며 말한다.

"다 이 불사조 배우님 보러 온 모양이구만!"

수미 누나가 쿵후 권법 손모양을 하며 내 말을 받는다.

"나 보러 온 거야, 인마."

분장을 마친 뒤 무대로 나가 몸을 푼다. 꼼꼼하게 몸의 모든 근육을 풀어준다. 배역이 되기 위한 예비. 몸을 빈 그릇으로 만드는 일.

입술과 혀, 성대의 근육도 풀어준다. 온갖 괴상한 소리를 내가며.

아아아. 으으으. 후루루루. 가갸거겨고교구규. 마메미모무뮤으으으으이히-오무락꽈아-욱. 히루리후리룰루.

무대를 자유로이 걸어 다니며 내게 할당된 대사를 순서대로 내뱉는다. 아직 대사에는 아무런 감정도 실려 있지 않다. 다리는 약속된 동선을 따라 움직인다. 약속된 동작들을 차근차근 해본다. 주의해야 할 동작은 몇 번 더 연습한다.

입에 잘 붙지 않는 대사만 반복해서 말한다. 입에 완전히 붙었을 때야 감정을 싣는다. 말과 감정이 일치할 때까지 반복한다.

수미 누나를 불러 중요한 장면의 합을 맞춘다. 우리는 몇 번 웃는다. 무대 위에 오르면 절대 웃지 않을 장면에서 이상하게 웃음이 난다.

조연출이 무대로 나오며 외친다.

"하우스 오픈 30분 전입니다."

무대 한가운데 서서 눈을 감는다. 앞으로 펼쳐질 장면들을 하나하나 머릿속에 그려본다. 어느새 커튼콜에 이르고, 환한 조명 아래 선 우리 모습이 보인다. 눈이 부셔서 얼굴을 알아볼 수 없다. 우린 어떤 표정을 짓고 있을까.

"하우스 오픈하겠습니다!"

조연출이 외친다. 연습을 위해 밝혀두었던 형광등이 꺼지자 조명이 프리셋으로 맞춰진다. 옅은 빛 몇 줄기가 정교하게 배치된 사물들 위에 머문다. 신호 같다. 모든 게 불확실해 보이는 세상도 어떤 약속으로 이루어져 있다는 신호. 약속대로 살아질 것이니 넌 그저 무대 위로 나가기만 하면 된다는 옅은 위안이 거기, 무대를 감도는 푸른 빛 안에 담겨 있다.

　관객이 입장하는 소리가 들린다.

　약속의 세계로 떠나야 할 시간이다.

포
터

민수는 자기 집 보증금의 반을 털어 중고 포터를 샀다. 주희와는 상의도 없이.

그가 구입할 당시 이미 25만 3천 킬로미터를 달린 이 낡은 트럭은 그간 짐작도 하지 못할 만큼 많은 물건을 실어 날랐다. 그러는 동안 조수석에 잠시라도 궁둥이를 붙였던 사람만 해도 족히 천 명이 넘었다. 그들 중 몇몇은 부주의하게 행동했고, 그 결과 가죽 시트는 군데군데 찢기고 말았다. 민수가 슈퍼캡은 일반캡과 달리 좌석과 짐칸 사이에 공간이 있어서 개인 짐을 놓을 수 있다고 자랑스러워할 때, 주희의 눈에는 오직 그 찢긴 곳들만 보였다. 몇 군데는 담뱃불에 짓이겨져 생긴 게 틀림없었다. 바지 사이로 손을 밀어 넣어 사타구니를 긁으며 담배를 피웠을 남자들. 그들 중 몇몇은 창밖으로 가래침을 뱉으려다 실패했고, 끈적끈적한 타액은 창을 타고 흘러내렸다. 차창의 누른 때는 그 때문에 생긴 것인지도 몰랐다.

주희는 행여 그 누른 때가 자기 몸에 묻기라도 할까봐 창쪽에서 떨어져 앉았다. 민수가 제 혼자 힘으로는 도저히 안될 것 같다며 주말에 모처럼 쉬고 있던 그녀를 억지로 트럭에 태웠다. 목표물은 매트리스와 소파였고, 둘은 이미 커다란 매트리스를 짐칸에 실은 참이었다. 매트리스를 고정하느라 뒤늦게 운전석에 올라탄 민수가 주희에게 핸드폰을 들이밀며 말했다.

"이거 어때? 내가 제일 먼저 댓글 달았어. 오늘 바로 가져갈 수 있다고. 잘했지?"

핸드폰에는 3인용 소파 사진이 떠 있었다. 한 남자가 당근마켓에 나눔하고 싶다며 올려놓은 것이었다. 생각보다 디자인이 괜찮았다. 관리도 잘했는지 2년 썼다는 소파치고는 말끔해 보였다. 비록 좋아하는 색은 아니었지만 그녀는 고개를 끄덕여주었다. 그러자 민수가 재빠르게 시동을 걸었다. 포터는 두세 번 콜록거린 뒤 기지개 켜듯 온몸을 떨었다. 그런 포터를 달래기라도 하는 것처럼 민수가 가만히 핸들을 쓸어내렸다.

포터

소파는 사진으로 봤던 것과는 영 딴판이었다. 외피가 헐어서 군데군데 벗겨졌고 등받이에 이상한 얼룩도 묻어 있었다. 그런데도 주인은 깨끗하게 써서 거의 새것과 다름없다며, 아깝지만 좋은 일 하자는 마음에 내놓는 거라고 으스대듯 말했다. 주희는 그가 대형 폐기물 처리 비용을 아껴보려고 수작 부리고 있단 걸 알 수 있었다. 일부러 게시판에 소파를 산 지 얼마 안 됐을 때 찍어둔 사진을 올려뒀으리라. 일단 누군가 가져가겠다고 약속하고 나서 여기까지 왔다면 안 가지고 갈 수는 없을 거라는 계산이었을 테지. 주희는 그런 주인의 속셈이 괘씸해서 그가 올린 사진을 눈앞에 들이밀며 '보시다시피 올려주신 사진과는 너무 달라서 가져갈 마음이 사라졌다'라고 쏘아붙이고 싶었다. 하지만 민수는 상황 파악이 전혀 안 되는 모양이었다. 주인에게 감사하다고 연신 고개를 꾸벅이며 악수까지 나누었다. 참다못한 주희가 잠시 할 말이 있다며 민수를 밖으로 끌고 나왔다.

　"진짜 가져갈 거야?"

　민수는 주희가 무슨 말을 하는 건지 모르겠다는 표정을 지었다.

　"얼룩 못 봤어? 앉는 데도 다 찢겼고."

　"그 정도쯤이야, 뭐. 아까 앉아보니까 엄청 편하더라."

"편하다고 다가 아니잖아."

"그림 어쩌자는 거야? 가져가겠다고 하고 여기까지 왔는데 이제 와서 안 가져가겠다고 하라고?"

가져가기 싫으면 주인과의 사이에서 발생할 난처한 상황은 네가 알아서 해결하라. 주희에겐 민수의 말이 그렇게 들렸다. 남에게 싫은 소리 하는 역할은 언제나 자기 차지라는 걸 그녀는 새삼 깨달았다. 일을 벌이는 건 늘 민수인데도 말이다.

"좋아. 내가 주인한테 안 가져가겠다고 말할 테니까 옆에서 괜한 소리나 하지 마."

민수는 이렇다 저렇다 대답 없이 옅은 한숨만 내쉬었다. 그러다가 주희가 걸음을 돌려 집 안으로 들어가려 할 때 기어코 한마디 하고 말았다.

"까다롭기는……."

가던 걸음을 멈춘 주희가 뒤돌아서 낮은 음성으로 말했다.

"그림 안 까다로운 네가 말할래?"

"그냥 쓰자. 저런 걸 또 어디서 구한다고 그래? 내가 잘 리폼해볼게."

"저걸 어떻게 리폼해? 못 봤어? 가죽이 찢겼잖아!"

"천을 덧씌우면 되지."

주희는 기가 찼다. 천연 가죽도 아니고 합성피혁일 게 뻔한 소파에 천 하나 씌운다고 다 될 것처럼 생각한다는 게 도무지 믿기지 않았다. 천 아래서 합성피혁과 충전재가 사이 좋게 썩어가는 광경이 머릿속에 그려졌다. 김치 국물이 묻은 옷과 어수선한 집 안 풍경을 보건대 소파 주인은 결코 위생적인 사람이 아니었다. 그의 몸에서 떨어져서 소파 곳곳에 들어갔을 살비듬과 가죽에 배었을 시큼한 땀 냄새는 어찌한단 말인가.

"가져가든 말든 마음대로 해. 대신 우리 집에는 절대 못 들여놓는다는 것만 알아둬."

주희는 그렇게 쏘아붙이고 나서 민수를 내버려둔 채 포터에 올라탔다. 그녀 나름대로 엄포를 놓은 것이었다. 하지만 민수가 기어이 소파를 가져가리라는 것을 주희는 잘 알았다. 7년을 만난 연인은 그런 사람이었다. 자기 잘못을 인정하는 걸 세상에서 가장 싫어하는 사람. 연인의 감정보다 낯선 이에 대한 예의와 체면을 더 중시하는 사람. 주희는 포터의 조수석에 앉아 깊은 한숨을 내쉬었다.

얼마 안 가 민수가 소파 주인과 함께 소파를 밖으로 운반하는 모습이 보였다. 소파가 짐칸에 실리자 포터가 작게 흔들렸다. 주희는 그 흔들림을 느끼며 눈을 감았다. 그러자 낡아빠진 소파가 퀸사이즈 매트리스 옆에 나란히 붙어 있는 광경이 떠올랐다. 매트리스를 얻었을 때만 해도 주희는 제법 기분이 좋았다. 매트리스가 이름만 대면 누구나 다 알 만한 브랜드의 제품이었기 때문이다. 딱 한 번 보았을 뿐인 부부가 그 위에서 몇 년간 서로 얽히고 굴렀을 걸 상상하면 한동안 마음이 불편할지 모르지만 그런 기분도 800개의 개별 포켓 스프링이 선사하는 안락함에 파묻혀 이내 사라질 것이었다. 150년 넘게 침대만 만들었다는 전통의 브랜드는 그럴 만한 힘을 지니고 있었다. 그렇다 해도 다 헐어가는 소파가 더 힘이 셌다. 소파 옆에서 매트리스는 빛을 잃었고, 주희도 덩달아 활기를 잃었다.

매트리스는 방화동에서 얻었고 소파는 화곡동이었다. 문제는 지금부터였다. 매트리스와 소파를 싣고도 짐칸은 아직 널찍했다. 주희는 민수가 여기서 멈추지 않을 거라는 걸 직감했다. 매트리스와 소파 싣는 것만 도와주면 된다고 한 말을 순순히 믿은 게 잘못이었다. 운전석에 올라탄 민수는 장축이 아니라 초장축이라서 적재 공간이 넓다고 또 한 번 자랑을 늘어놓았다. 주희에게는 그 말이 아직 밝혀지지 않은 죄가 많다는 말로 들렸다. 재판은 길어질 것이다. 검사는 신이 나서 가능한 모든 죄를 피고에게 적재할 테다. 하지만 그건 원래 피고의 죄가 아니다. 누군가가 떠넘긴 죄다. 주희는 운전석에 앉아 다음 목표물을 검색하고 있는 남자를 바라보았다. 죄를 물으려면 그에게 물어야 한다. 주희는 그의 죄목을 낱낱이 떠올려 보았다. 가장 큰 죄는, 포터였다.

포터

도로는 한적했다. 추석 연휴를 맞아 서울을 빠져나간 차량은 약 80만 대였고 그건 도시에 등록된 차량의 거의 1/4이었다. 도시에 남겨진 차들은 참았던 울분을 쏟아내듯 휘발유를, 경유를, LPG를 연소시켰다. 그 가운데 민수의 포터도 있었다. 포터는 경유 1리터에 고작 7킬로미터밖에 달리지 못했지만 어쨌든 최선을 다했다. 배기통 밖으로 일산화탄소와 탄화수소, 납 등을 뱉어내며 어딜 가든 자신의 흔적을 남겼다. 흔적은 서에서 동으로 갔다가 방향을 틀어 남쪽으로 이어졌고 대림동에서 잠시 끊겼다.

　내일 아침에 이사한다는 집은 온갖 잡동사니로 가득했다. 꼼꼼한 성격의 집주인은 팔 수 있을 만한 물건들을 하나하나 사진 찍어 올렸고 그 밑에 가격을 써놓았다. 말 그대로 헐값이었다. 오기만 하면 공짜로 준다는 것도 많았다. 민수는 그중 신발장을 가지러 가겠다고 연락했다. 그건 5천 원이었다. 사진상으로는 거의 새것처럼 보였다. 실제로 봤을 때도 그랬다. 옆쪽에 구두약이 조금 묻었지만 그쪽을 벽에 붙여서 놓으면 없는 것과 마찬가지일 것이었다. 주희도 그 신발장을 사는 데는 동의했다.

　싸움은 낡은 회색 아날로그 텔레비전을 놓고 벌어졌다. 주인은 3만 원을 제시했다. 주희는 그게 말도 안 되는 가격이라고 생각했다. 그녀가 보기에 그 아날로그 텔레비전은 디지털컨버터 없이는 아무짝에도 쓸모가 없는 처치 곤란한 고도비만의 기계 덩어리에 불과했다. 그런데도 민수는 그걸 사고 싶어 했다. 주희는 반대했다. 안테나를 아무리 높이 세워도 아무 신호도 잡히지 않을 거라며. 하지만 민수는 어딘가 쓸데가 있을 거라고 고집을 부렸다.

"정 필요 없다 싶으면 되팔면 되잖아?"

주희의 눈에는 그렇게 말하는 민수가 안테나로 보였다. 허허벌판에 홀로 선 고사리 모양의 구식 안테나. 주희는 "그럼 네 돈으로 사"라고 말하는 것으로 싸움을 끝냈다.

"근데 왜 추석에 이사하는 거지?"

민수가 텔레비전을 안아 들며 혼잣말처럼 중얼거렸다. 주희는 "어디 안 가도 되나 보지"라고 대꾸했다. '추석 맞이로 집을 새로 샀나 보지'라는 말은 꿀꺽 삼켰다.

민수가 텔레비전을 포터에 실으러 간 사이 주희는 거실을 둘러보다가 한구석에 뒤집혀 있는 은색의 사각 기계를 발견했다. 그녀는 설마 하는 마음에 가까이 다가갔다가 그게 비디오플레이어라는 걸 알아챘다. 금성 제품이었다. 'Gold Star'의 'l'자가 떨어져서 'God'로 보였다. 주희가 주인에게 그것의 가격을 물었다. 주인은 자신도 미처 몰랐다는 듯이 "그게 거기 있었네요"라면서 만 원만 달라고 했다.

"원래 2만 원은 받아야 하는 건데 TV도 샀으니까 깎아주는 거예요."

연결선이 어디 있을 텐데, 라고 말하며 주인은 작은방으로 들어갔다. 어느새 돌아온 민수가 비디오플레이어야말로 쓸모없는 건데 대체 뭐 하려고 사는 거냐고 다그쳤다. 주희는 조금 망설이다가 "너도 샀으니까 나도 살 거야"라고 응수했다.

포터 안에서 주희는 「델마와 루이스」 이야기를 했다. 그녀는 그걸 10년도 더 전에 비디오플레이어로 봤다. 비디오 대여점과 비디오방이 망해가고 있을 때였다. 폐업을 앞둔 대여점에서 비디오테이프들을 헐값에 내놨다. 지금은 한 달에 한 편 보기도 힘들지만 그때만 해도 주희는 영화광이었다. 소장하고 싶은 영화들을 바구니에 마구 쓸어 담았다. 그러다가 「델마와 루이스」를 발견했다. 비디오테이프 갑에는 활짝 웃고 있는 두 여자가 프린트돼 있었다. 주희는 영화 제목과 그 두 여자가 그냥 마음에 들었다. 델마와 루이스. 루이스와 델마.

"무슨 내용인데?"

"델마던가 루이스던가, 아무튼 둘 중 하나가 한 남자를 죽여. 그리고 함께 도망쳐."

그러다 어떻게 되느냐는 민수의 물음에 주희는 "몰라, 기억 안 나"라고 대답했다. 실제로 영화의 내용이 거의 기억나지 않았다. 그래도 마지막 장면만큼은 선명하게 떠올랐다.

델마와 루이스가 차를 타고 절벽 옆으로 난 길을 따라 도망치고 있다. 아마도 그랜드캐니언인 것 같다. 더 이상 갈 곳이 없고, 어느새 뒤는 경찰차로 포위된다. 하늘에는 헬기가 요란하게 날아다닌다. 델마와 루이스는 좁은 차 안에서 서로 마주 보며 손을 꽉 잡는다. 그러고 나서 차는 절벽 끄트머리를 향해 내달린다. 가련한 여인 둘을 태운 채 이내 하늘로 날아오른 자동차는 곧 초속 9.8미터의 중력가속도로 자유낙하할 것이다. 그러나 영화는 그러기 전에 끝이 난다. 차의 위치에너지가 최대치일 때, 온 생애를 통틀어 그녀들이 가장 높이 머물렀을 그 순간 화면은 정지한다.

주희는 당시 그게 멋있다고 생각했다. 자동차가 하늘에 정지한 모습과 그 뒤의 푸른 하늘, 그리고 광활한 그랜드캐니언이. 하지만 그로부터 10여 년 뒤, 낡은 포터의 조수석에 앉은 그녀는 그 장면을 머릿속에서 지워버리려는 듯 가만히 고개를 젓는다.

"이제 어디로 가지."

민수는 포터를 길가에 세우고 나서 이번에는 중고나라 사이트를 검색했다. 민수와 주희가 매트리스를 싣고, 소파를 싣고, 신발장과 텔레비전과 비디오플레이어를 싣고 있던 동안에도 중고나라의 분야별 게시판에는 끊임없이 새 글이 올라왔다. 추석 전날에도 사람들은 끊임없이 한때 자기 것이었던 무언가를 팔고 싶어 했다. 그들 중 누군가는 무료로 주겠다고 했다. 그날 하루 동안 무료 나눔 게시판에 올라온 게시물만 해도 500개가 넘었다. 받고 싶은 사람은 게시글에 댓글을 달아 의사표시를 하거나 아니면 곧장 전화하기만 하면 됐다. 민수와 주희는 그런 식으로 매트리스와 소파를 공짜로 얻었다. 그들에게는 포터가 있었으니까. 오라는 데로 가기만 하면 됐다. 매트리스나 소파를 공짜로 주겠다는 사람은 어느 동네에나 있었다.

다음 목적지는 행신동으로 결정됐다. 그곳에 전자레인지가 기다리고 있었다. 그건 고작 만 원이었다. 그것만 있으면 그들은 유통기한이 끝나기 몇 시간 전에 '1+1'이나 '30% 할인'과 같은 스티커가 붙은 채 판매되는 즉석 가공식품을 마음 놓고 사다 둘 수 있었다. 냉동실에 얼려두기만 하면 배고플 때 언제든지 꺼내서 데워 먹을 수 있을 테다.

다음 손님을 맞아들일 생각에 신이 난 포터가 북쪽으로 방향을 바꾸어 신나게 내달렸다. 차창 위를 한동안 점령했던 석양이 차의 가속 방향을 따라 미끄러지듯 물러나더니 교대하듯 어둠이 밀려들었다.

포터는 어느새 김포대교에 다다랐다. 태백산에서 발원하여 소양강과 홍천강, 중랑천과 안양천 등을 삼키며 세력을 확장했던 한강은 김포대교 아래를 흐를 때쯤에는 속력을 늦추었고, 이제 대교를 밝히는 가로등 불빛 아래서 유유히 춤추며 자신이 살아오는 동안 켜켜이 쌓아온 끝 모를 깊이를 언뜻언뜻 내비치고 있었다. 이대로 약 50킬로미터만 더 흘러가면 강화만에 이르러 서해로 삼켜지리라는 걸 이미 알고 있다는 듯, 강 밑바닥에서부터 스멀스멀 기어 올라온 어둠이 수면 위에서 조용히 일렁였다.

대교를 건너자마자 경의중앙선 전철역 방향을 알리는 표지판이 나타났다. 민수가 신이 난 목소리로 말했다.

"진짜 얼마 안 남았다. 착공식도 했으니까 요즘 기술이면 금방 끝날 거야."

그러고는 덧붙였다.

"그러고 나면 길도 열릴 테고."

주희는 민수가 무슨 얘기를 하는지 잘 알았다. 너무 자주 들어서 이제는 지긋지긋해진 얘기였다.

"그렇게 쉬운 일이면 왜 이제껏 이러고 있었을까."

"회담 못 봤어? 미국도 이번엔 적극적이고."

"길이 열리면? 그럼 진짜 네 계획대로 될 것 같아?"

"넌 꼭 그러더라? 긍정적으로 좀 생각하면 안 돼? 그래야 좋은 일이 생기지. 네가 그러니까 일이 늘……."

"일이 뭐?"

"됐다."

포터

"일이 뭐? 늘 뭐?"

민수는 묵묵부답이었다.

"북한 사람들도 눈이 있어. 저딴 중고를 살 것 같아?"

한동안 침묵하던 민수가 조용히 말을 꺼냈다.

"난 이 세상에 진정한 중고는 없다고 생각해. 아무리 낡은 거라도 조금만 손보고 관점만 달리하면 얼마든지 새로워질 수 있어."

주희가 '하' 하고 탄식했다. '대단한 철학자 나셨네'라는 말은 꿀꺽 삼켰다. 낡은 것이 새롭게 느껴진다면 그건 그저 심리적인 현상일 뿐 물리적으로는 그 무엇도 새로워질 수 없다는 게 그녀의 생각이었다. 민수에게서 고개를 돌리며, 그녀는 새삼 자기 인생을 돌이켜 보았다. 어쩌면 자궁으로부터 세상 밖으로 내던져진 뒤로 인생은 내내 내리막길이었던 건지도 모른다. 탯줄이 배꼽에 붙어 덜렁거리고 온몸이 끈적끈적한 점액으로 뒤범벅이던 바로 그때가 진정 새것인 유일한 순간이었을지도. 탯줄이 잘린 순간부터 세포 분열 속도는 서서히 떨어졌고, 채 스무 살이 되기도 전에 노화가 피부 재생 속도를 따라잡았다. 이러한 상황은 비단 몸에서만 진행되는 게 아니었다. 온 마음에서도 시시각각 벌어지는 일이라서 20대 중반이 되어 사회로 갓 배출되었을 때 그녀는 이미 자기가 낡을 대로 낡았다고 느꼈다. 날이 갈수록 감가상각비가 커지다가 결국에는 제발 날 좀 가져가달라고 기를 쓰고 외처도 아무도 거들떠보지 않을 때가 머지않아 찾아올 거라고, 매일 아침 눈을 뜨며 예감했다.

"우리도……. 우리도 마음만 조금 달리 먹으면 얼마든지 달라질 수 있어."

민수가 의미심장하게 말했다. 오랫동안 생각한 뒤 꺼낸 말인 것 같았다. 주희는 아무 대꾸도 하지 않았다. 차가 멈춰 설 때까지 둘은 내내 침묵 속에 머물렀다.

끼익끼익.

만 원짜리 전자레인지는 잘 돌아갔다. 안쪽 회전판은 말이다. 문제는 3초에 한 번씩 쇠 긁는 소리가 난다는 점이었다. 머리가 희끗희끗한 주인은 내부 받침판이 비뚤어져서 그런 거라고 했지만 주희가 아무리 똑바로 놓아봐도 소리는 사라지지 않았다. 20리터 용량에 소비전력 1000와트짜리 전자레인지는 제 주인이 손자 녀석의 어리광을 감당하기에는 너무 힘이 빠져버린 것처럼 220볼트 전압을 감당해내기에는 너무 늙어버린 것 같았다. 그걸 증명이라도 하듯 '수동조리' '우유 데우기' '해동' '냉동피자 데우기' 등의 간편 버튼과 '10분' '1분' '10초'로 나뉜 시간 조절 버튼의 글자들 중 온전히 남은 건 거의 없었다. 오직 '우유 데우기' 버튼만 글자가 선명하게 남아 있었는데, 그건 찬 우유가 변비 해소에 좋다는 주인의 믿음이 반영된 예외적 결과이지 않을까 싶었다. 가장 중요한 '조리 시작' 버튼은 '리'와 '시' 자가 지워져서 '조작'으로 보였고, '정지/취소' 버튼은 '지'와 '취' 자가 지워져서 '정소'로 보였다.

한동안 희망을 품고 전자레인지와 씨름하던 주희는 이내 고개를 절레절레 흔들었다. 그러자 주인이 대뜸 전자레인지 위에 얹혀 있던 철제 식기건조대를 덤으로 주겠다고 말했다. 그 말을 듣자마자 민수의 표정이 달라졌다. 그걸 본 주희는 잠깐 상의 좀 해보겠다고 말하고는 서둘러 민수를 밖으로 끌고 나왔다.

그녀의 예상대로 민수는 전자레인지를 살 생각이었다. 끼익끼익 소리가 나는, 언제 관절이 어긋나서 폭삭 주저앉을지 모르는 광파 생산 노인을 말이다. 주희가 보기에 전자레인지는 여차하면 삶을 비관하여 자살할지도 몰랐다. 펑ㅡ 하고 폭발하는 장면이 그녀의 머릿속에 자꾸만 떠올랐다. 그런데도 민수는 천하태평이었다. 전자레인지에서 중요한 건 소리가 아니라고 했다.

"전파로 데우는 거지 소리로 데우는 건 아니잖아?"

맞는 말이었다. 하지만 음식을 어떻게 데우느냐에 관해 얘기하고 있는 게 아니지 않은가. 끼익끼익은 단순히 무언가가 녹슬어 나는 소리도 아니고, 그렇다고 기계의 수명이 다해서 나는 소리도 아니었다. 그건 뭔가 나쁜 일이 일어날 거라는 징조였다. 주희는 자기 삶을 그 괴상한 소리가 헤집고, 흔들고, 금 가게 둘 수 없었다.

"이것까지 들이면 정말로 끝이야."

민수가 자기 집 보증금의 반을 털어서 포터를 샀을 때 주희는 그가 그 트럭을 타고 제 발로 떠나는 상상을 했었다. 차마 자기가 먼저 그를 떠날 수는 없었다. 어쨌거나 삶은 여기까지 흘러왔고, 가장 중요한 시기 그가 그녀 곁에 있어주었다. 어느 날 누군가 갑자기 찾아와서 그녀의 얼굴에 바코드 기를 대고서 삑 하고 찍으며 '네 인생은 이제 끝났어. 가망이 없어'라고 선언해도, 그는 감옥의 창살처럼 그녀의 얼굴 위에 일렬로 세워진 시커먼 막대기들을 이리저리 옮기고 간격을 조절해서 '다시 찍어봐. 그럼 당신이 틀렸단 걸 알게 될 거야'라고 말해줄 사람이었다.

민수는 그런 식으로 항상 무언가를 바꾸려고 노력했다. 주희는 그가 이미 만들어진 무언가를 끊임없이 헤집고, 두드리고, 분해해서 새롭게 하려는 게 느껴졌다. 직장을 그만두고 나서 뜬금없이 가구를 리폼해서 되파는 일을 하겠다고 나선 것도 그런 노력의 일환으로 보였다. 자리만 잘 잡아놓으면 나중에 북한 사람들을 상대로 크게 벌 수 있다고 말하는 민수의 얼굴에는 희망이 가득 차 있었다. 하지만 주희는 그가 그저 안간힘을 쓰고 있을 뿐이라고 느꼈다. 가구를 리폼하는 일을 자기 삶을 바꾸는 일과 동일시하고 있다고, 건설회사의 하청 업체에서 일할 때 친분을 쌓았다던 선배의 꼬임에 넘어가서 헛일을 하는 거라고 끊임없이 걱정하고 의심했다. 그나마 다행인 건 어떤 일에도 열의를 보이지 않고 이런저런 일자리를 전전하기만 하던 그가 포터를 사자마자 달라졌다는 점이었다. 포터를 바라볼 때면 주름졌던 삶이 팽팽히 당겨지기라도 한 것처럼 얼굴에서 빛이 나는 것 같았다. 전자레인지를 가져갈 생각에 들뜬 지금도 딱 그랬다. 주희는 그 빛나는 얼굴을 향해 소리쳤다.

"옥장판 가져왔다가 갖다 버린 거 기억 안 나?"

일주일 전, 민수가 무료 나눔 게시판을 통해 옥장판을 얻어 왔다. 민수는 그것만 있으면 보일러를 틀지 않고도 따뜻한 겨울을 날 수 있다며 상기된 표정을 지었다. 하지만 옥장판의 전원을 켠 순간 '픽' 소리가 나면서 두꺼비집 전열이 나가버렸다. 원상 복구한 후 다시 켜봐도 마찬가지였다. 민수가 믿기지 않는다는 표정으로 다시 한번 시도하려 할 때 주희가 버럭 신경질을 내며 외쳤다. 도대체 이런 걸 왜 얻어 온 거냐고. 속은 거니까 도로 갖다 주라고. 그럼에도 민수는 옥장판 주인이 설마 고장 난 걸 주진 않았을 거라며 아무래도 집의 전력이 모자란 모양이라고 대꾸했다.

결국 민수는 옥장판을 짊어지고 근처 고물상으로 갔다. 옥장판의 무게에 짓눌려 비틀거리는 걸음으로. 그러나 고물상에서도 옥장판은 받아주지 않았다. 민수는 그걸 근처 재개발 공사 현장에 몰래 버려야만 했다.

"그건 내가 제대로 확인 안 하고 가져와서 그랬던 거고. 이건 잘 돌아가는 거 봤잖아?"

주희가 아무 말 없이 노려보고만 있자 민수가 다급하게 덧붙였다.

"식기건조대도 공짜로 준다잖아."

민수는 전자레인지만 해도 만 원이면 거의 공짜나 다름없는데 식기건조대까지 얻으면 복이 저절로 굴러들어 온 게 아니냐면서 대체 뭐 때문에 아까부터 고집을 피우느냐고 했다.

"내가 고집을 피운다고? 네가 아니라?"

전자레인지가 폭발하기 전에 주희가 먼저 폭발할 것 같았다. 그녀가 보기에 민수는 도무지 상황을 직시하지 못하고 있었다. 그가 팔 벌리고 서 있는 땅의 상태가 어떤지, 또 그 자신은 얼마나 볼품없는지 전혀 보지 못하고 있는 것이다. 반면 주희는 자신이 현실에 발을 딛고 서 있다고 믿었다. 대기업까지는 아니더라도 창립된 지 30년이 넘은 탄탄한 기업에 보란 듯이 입사했고 1년 만에 정규직을 꿰찼다. 마음만 먹으면 오늘 공짜로 얻은 것과 같은 브랜드의 침대를 새것으로 살 수도 있었고, 합성피혁이 아닌 천연 가죽 소파도 살 수 있었다. 처음으로 같이 살게 된 집에 들일 가구인데 그 정도 사치쯤은 부려도 되지 않은가. 하지만 민수 앞에서 그런 얘기를 꺼낼 수는 없었다. 그랬다가는 민수가 당장 그녀를 허영심 많은 여자로 몰아붙일 테니까. 실상은 자기가 초라해 지는 감정을 느끼기 싫어서면서도. 주희는 '그냥 내 돈으로 사자'라는 말을 차마 하지 못하고 여기까지 따라온 게 사무 치게 후회됐다.

"저건 절대 안 돼. 절대, 절대! 정말로 끝이야. 알겠어?"

민수는 낡았다고 해서, 겉보기에 조금 이상하다고 해서 무 시하는 건 편협한 일이라고 말했다. 그러고는 덧붙였다.

"나중에 북한에 갖다 팔면……."

주희가 더는 참지 못하고 폭발했다.

"북한이 뭐? 북한이 뭐! 게네들이 거지야? 게네들이 거지 냐고!"

일단 한번 폭발하자 주희는 멈추지 않고 내달렸다. 대체 무슨 생각을 하고 있는 거냐고, 낡아빠진 트럭 한 대 사오더 니 정신을 놓은 거냐고, 저 트럭이 너와 하나도 다를 게 없다 고, 저걸 산 순간 더 나은 삶을 살지 않겠다고 스스로 선언한 것과 다름없다고 고래고래 소리쳤다. 그러고는 마지막으로 온 힘을 다해 외쳤다.

"난 그렇게 살기 싫다고! 그렇게 안 살 거라고!"

민수가 어안이 벙벙한 표정으로 주희를 바라보았다. 그는 만약 자신이 여기서 물러서지 않고 한 발짝 더 나아간다면 모든 게 끝이라는 걸 직감했다. 뱉어지지 않은 말과 서로를 향한 미움의 감정이 둘 사이를, 1미터 간격을 두고 선 둘 사이를 가득 채우고 있었다.

아무도 끼어들 수 없을 것 같던 둘 사이에 끼어든 건 뜻밖에도 전자레인지 주인이었다. 밖으로 나온 주인은 둘이 상의하는 동안 전자레인지를 사겠다는 다른 사람이 나타났다고 하더니 구시렁대며 집으로 들어갔다.

"저도 괜히 욕먹으면서 팔고 싶지는 않아요. 다른 좋은 거 구하시길 바랍니다."

주인이 들어가고 나자 민수가 툭, 말을 내뱉었다.

"너 때문이야."

"뭐?"

"너 때문에 좋은 기회 놓친 거라고."

"하."

주희가 어이없다는 탄식을 내뱉었다. 민수를 가만히 노려보다가 고개를 절레절레 흔들더니 뒤돌아서서 도로를 향해 걸어갔다. 민수는 그녀를 잡지 않았다. 포터를 지나친 주희는 점점 더 멀어져 갔다.

그녀가 시야에서 사라질 때쯤 민수는 주머니에 손을 넣어 자동차 키를 만지작거렸다. 그가 포터를 사면서 가장 먼저 떠올린 건 조수석에 앉은 주희의 모습이었다. 거기에 다른 누군가가 앉아 있는 건 상상할 수 없었다. 한동안 멍하니 서 있던 민수는 이내 포터에 올라타서 시동을 걸고 가속페달을 밟았다. 결국 주희가 갈 곳은 그들이 새로 얻은 북쪽의 집밖에 없으리라고 믿으며.

그들이 이번에 계약한 집은 스틸로 틀을 짠 컨테이너 모듈 하우스였다. 예술가인 듯 보이는 집주인은 그곳을 자기 작업실로 썼던 모양이었는데 천편일률적인 주택들과 비교했을 때 외관이 색다르다는 점, 그리고 무엇보다도 공간이 넓다는 점이 마음에 쏙 들었다. 그들이 평소 꿈도 못 꾸던 퀸사이즈 매트리스에 소파까지 들여놓을 생각을 한 것도 그 때문이었다. 주인은 창고도 마음껏 쓰라고 했다. 집 옆 공터에 따로 놓인 컨테이너가 바로 창고였다. 민수는 그곳을 가구 리폼 공간으로 쓸 생각에 설렜었다.

집은 북쪽 끝에 있었다. 말 그대로 끝이었다. 차로 10분만 달려가면 철책을 볼 수 있는 곳. 그들이 일찍이 살던 곳은 그보다 훨씬 남쪽이었다. 그곳에서 그들은 처음 만났고, 사랑을 키웠다. 하지만 계약 기간에 따라 1년 혹은 2년에 한 번씩 쫓기고 쫓겨 점점 북쪽으로 올라갔다. 한쪽이 이사하면 다른 쪽이 근처로 따라가는 식이었다. 그러다가 아예 살림을 합치기로 결정했을 때는 더 이상 올라갈 데가 없는 곳에 당도해 있었다.

계약서에 도장을 찍고 나서 돌아오는 길에 그들은 만약 이번에 얻은 집에서도 쫓겨난다면 어디로 가야 할지 농담처럼 말을 주고받았었다. 고작 몇 킬로미터 위쪽은 철책이 가로막고 있다. 그렇다면 유턴해야 하는가? 하지만 유턴한다고 해도 갈 곳이 없다. 그럼 어쩌지? 주희가 혼잣말처럼 중얼거렸을 때 민수는 조만간 길이 열릴 거라고 말했다. 여기서 자리만 잘 잡고 있으면 한탕 크게 벌 수 있다며.

건설회사의 하청 업체에서 독립했다는 선배에게서 함께 중고 가구 매장을 운영해보자는 제안이 왔을 때 민수는 별안간 희망을 보았다. 길거리에 아무렇게나 버려진 폐가구나 오기만 하면 헐값에 주겠다는 중고 가구들이 머릿속에 자연스레 떠올랐다. 통일될 때를 대비해서 파주 쪽에 매장을 내자고 제안한 건 민수였다. 남쪽에 버려진 물건을 고쳐서 북쪽에 판다. 단순하지만 명확한 계획이었고 그런 만큼 자신감이 있었다. 민수는 주희의 만류에도 불구하고 보증금의 반을 털어서 포터를 샀다.

민수가 처음으로 리폼한 가구는 의자였다. 주희가 이번에 이사 갈 때 버리려고 일찌감치 내놓았던 나무 의자를 그는 몰래 챙겨두었고 그걸 멋들어지게 손보는 중이었다. 평범했던 의자의 등받이를 윈저 체어 형태로 바꾸었고 판판했던 좌면을 배대패로 다듬어 엉덩이가 자연스레 놓일 수 있게 했다. 팔걸이에 붙일 가죽도 사두었다. 가죽을 탈착식으로 만

들어서 떼어내면 팔걸이 안쪽에 은밀하게 새긴 이니셜이 드러나게 할 계획이었다. 민수와 주희의 이름을 합친 이니셜이었다. 그는 새롭게 탄생할 이 의자가 자기 연인에게 하나의 상징이 되길 바랐다. 그녀가 자기 삶을 새롭게 느낄 수 있는 의자. 그가 그녀의 삶에 버팀목이 되겠다는 선언과도 같을 의자.

포터를 타고 자유로를 달리며, 민수는 머나먼 몽골의 대초원까지 질주하는 상상을 했다. 주희와 함께, 주희를 옆에 태우고서. 불가능한 일이 아니었다. 통일이 되어 아시안 하이웨이Asian Highway가 뚫린다면 AH1을 타고 개성, 평양, 신의주를 지나 베이징까지 갈 수 있다. 거기서 하이웨이는 AH3으로 갈라지고, 그걸 타고 계속해서 북으로, 북으로 진격한다면 울란바토르에 당도할 수 있다.

거기서부터는 노련한 포터가 그들을 이끌어줄 것이다. 그 유라시아 대륙의 심장부에서, 그저 헛기침을 몇 번 하고 기지개를 쫙 켜기만 하면 포터는 어디로든 그들을 데려다줄 수 있다. 32개국 14만 킬로미터를 가로지르는 하이웨이는 그들의 심장에서 퍼져 나온 수많은 혈관처럼 온갖 데로 뻗어 있었다. 마음만 먹으면 AH6을 타고 노보시비르스크까지 달려 레닌 광장의 국립 오페라 발레 극장에서 오페라를 들을 수도 있고, AH32를 타고 대초원을 가로지르다가 AH4로 갈아탄다면 우루무치를 거쳐 히말라야에 다다라 설산 위로 떠오르는 해를 볼 수도 있다. 오직 그들이 마음먹기만 한다면 9개의 국제 간선과 혈관처럼 뻗은 수많은 지선들로 이루어진 이 놀라운 하이웨이를 따라 포터는 지치지 않고 달리리라. 모스크바를 지나 상트페테르부르크까지, 앙카라를 지나 이스탄불까지, 뭄바이를 지나 스리랑카까지, 쿠알라룸푸르를 지나 자카르타까지, 원하는 곳이라면 어디든지.

민수가 머릿속 하이웨이를 질주하고 있을 때, 주희는 택시 안에서 임진강 위로 떠오른 달을 보고 있었다. 사람들이 소원을 비는 보름달. 털털털털 거리던 포터와는 너무도 다른 택시의 안락한 승차감 때문이었는지, 아니면 체념했는지, 그녀는 어느덧 편안해진 표정으로 눈을 감았다. 그래, 나도 소원을 빌어보자. 더는 쫓겨 다니지 않아도 되게 단 몇 뙈기의 땅만이라도 좀 달라고. 거기에 그녀는 나무 한 그루를 심으리라. 그 나무가 땅속 깊은 곳에 뿌리를 내린다면, 그 어떤 고난과 불행이 닥쳐와도 뽑히지 않을 만큼 촘촘하고 굳건한 뿌리를 내린다면, 그것으로 족할 것이다. 저토록 크고 둥근 달이라면 사소한 그녀의 소원 하나쯤은 정말로 들어줄지도 몰랐다.

하지만 이상하게도 소원을 빌려는 주희의 머릿속에는 근

사한 집이나 새로운 삶이 아니라 달 표면의 커다란 분화구만 떠올랐다. 델마와 루이스를 집어삼킨 적황색 구덩이보다 훨씬 더 큰, 그리하여 더 깊은 어둠이 웅크리고 있을 시커먼 분화구가. 그 안에 시꺼먼 형체가 웅크리고 있었다. 주희는 그게 자신이 아니길 기도했다.

포터와 택시는 서로의 위치를 모른 채 어딘가를 향해 계속해서 내달렸다. 먼저 택시가 멈춰 섰고, 주희를 내려주고 나서 떠났다.

포터는 택시가 떠나고 나서 몇십 분 후에 멈춰 섰다. 민수와 주희가 새로 얻은 집 앞이었다. 불이 켜져 있었으나 민수는 낮에 불을 켜두고 나왔을지도 모른다고 생각했다. 안에 주희가 와 있을 수도 있고 아닐 수도 있었다. 창을 통해 새어 나온 빛이 포터를 향해 반기듯 달려들었으나 금세 전조등 불빛에 삼켜졌다.

민수는 한동안 차에서 내리지 않았다. 시동도 끄지 않았다. 가만히 앉아 포터의 드릉거림을 느끼며 포터가 짊어진 것들의 무게를 떠올렸다. 이윽고 차에서 내린 민수는 집이 아니라 창고 쪽으로 천천히 걸어갔다. 넓게 퍼진 전조등 불빛이 창고 문 앞을 어스름히 밝히고 있었다.

코트

일과 시간이 끝났음을 알리는 종이 울리자 노인들이 연병장으로 한꺼번에 쏟아져 나왔다. 그들은 앞다투어 연병장 곳곳에 놓인 드럼통을 향해 전진했다. 쓰레기 소각 용도로 곳곳에 설치된 드럼통이 그들에게는 난로였다. 동작이 굼떠 드럼통 근처에서 밀려난 노인들은 숙소로 복귀하기 전까지 추위에 떨어야만 했으므로 여느 날처럼 경쟁은 치열했다.

경쟁에서 승리하여 드럼통 바로 앞을 선점한 노인 하나가 주머니에서 건빵 봉지를 꺼내 통 안에 던져 넣었다. 봉지는 순식간에 불타 없어졌다. 그것을 바라보며 나는 허 노인을 떠올렸다. 그리고 박 노인도. 그들도 그런 식으로 사라졌다. 불에 타서. 마침내 모든 온기를 잃고.

해가 지기 시작했다. 게양대의 오른편으로 붉은 해가 서서히 다가왔다. 게양대에는 어떤 기旗도 걸려 있지 않았다. 거기에 해가 멈춰 섰다. 그러자 깃대에 꿰뚫린 듯 태양이 노을을 뱉어냈다. 수용소의 길고 하얀 벽이 순식간에 붉게 물들었다.

땅. 땅. 땅.

초소 맞은편의 종지기가 힘차게 종을 쳤다. 숙소로 돌아갈 시간임을 알리는 세 번의 단절적인 타종. 종소리는 끊어질 듯 이어지며 연병장에 오래도록 울려 퍼졌다. 하지만 노인들은 좀체 움직일 생각을 하지 않았고, 나는 늘 그래왔듯이 호각을 불어 그들을 다그쳤다. 그제야 그들은 어기적대며 숙소로 몸을 틀었다.

마지막 노인이 연병장에서 사라짐과 동시에 두꺼운 철문이 닫혔다. 나는 초소에 마련된 높은 나무 의자에 앉아 내 마지막 감시탑 경계 근무를 시작했다. 수용소 밖 메마른 풍경이 서서히 어둠에 덮여가고 있었다.

허 노인은 사흘 전 낮에 목을 맸다. 수용소장은 그날 저녁 다급히 나를 부르더니 정황을 조사해보라고 했다. 간부들이 그와 가장 친분이 두터웠다는 이유로 나를 적임자로 추천한 모양이었다.

코트

수용소장은 내게 비밀 유지가 최우선 사항이라고 못 박으며, 잘만 처리하면 한 계급 특진을 고려해보겠다는 말을 덧붙였다. 그가 내게 준 시간은 사흘이었다. 나는 사흘 후 저녁까지 그의 책상 위에 조사 보고서를 올려놓아야 했다. 수용소장은 그동안 나를 모든 업무에서 빼주겠다고 했다.

다음 날 아침, 일과 시간이 시작되자마자 곧장 조사실로 향했다. 폐기동의 한 빈방에 임시로 조사실이 차려졌다. 조사실이라고 해보았자 급조된 정방형 탁자와 의자 둘, 그리고 구형 컴퓨터가 전부였다. 궁색한 물품과는 달리 콘크리트가 그대로 노출된 벽면과 어두침침한 백열등 불빛은 누군가를 심문하기에 그럴싸한 분위기를 자아내고 있었다.

내가 제일 먼저 불러들인 건 허 노인이 죽기 직전에 함께 작업했던 노인이었다. 다리를 절며 조사실로 들어온 그는 겁먹은 목소리로 허 노인이 자신에게 커피를 부탁했다고 진술했다. 자판기는 그리 멀지 않은 곳에 있었지만 다리를 저는 노인이 커피를 뽑아 들고 올 시간이면 목을 매기에 충분했으리라. 허 노인은 목공소 벽면에 삐죽 튀어나온 철골에 자신이 애용하던 전기드릴 선을 걸고 목을 맸다. 눈이 어두운 노인은 코앞까지 다가가서야 허 노인이 공중에 매달려 있음을 깨달았다. 그는 그 순간 깜짝 놀라며 뒷걸음질 치다가 돌부리에 걸려 넘어졌는데, 손바닥에 그때 생긴 상처가 고스란히 남아 있었다. 오래전 탄성을 잃어버린 피부 위의 상처는 죽음이 머지않았음을 예고하는 표식처럼 보였다.

한껏 겁먹은 그를 달래서 작업장으로 돌려보냈다. 혼자 남은 나는 공중에 매달려 흔들거렸을 허 노인의 모습을 머릿속에 그려보았다. 아무도 그가 설마 이런 식으로 죽을 거라고는 예상하지 못했다. 나 역시 그랬다. 그와 나의 친분은 과연 어느 정도였을까. 그것을 친분이라고 부를 수 있을까. 간부들은 수용소장에게 나를 추천하며 이렇게 말하고 싶었던 것인지도 모른다. 적어도 나는 짐작했어야 하지 않느냐고. 이상한 낌새를 미리 알아채고 그처럼 훌륭한 인재의 죽음을 막았어야 한다고.

허 노인이 입소한 날 간부들은 모두 고개를 갸웃거렸다. 수용소에 들어오기에는 그가 너무 젊어 보였기 때문이다. 하지만 서류상으로 그의 입소는 문제 될 게 없었다. 자식이 날인한 입소 신청서, 그에 대한 본인의 동의서, 그리고 정부의 허가서. 그가 지참한 갈색 봉투에는 이 필수 서류 셋이 고이 접혀 들어 있었다.

그는 A급으로 분류돼서 곧장 목공소에 배치되었다. 아직 근력이 남아 있는 노인들이 일하는 곳이었다. 거기서 그들은 가구를 만들었는데 가구라고 해봐야 모양새만 갖춘 침대와 의자가 다였다. 그마저도 그들은 낑낑대며 만들었다. 그러던 것이 허 노인이 들어가자 달라졌다. 허 노인은 다른 노인들을 격려하며 작업을 이끌었다. 합판 두어 장을 겹쳐서 판을 짜고 그 밑에 다리 네 개를 붙인 게 고작이었던 침대에 헤드보드가 부착되었고, 못질이 시원치 않아 삐걱대던 의자는 장정이 앉아도 무리 없을 만큼 튼튼해졌다.

자신감을 얻은 허 노인은 간부들에게 전기드릴과 용접기를 요구했다. 규정상 보급품 외에는 아무것도 줄 수 없었지만 그의 역량을 인정한 간부들이 사비를 털어서 그에게 전기드릴을 사주었다. 용접기는 멍청한 노인들의 안전 문제로 끝내 거절당했다. 하지만 보급품 외의 물자가 지급된 적은 처음이었기에 전기드릴만으로도 그는 수용소에서 유명해졌다. 그가 목을 매는 데 쓴 바로 그 드릴이었다.

허 노인은 노인 대부분과 친했으나 유독 박 노인만은 미워했다. 박 노인은 눈알 공장에서 인형에 눈알 붙이는 일을 하는 B급 노인이었다. 허 노인은 그를 만나기만 하면 슬쩍 발을 걸어 넘어뜨리기 일쑤였고 심지어 사람들이 다 보는 앞에서 그의 얼굴에 침을 뱉은 적도 있었다. 사람들은 왜 허 노인이 박 노인에게 그렇게 심하게 구는지를 늘 궁금해했다. 그는 심지어 일과 시간이 끝난 뒤 굳이 박 노인을 찾아가서 욕설을 뱉고 오기도 했는데 그건 기이한 일이었다. 대개 A급 노인들은 B급 노인들 가까이에도 가기 싫어했다. 애초에 그들은 사는 건물도, 작업장도 서로 달랐다. 그래도 밥은 같은 식당에서 먹었는데, 식당이 북적일 때도 두 부류는 결코 뒤섞이는 법이 없었다. A급 노인들이 B급 노인들을 의도적으로 피했다. 그들은 B급 노인과 가까이 하면 자기들도 그들처럼 순식간에 늙고 말 것이라는 근거 없는 믿음에 빠져 있었다. B급 노인들을 힐끗힐끗 쳐다볼 때마다 그들의 눈은 자신은 아직 쓸 만하다는 우월감과 자기만족으로 빛나곤 했다.

허 노인은 A급 중에서도 단연 최고였다. 다른 노인들과는 달리 기억력도 쌩쌩했고 무슨 일을 맡기든 능수능란하게 처리했다. 간부들은 농담 삼아 그런 그를 S급이라고 부르며 아껴주었다. 심지어 몇몇 간부는 그를 불러서 포커를 치기도 했다. 어디선가 그가 포커 고수라는 말을 주워들은 모양이었다. 그 말은 사실이었다. 만약 허 노인에게 판돈이 있었다면 간부들은 전부 거덜 났을 것이다. 하지만 그에게는 그럴 돈이 없었고, 간부들은 편한 마음으로 그와 게임하는 것을 즐겼다.

간부들이 그와 게임하는 데 맛을 들린 어느 날, 허 노인은 자신도 무언가 얻는 게 있어야 실력 발휘가 될 게 아니냐며 투정을 부렸다. 간부들은 그의 투정을 받아주었다. 그날 이후 그는 게임에서 이길 때마다 잡다한 소모품이나 자유 시간으로 보상받았다. 그는 그렇게 해서 얻은 자유 시간에 주로 박 노인의 방에 찾아갔다. 일과 시간 중인지라 박 노인이 인형 공장에 나가고 없을 시간이었다.

　그는 박 노인이 부재한 곳에서 대체 무엇을 했을까. 묻고
자 했다면 진작에 묻고 마무리 지을 수 있던 의문이었다. 하
지만 나는 묻지 않았다. 처음에는 박 노인에게 다른 방식의
해코지를 했겠거니 하고 쉽게 생각하며 넘겼다. 그러다 정말
궁금해졌을 때는 묻고 싶지 않았다. 그가 박 노인의 방에서
무슨 일을 했는지 물으면 필시 그 이유까지 들어야 할 텐데
그러면 괜한 감정에 휩싸일 것이라 예감했기 때문이다. 그
리고 이제는 묻고 싶어도 물을 수 없다. 그는 사라지고 없다.
나는 두 번째 조사 대상자로 B동 관리인을 불러들였다.

　B동 관리인은 허 노인이 박 노인의 방 벽 여기저기에 다
양한 저주의 말을 썼다고 진술했다. 어떤 저주의 말을 썼느
냐고 물어보니 대개 '헛소리하지 말고 어서 죽으라'는 내용
이었다는 답이 돌아왔다. 수용소 규정상 어떠한 식으로든 공
공시설물을 훼손하는 건 처벌 대상이었다. 내가 그 점을 지
적하자 그는 좀 봐달라는 식으로 말했다.

　"어차피 더러워질 대로 더러워진 벽에 낙서 몇 줄 쓴다고
달라질 게 있겠어요?"

　나는 그가 허 노인과 포커 게임을 즐기던 이들 중 하나라

는 걸 알고 있었다.

"그것 말고 다른 행동을 하진 않았습니까?"

내 질문을 받은 B동 관리인은 잠시 생각해보더니 허 노인이 언제인가부터는 낙서도 하지 않고 그저 박 노인 방 간이 침대에 가만히 누워 있었다고 답했다. 내가 조금 더 말해보라는 듯 쳐다보자 그는 허 노인이 골몰히 어떤 생각에 빠져 있는 것처럼 보였다고 덧붙였다.

"어떤 생각이요?"

내가 묻자 관리인은 그걸 자신이 어떻게 알겠느냐며 오히려 내게 물었다.

"조사관님께서 가장 친했잖아요? 조사관님도 모르시면 그걸 대체 누가 알겠어요?"

그는 일부러 비릿한 미소를 지어 보였다. 그에게 이만 가보라고 말하고선 생각했다. 허 노인을 되살려내 지금 내 맞은편에 앉힌다고 해서 그가 스스로 목숨을 끊은 이유를 밝혀낼 수 있을까. 내게 그럴 자격이 있는가. 만약 그렇다면 내 질문은 무엇이 되어야 하는가.

처음 허 노인이 박 노인을 괴롭히기 시작했을 때 간부들은 대체 그가 왜 그러는지 알아내려고 이유를 꼬치꼬치 캐물었다. 학교 다닐 때 맞았냐, 돈 떼였냐, 얼굴이 마음에 안 드냐는 식의 질문부터 둘이 그렇고 그런 사이였다가 틀어진 게 아니냐는 질문까지 그들이 할 수 있는 모든 질문을 했다. 그때마다 허 노인은 그랬던 것 같습니다, 라며 명확하게 답하지 않고 웃어넘겼다. 간부들은 애초에 반쯤 장난 삼아 물었던 것이고, 또 박 노인의 처우에는 아무 관심도 없었기에 호기심이 시들시들해진 순간 묻기를 멈추었다.

허 노인에게 정확한 답을 들을 수 없다고 해서 박 노인에게 묻는 것은 헛수고였다. 그는 기억이 오락가락한 상태였다. 심지어 허 노인이 자신을 미워하고 있다는 사실조차 잘 모르는 것 같았다. 그러니 그가 C급으로 분류돼서 폐기동으로 옮겨지는 건 어디까지나 시간문제로 보였다. 하지만 입소 후 치른 두 번의 월말 평가 때 그는 B급으로 잔류하며 살아남았다. 이는 실로 놀라운 일이었다. 대개 노인들은 기억에 문제가 생겼다 싶으면 한 달도 채 안 가 C급으로 분류되곤 했기 때문이다. 박 노인은 이들과 어딘가 달랐다. 마치 가슴속에 결코 포기할 수 없는 무언가를 품고 있기라도 한 듯 끈질기게 버텼다.

박 노인이 수용소에 들어온 날이 기억난다. 당시 나는 입소 업무 담당이었다. 박 노인은 그날 자기 몸에 잘 맞지도 않는 헐렁한 회색 코트를 입고 입소했다. 내가 그저 스쳐 지나가고 마는 수많은 입소 노인 중 그를 유독 뚜렷이 기억하는 이유는 코트를 대하던 그의 특이한 태도 때문이었다.

나는 그에게 신체검사를 해야 하니 옷을 전부 벗으라고 명령했다. 하지만 그는 코트 깃을 붙잡은 채 머뭇거렸다. 정신 차리라는 의미로 쇠막대를 들어 그의 이마를 툭툭 찔렀다. 그제야 그는 주춤거리며 회색 코트를 벗었다. 그런데 그냥 벗은 게 아니었다. 마치 상전 모시듯이 다루더니 급기야 벗은 걸 공들여 반듯이 접기까지 했다. 그러더니 내게 그 코트를 내미는 것이 아닌가.

"잠시만 맡아줄 수 있겠습니까?"

그의 어처구니없는 부탁에 나는 다시 한번 쇠막대를 치켜들었다. 그러자 그는 어쩔 수 없다는 듯이 코트를 바닥에 내려두었는데, 그때도 그냥 내려놓은 게 아니었다. 힘겹게 쪼그리고 앉더니 바닥을 먼저 손으로 훔쳤다. 그것도 모자랐는지 입으로 바람을 불기까지 했다. 힘 빠진 그의 폐가 쉭쉭대는 소리가 들렸다. 이윽고 코트를 내려둔 그가 힘겹게 일어서서 나머지 옷들을 벗기 시작했다. 코트와는 달리 나머지 옷들은 아무렇게나 바닥에 내팽개쳤다. 나는 내팽개쳐진 옷들 사이에 가지런히 놓인 코트를 바라보았다. 그가 내 시선을 눈치챘는지 말을 꺼냈다.

"아들이 여기 들어오기 전에 벗어서 준 것입니다. 이걸 입고 있으면 꼭 다시 데리러 온다고 했습니다."

그의 말을 듣고 나서 나는 웃음을 터뜨렸다. 부모를 수용소로 보낸 자식은 하나같이 그들이 빨리 죽기만을 바랐다. 그래야 매달 나가는 관리비 부담을 덜 수 있으니까. 애초에 애정이 조금이라도 남아 있다면 여기 보낼 이유가 없었다. 그러니 수용소에 들어온 노인이 밖으로 다시 나갈 방법은 오직 하나, 죽는 길뿐이었다.

그가 허튼 생각하지 않고 수용소 생활에 적응하게 하려면 먼저 그의 헛된 믿음을 깨주어야만 했다. 나는 쇠막대 끄트머리를 바닥에 놓인 코트 아래로 집어넣어서 번쩍 들어 올렸다. 그러고선 그것을 보란 듯이 이리저리 휘둘렀다. 화들짝 놀란 박 노인이 죽상이 되어 쇠막대를 잡으려고 발버둥 쳤다. 적당히 골리다가 그가 가까스로 쇠막대를 잡았다 싶었을 때 코트를 멀리 던져버렸다. 코트가 날아간 쪽으로 허겁지겁 뛰어간 그는 그것을 끌어안더니 허윅─허윅─ 하는 이상한 소리를 냈다. 밭은 호흡에 울음이 뒤섞인 그 소리를 들으며 나는 또 한 번 웃음을 터뜨리고 말았다.

내 장난에 충격을 받았던 것인지 박 노인은 신체검사 이후로는 코트를 좀체 벗으려 하지 않았다. 그러다 보니 상의를 갈아입는 횟수가 적어졌고, 그 까닭에 그의 몸에서는 늘 악취가 풍겼다. 그런데도 그는 월말 평가를 맞이하여 몸을 씻어야 할 때가 아니면 절대 코트를 벗는 법이 없었다.

허 노인이 박 노인에게 팔뚝을 물렸던 날이 떠오른다. 그날 허 노인은 포커에서 이겨서 여느 때처럼 자유 시간을 보상받았다. 나는 그에게 혹시 박 노인 방에 갈 것이냐고 물었다. 그는 그렇다고 대답했다. 나는 박 노인이 오늘은 공장에 가지 않고 방에서 쉬고 있다고 말해주었다. 도로 정비 건 때문에 물자 보급이 늦어져 인형에 붙일 눈알이 다 떨어졌던 것이다. 허 노인은 내게 알려줘서 고맙다고 인사하더니 서둘러 자리를 떴다.

내가 허 노인의 비명을 들은 건 교대 시간에 맞추어 감시탑으로 가고 있을 때였다. 곧장 박 노인의 방으로 뛰어간 나는 놀라운 광경을 보고 말았다. 박 노인이 허 노인의 팔뚝을 물어뜯었던 것이다. 어쩌나 세게 물었던 건지 살점이 뜯겨나간 게 한눈에 보일 정도였다. 박 노인이 입에 물고 있던 살점을 퉤 하고 내뱉었다. 바닥에 새것으로 보이는 하얀 상의가 널브러져 있었다. 그 위로 떨어진 살점이 옷을 붉게 물들였다.

허 노인은 박 노인의 상의를 갈아입혀줄 생각이었다고 말했다. 박 노인 몸에서 나는 불쾌한 냄새가 그가 입고 있는 상의 때문이라는 건 모두가 아는 사실이었으니까.

"구린내를 도저히 참을 수가 있어야지요."

내게서 박 노인이 공장에 가지 않고 방에 있을 거라는 말을 들은 허 노인은 자신의 상의 여유분을 들고서 박 노인을 찾아갔다. 그는 박 노인을 윽박지르고 겁을 주며 어서 코트를 벗으라고 명령했다. 그러나 박 노인은 자기 코트를 양팔로 감싸안은 채 꿈적도 하지 않았다. 자유 시간이 끝날 때가 다가오자 초조해진 허 노인은 결국 억지로 벗기기로 마음먹었다. 당연한 말일 테지만 박 노인이 허 노인의 상대가 될 리가 없었다. 그런데도 박 노인은 대체 어디서 힘이 솟아나는지 끈덕지게 버텼다. 하지만 허 노인의 완력에 밀려 조금씩 품이 열리기 시작했고, 그러던 찰나 박 노인이 허 노인의 팔뚝을 물어뜯었다.

여기까지가 내가 허 노인에게 들은 전후 사정이었다. 그의 말이 끝나자마자 박 노인을 끌어내서 쇠막대로 두들겨 패려 했다. 그때 허 노인이 끼어들어 나를 말렸다. 모두 자기 잘못이니 한 번만 용서해달라며. 그 순간 몹시 의아했다. 애초에 그는 왜 박 노인의 옷을 손수 갈아입혀주려 했을까? 그토록 미워하는 이의 옷을 냄새를 견딜 수 없다는 이유로 갈아입혀준다고? 게다가 왜 박 노인을 감싸주기까지 하는가?

그날 허 노인을 감시탑으로 데리고 올라갔다. 그를 달래주고 싶어서였다. 왜 그런 마음이 들었는지는 깊이 생각해보지 않았다. 다른 간부들처럼 나도 그를 특별히 대해주는 게 공평한 일이라고만 생각했다. 노인들은 수용소에 입소하고 나면 바깥 풍경을 볼 기회가 전혀 없었기에 바깥을 보는 일은 그 자체만으로 특별한 일이었다. 나는 그에게 바깥을 보고 싶지 않느냐고 물었고 그는 내 의중을 가늠하듯 잠시 쳐다보더니 말없이 고개를 끄덕였다.

감시탑에서 수용소 벽 너머를 바라보는 허 노인은 생각보다 담담해 보였다. 사실 얼어붙은 땅 위에 볼거리는 드물었다. 불과 1년 전만 해도 듬성듬성 보이던 다육식물도 이제는 거의 자취를 감추었고, 허허벌판 저편으로 지평선이 끊임없이 펼쳐져 있을 뿐이었다. 그나마 볼만한 건 도시를 향해 끝없이 뻗은 2차선 도로였다. 허 노인은 소실점이 되어 사라지는 그 도로의 끝을 보고 있는 것 같았다. 그렇다고 그 너머로 도시가 보이지는 않았다. 도시는 그보다 훨씬 더 멀리 떨어져 있었다.

가만히 서 있기만 하던 허 노인이 마침내 침묵을 깨고 물었다.

"무언가 기다릴 게 있다는 건 좋은 거겠죠?"

그의 갑작스러운 질문에 나는 헛웃음 지으며 농담을 했다.

"죽을 날 말인가?"

허 노인이 고개를 저었다.

"그건 기다리는 게 아니죠."

한동안 다시 침묵이 흘렀다. 허 노인이 박 노인에게 물린 자신의 팔뚝을 내려다보았다.

"제 아들은 장애아입니다. 제가 자기 아빠라는 것도 잘 못 알아보죠. 전 그런 아들을 버리고 이곳으로 도망쳐 온 겁니다. 더 이상 버틸 수가 없었거든요."

그는 그 세 마디를 긴 간격을 두고 나누어 말했다. 그러고 나서 덧붙였다.

"박 씨 때문에 저를 데리고 나오신 거 압니다. 궁금하실 테죠. 제가 왜 그토록 그를 미워하는지. 오늘 일은 또 뭔지."

나는 아무 말도 하지 않았다.

"사실 그따위 B급 놈한테는 애초에 관심도 없었습니다. 가끔 식당에서 마주치면 정신이 좀 이상한 놈인가 보다, 하고 생각했을 뿐이죠. 그런데 어느 날엔가 그 자식이 이상한 말을 중얼거리는 걸 들었습니다. 아들이 올 거야. 아들이 날 데리러 올 거야. 지금 오고 있어."

허 노인이 가래침을 끌어모으더니 감시탑 너머 어둠을 향해 내뱉었다.

"대체 이게 무슨 헛소리인가 싶어서 곁에 있던 동료한테 물었더니 수용소에서는 꽤 유명한 얘기라며 알려주더군요. 코트를 입고 있으면 아들이 자길 데리러 온다고 했다나 어쨌다나."

나는 웃으며 내가 그 말을 가장 먼저 들은 사람이라고 말해주었다.

"그런가요?"

허 노인이 나를 슬쩍 바라보는가 싶더니 말을 이었다.

"아무튼 그런 말을 하고 다니는 건 분위기를 적잖이 해치는 일이잖아요? 누군 뭐 자식이 없어서 여기 온 것도 아니고. 기분 잡치는 그 말을 더 이상 못 하게 하고 싶더군요. 그래서 잘 아시다시피 이런저런 일을 했고…….”

나는 그다음 말을 기다렸다. 오늘 일에 대한 설명이 담겨 있을 말을. 하지만 허 노인은 그 말을 끝으로 입을 닫았다. 더 묻고 싶어도 그럴 수가 없었다. 그가 더 이상 얘기하지 않을 것이 분명해 보였다. 그의 침묵은 너무도 무거워서, 꼭 자기가 가진 모든 것을 동원하여 스스로 짓누르고 있는 것 같았다. 나는 늘 노인들이 나이만 먹었지 아무짝에도 쓸모없는 존재라고 생각해왔으나 그 순간만큼은 어쩐 일인지 그들이 쌓아온 삶이 헛것만은 아닌지도 모르겠다는 생각이 들었다.

팔뚝 사건 이후 박 노인의 상태는 점점 악화됐다. 인형에 눈알을 하나만 붙인다거나 엉뚱한 곳에 붙이기가 다반사였다. 그대로라면 다가올 월말 평가 때 관찰사에게 좋은 평가를 받긴 어려울 듯했으나, 또 모르는 일이었다. 지난 두 번의 월말 평가에서 그랬듯 그가 기적적으로 B급에 잔류할지도.

처음 들어왔을 때 B급을 부여받은 노인이 C급으로 떨어지는 데에는 생각보다 많은 시간이 걸렸다. 반면 원래 A급이었다가 B급으로 떨어진 노인은 순식간에 C급으로 곤두박질치곤 했다. 그들은 자신의 노화를 받아들이지 않고 마치 늙은 적이 없었던 양 행동했는데, 이런 인지 부조화가 오히려 그들의 노화를 부추겼다. 가끔은 A급 노인이 B급 판정을 받고 나서 실성하는 일도 있었다. 그들은 B동으로 끌려가길 거부하며 발악했는데 그때 그들을 쇠막대로 다스리는 것도 관찰사의 업무 중 하나였다. 쇠막대가 그들의 드러난 뼈에 부딪히며 나는 소리는 실로폰의 가장 낮은음을 쳤을 때 나는 소리와 비슷했다. 그 아래로는 더 이상 칠 음이 없었다.

현 수용소장이 부임하기 3년 전에 퇴임한 초대 수용소장은 한때 A급에서 B급으로 떨어진 노인들이 자살하지는 않을까 염려해서 간부들에게 그들을 특별 보호하라는 명령을 내렸다. 하지만 그건 기우에 불과했다. B동으로 연행되는 과정에서 몸부림쳤던 이들의 광기는 딱 그 순간 타올랐다가 곧 사라졌다. 그 광기를 끝으로 그들은 자기 생에 주어진 모든 정력을 소진한 것처럼 보였다. 자살 기도를 하기는커녕 마치 붙박이장이라도 된 것처럼 방 안에서 꼼짝도 하지 않고 누워 있기가 일쑤였다. 그 모습은 이미 죽은 것과 별다를 게 없어 보였다.

그러니 수용소에 들어온 노인들에게는 죽을 의지는 물론이거니와 그럴만한 용기도 없다고 보는 게 맞았다. 만약 그들에게 자살할 용기가 있었다면 수용소에 들어오기 전에 저질렀을 것이다. 이곳에 있는 노인들은 모두 그럴 용기가 없어서 들어온 것이다. 아무짝에도 쓸모없는 처지이지만 죽기는 싫고, 먹고살려면 돈을 벌어야 하는데 그럴 능력은 안 되고. 그런 상황에서 정부가 자식의 부모 유기를 합법 처리하자 그들에겐 달리 선택의 여지가 없었다. 자식들이 부모를 부양하는 데 돈과 에너지를 쓰는 것보다 세금을 조금 더 내는 게 낫다고 판단한 건 자연스러운 일이었다.

처음 수용소가 문을 연 날, 수용소에 입소하기로 되어 있던 수만 명의 노인이 스스로 목숨을 끊었다. 수용소에서 비참한 꼴을 당하느니 죽는 편이 낫다고 생각한 것이었다. 그때 자살 행렬에 동참하지 않은 노인들만 수용소에 입소했다. 그들에겐 차마 죽을 용기가 없었다. 그리고 그건 계속해서 새로이 들어오는 노인들 역시 마찬가지였다. 이미 바깥세상에서 노인들의 자살률은 70퍼센트를 넘어섰다. 죽을 용기가 없는 나머지 30퍼센트만이 이곳으로 왔다.

그러므로 허 노인의 자살 소식을 들었을 때 수용소장을 비롯한 우리 모두 우왕좌왕했다. 선례가 없었기 때문이다. 인사 관리팀이 부랴부랴 수용소 내부 규정집을 샅샅이 뒤졌지만 거기에도 자살자에 관한 항목은 없었다. 대신 돌연사에 관한 항목이 있었다. 규정집은 돌연사가 발생했을 경우 특별 조사 위원회를 꾸려 죽음의 원인을 밝혀야 하며, 조사 내용을 친족에게 일주일 내로 알려야 한다고 명시했다. 하지만 위원회의 구성 요건이나 조사 방식 등에 관해서는 아무것도 적힌 게 없었다.

수용소장은 그날 즉시 특별 조사 위원회를 꾸렸다. 조사관은 딱 한 명이었다. 나는 허 노인의 죽음의 원인을 밝히기 위한 특별 조사 위원회의 유일한 조사관이자 위원장인 셈이었다.

B동 관리인은 나가다가 말고 뭔가 할 말이 생각난 듯 문
가에 잠시 멈춰 섰다. 그러더니 내게 그날이 기억나느냐고
물었다. 그가 어떤 날을 말하는지는 굳이 묻지 않아도 알 수
있었다. 내가 조용히 고개를 끄덕이자 그가 혼잣말하듯 중얼
거렸다.

　"그냥 줄 걸 그랬어요. 그게 뭐 대단한 거라고."

　나는 아무 대꾸도 하지 않았다. 관리인은 고생하시라는 말
을 남기고서 떠났다.

　닫힌 문을 바라보며 그날을 떠올렸다. 허 노인이 자살하기
보름 전에 벌어졌던 소동을.

　그날 박 노인은 갑자기 자신을 단추 공장에서 일하게 해
달라고 요청했다. 물론 그의 의견은 바로 묵살됐다. 단추 공
장에서 일할 수 있는 노인은 매우 한정돼 있었다. 단추 다는
일을 하려면 무엇보다도 시력이 좋아야 하는데 노인들은 대
개 바늘귀에 실을 꽂을 만한 시력을 갖고 있지 않았기 때문
이다. 다른 곳은 노화가 심한데 특이하게 시력만 괜찮게 유
지하고 있는 노인들이 간혹 있었다. 단추 공장은 오직 그런

이들만이 일할 수 있는 특별한 공간이었다. 그들은 눈알이 붙어서 넘어온 인형에 옷을 입힌 뒤 그 위에 단추를 달았다. 도시 아이들에게 판매될 인형 제작의 마지막 단계였다.

박 노인은 단추 공장은커녕 눈알 공장에서도 잘릴 판이었다. 그러니 그가 단추 공장에서 일하고 싶다고 찾아왔을 때 B동 관리인이 코웃음 치며 돌려보낸 건 당연한 일이었다. 하지만 박 노인은 돌아가지 않고 그 자리에 서서 같은 요구를 계속했다. 열불이 난 관리인은 참지 못하고 쇠막대를 치켜들었다. 그런데 갑자기 어디서 힘이 솟았는지 박 노인이 그가 휘두른 쇠막대를 막은 것도 모자라 가로채기까지 했다. 관리인은 덜컥 겁을 먹었고, 그가 우물쭈물하고 있는 사이 박 노인이 쇠막대로 벽을 두드리기 시작했다. 쇠막대와 콘크리트 벽이 서로 부딪치며 나는 차갑고도 날카로운 소리가 복도에 울려 퍼졌다.

감시탑 업무를 마치고 숙소로 복귀 중이던 나는 그 소리를 듣고서 곧장 B동으로 달려갔다. 그 시점에는 이미 모든 방의 노인들이 무슨 일인가 싶어서 쇠창살 사이로 얼굴을 반쯤 내밀고 있었다. 복도의 어두운 백열등 불빛을 받아 명암이 극렬하게 대비된 그들의 메마른 얼굴은 박제된 조류처럼 음산했다. 그 한가운데서 박 노인이 쇠막대로 콘크리트 벽을 빠르게, 규칙적으로 두드려대고 있었다. 복도에 울려 퍼지는 소리가 중첩될수록 내 숨도 가빠왔다. 나는 본능적으로 어깨에 멘 소총을 그에게 겨누었다. 수용소 규정상 필요한 경우엔 언제든지 발포할 수 있게 되어 있었고, 새로 입소한 노인들에게 제일 먼저 가르치는 것도 바로 그것이었다. 다만 실탄이 지급된 적은 단 한 번도 없었다. 그깟 힘없는 노인들을 다스리는 건 쇠막대만으로도 충분했으니까.

따라서 당시 내 탄창 역시 비어 있었다. 나는 박 노인이 겁먹고 알아서 멈춰주기만을 바랐다. 그러나 그는 자신에게 겨눠진 총구를 보자 겁을 먹기는커녕 더 세게 벽을 두드려댔다. 침이 바싹바싹 말라왔다. 이 상태가 지속되면 앞으로 노인들을 관리하는 데 큰 지장이 생길 수도 있었다.

왜 안 쏘지? 이 정도 소란이면 쏴도 될 것 같은데? 설마 총알이 없나?

몇몇 노인들은 벌써 그런 의심을 품고 있는 것 같았다. 고작 정신 나간 늙은이 하나 때문에 이런 상황에 빠지게 될 줄은 꿈에도 몰랐다. 나는 눈을 질끈 감고 뛰어들 준비를 했다.

다행히 내가 막 뛰어들려 할 때 지원군이 도착했다. 호각 소리가 나서 돌아보니 간부 셋과 허 노인이 뛰어오고 있었다. 포커 판을 벌이다가 연락을 받고 다 함께 온 모양이었다. 간부 셋이 내 옆으로 와서 박 노인을 둘러쌌다.

"뭐야? 정신이 나간 건가?"

다혈질인 간부가 허리춤에서 쇠막대를 뽑아 들고 멈추라고 경고했다. 그럼에도 박 노인은 멈추지 않았다.

"이게 진짜 미쳤나!"

그가 막 박 노인을 내리치려 할 때 허 노인이 그의 앞을 막아섰다.

"제가 달래보겠습니다. 한 번만 기회를 주십시오."

허 노인과 눈빛을 주고받은 간부는 딱 한 번뿐이라며 한 발짝 뒤로 물러섰다. 허 노인이 박 노인을 바라보고 섰다.

"정신 차려 새끼야! 지금 단추 때문에 이러는 거지? 그치?"

그의 말을 듣자 놀랍게도 박 노인이 동작을 멈추었다. 눈빛도 평소와 같이 돌아왔다. 허 노인이 달래듯이 말을 이었다.

"내가 내일 단추랑 실이랑 바늘이랑 다 갖다 줄 테니까 이만하고 들어가! 안 그러면 너 다 뺏겨. 그 옷까지 전부 다!"

알고 보니 박 노인이 그날 난동을 부린 건 그의 코트에 붙은 단추 중 하나가 떨어졌기 때문이었다. 그걸 원상태로 돌리려고 단추 공장에 보내달라고 부탁했던 건데 거절당하자 정신이 나갔던 것이다. 허 노인이 잘 달래서 어찌어찌 사건은 일단락됐지만 박 노인이 다음 평가 때 C급으로 분류되는 건 기정사실인 듯했다.

다음 날, 허 노인이 내게 와서 단추와 바느질 도구를 빌려달라고 부탁했다. 나는 잠자코 그것들을 내주었다. 그때 그는 내게 고백하듯 말했다.

"전 박 씨가 단추 공장에 보내달라고 한 이유를 진작부터 알고 있었습니다. 그놈한테는 그 코트가 자기 아들이나 다름

없으니까요. 제가 미리 도와줬더라면 이렇게까지 될 일은 아니었는데……."

허 노인은 갑자기 화제를 바꾸어, 얼마 전에 우연히 관찰사가 박 노인에게 '거짓말쟁이'라고 조롱하며 지나가는 걸 들었다고 했다.

"이상한 기분이 들어서 관찰사님을 쫓아갔습니다. 그게 대체 무슨 소리냐고 여쭤봤죠."

그러자 관찰사는 냉소를 띠며 자신이 알게 된 사실을 그에게 들려주었는데 내용은 이랬다. 회계부 직원으로부터 박 노인의 관리비가 벌써 두 달째 연체됐다는 말을 전해 들은 관찰사는 자신이 직접 박 노인의 아들과 통화해보겠다고 나섰다. 평소에는 제정신이 아닌 것 같다가도 월말 평가 때만 되면 정신을 차리는 그가 진작부터 마음에 안 들었으므로 그의 아들에게라도 화풀이할 속셈이었다. 그런데 그의 전화를 받은 박 노인의 아들이 거꾸로 그에게 신경질을 내는 게 아닌가.

"그 미친 노인네 빨리 죽으라고 보내놨더니 아직도 살아 있어?"

관찰사는 이상한 기분이 들었다. 박 노인이 자기 아들이 자길 데리러 온다고 약속했다고 말하고 다니는 걸 그 역시도 여러 차례 들었으니까. 그가 말했다. 당신 아버지는 당신이 데리러 오기만을 목 빠지게 기다리고 있는데 알고 계십니까? 당신이 벗어주었다는 코트를 무슨 보물단지처럼 끌어안고 말입니다. 그러니 어서 와서 데려가든가 아니면 밀린 관리비를 내일까지 납입하세요. 그의 말을 들은 아들이 어이가 없다는 듯이 대꾸했다.

"내 코트가 어디 갔나 했더니 거기 있었어?"

허 노인은 그 말을 마치 자신이 한 말인 것처럼 중얼거렸다. 그러고는 나를 가만히 쳐다보았다. 내 의견을 묻는 것 같았다. 나는 그냥 어깨를 으쓱해 보였다.

"전에도 말씀드렸지만 제가 박 씨를 못살게 군 건 주제도 모르고 쓸데없는 소리를 지껄이고 다녔기 때문입니다. 자식이 저를 버린 것도 모르고 순진하게 다시 데리러 온다고 믿고 있다니. 그 멍청한 생각을 뜯어고쳐주고 싶었죠."

허 노인은 잠시 말이 없었다. 꼭 오랫동안 품어온 자기 생각을 이제 와 다시 검증해보기라도 하는 듯이.

"그런데 관찰사님 얘기를 듣고 나니 기분이 이상했습니다. 그가 좀 비참하게 느껴졌다고 할까요. 갑자기 앞으로는 좀 잘해줘야겠다는 생각이 들더군요. 일전에 옷을 갈아입혀주려고 한 것도 그런 생각에서였습니다."

허 노인은 그것 말고도 이래저래 박 노인을 챙겨주었다고 말했다. 방 청소도 해주고 의자도 고쳐주는 등 사소한 일들을 도왔다. 하지만 팔뚝을 물린 그날, 그는 무언가가 변했음을 느꼈다. 박 노인을 비참하게 여기던 마음이 감쪽같이 사라지고 예전처럼 박 노인을 향한 분노가 치밀어 올랐다. 전과는 분명 다른 느낌의 분노였다.

말을 마친 허 노인이 자문하듯 내게 물었다.

"그건 대체 무엇을 향한 분노였을까요?"

나는 팔뚝을 물린 고통이 그를 혼란하게 만든 것 같다고, 극심한 고통은 때로 사람의 인지 능력을 흐트려놓는다고 말했다. 허 노인은 내 말을 귀담아듣는 것 같지 않았다. 그는 내게서 받은 단추만 한참 동안 내려다보더니 꾸벅 인사하고선 나갔다.

박 노인에게 단추와 바느질 도구를 가져다 준 후로 허 노인은 더 이상 그를 찾아가지 않았다. 포커에서 이기고 나서도 자유 시간을 얻기보다는 주로 먹을거리나 담배를 얻었다고 한다. 그와 친했던 간부들을 조사하며 알게 된 사실이었다. 그들은 이구동성으로 허 노인 같은 S급이 설마 자살할 줄은 꿈에도 몰랐다고 진술했다.

박 노인은 쇠막대 난동 사건 이후로는 일과 시간에도 공장에 나가지 않았다. 방 안에 틀어박혀서 왼손에는 바늘을, 오른손에는 실을 붙들고 눌러앉았다. 관찰사는 그런 그를 그냥 내버려두라고 했다. 마치 그를 골리기라도 하는 듯한 말투였다. 월말 평가까지 일주일이 남아 있었으나 관찰사가 이미 서류에 C급이라고 써두었다고 해도 아무도 뭐라 할 사람이 없을 만큼 그는 가망성이 없어 보였다.

관찰사의 배려 아닌 배려 속에서, 박 노인은 누구의 간섭도 받지 않고 단추 다는 일만 했다. 하지만 그의 시력으로는 바늘에 실을 꿰는 일조차 불가능했다. 그래도 수백 번 시도하다 보면 한 번씩은 들어갈 때가 있는 모양이었다. 가끔 단추를 집어 들기도 했으니 말이다. 그러나 그다음이 더 문제였다. 떨어진 건 코트 가장 윗부분에 달려 있던 단추였다. 코트를 입은 채 그곳에 단추를 다는 건 젊은 사람도 하기 어려운 일이었다. 그의 손과 목 언저리는 금세 바늘 자국으로 뒤덮였다. 그런데도 그는 코트를 벗을 생각을 끝끝내 하지 않았다.

나는 B동 관리인을 다시 한번 불러들였다. 그는 재호출을 예감했었다는 듯이 조사실로 들어왔다. 그러더니 내가 묻기도 전에 허 노인이 목을 매기 바로 전날 밤에 박 노인을 찾아왔다고 진술했다. 이 역시 규정에 어긋나는 일이었으나 관리인은 허 노인이 사정하기에 딱 5분만이라며 허락해주었다고 말했다. 허 노인이 박 노인을 찾아가서 무슨 얘기를 했는지 아느냐고 묻자 아무 얘기도 안 했다는 대답이 돌아왔다. 관리인은 허 노인이 방으로 들어가지 않고 바깥에 서서 그저 박 노인이 단추 달려고 애쓰는 모습을 가만히 지켜보고만 있었다고 했다.

"만나봐야겠습니다."

나는 관리인에게 박 노인을 데려올 것을 요청했다. 관리
인은 그를 조사실로 데려오는 건 불가능한 일이라고 대답했
다. 보시면 아실 테지만, 하고 말끝을 흐리며. 나는 내가 내
일 아침 직접 접견하겠다고 말했다. 관리인은 준비해두겠다
고 대답한 뒤 나가려다 말고 돌아서서 나를 가만히 쳐다보
았다. 나는 마주 보며 하고 싶은 말이 있다면 하라는 신호를
보냈다. 그러자 그는 허 노인이 자살한 건 아무래도 박 노인
때문인 것 같다고, 정확한 이유는 모르겠으나 자기 직감이
그렇게 말하고 있다고 조심스레 말을 꺼냈다. 내가 "직감이
라……" 하고 중얼거리자 그는 갑자기 신이 나서 떠들어댔
다. 아무리 생각해도 둘이 그렇고 그런 사이였던 게 틀림없
다고, 사람 감정을 오락가락하게 하는 건 망할 놈의 사랑밖
에 없다고, 그 나이가 돼서도 미련을 못 버리고 그 난리를 쳤
다는 게 믿기지 않는다고.

일과 시간을 알리는 종이 울리자마자 B동 관리인을 앞세
우고 박 노인 방으로 향했다. 내일이면 모든 노인이 두려워
하는 월말 평가 날이었고 박 노인은 더 볼 것도 없이 C동으

로 끌려갈 것이었다. 폐기동과 불과 몇십 미터밖에 떨어져 있지 않는 그 음습한 곳으로. 하지만 내가 도착했을 때 그는 그런 사실은 꿈에도 모른 채 여전히 단추와 사투를 벌이는 중이었다. 우리 발소리를 듣고도 전혀 눈치채지 못했다. 이미 그런 걸 알아차릴 만한 정신 상태가 아닌 것 같았다.

지금부터는 알아서 하겠다고 말하고선 관리인을 돌려보냈다. 관리인은 내게 열쇠를 맡기고서 떠났다. 떠나며 경고하듯 말했다.

"조심하세요."

관리인이 시야에서 완전히 사라지기를 기다렸다가 열쇠로 문을 따고 들어갔다. 곧장 박 노인 앞으로 다가갔다. 그는 나를 쳐다보지도 않았다. 나는 그의 앞에 서서 한참 그를 그저 바라보았다. 그동안에도 바늘은 그의 손을 수없이 찔러댔다. 검푸른 색으로 부풀어 오른 그의 왼손은 형체를 알아보기 힘들었다. 바늘에 꽤 깊이 찔리는데도 더는 피도 나지 않았다. 피라는 게 죄다 말라버린 사람 같았다.

몇 분쯤 지났을까. 창으로 들어온 햇살의 방향이 바뀌며 내 그림자가 그를 가렸다. 그러자 그가 천천히 고개를 들더니 나를 바라보았다. 잠깐이었지만 그의 눈빛이 제대로 돌아온 것 같았다.

"어젯밤에 아들이 찾아왔었습니다. 어릴 때 모습 그대로 작고 예뻤죠."

코트

그는 마치 꿈꾸는 듯한 표정이었다.

"아들은 조금만 더 기다려달라고 했습니다. 저는 그러겠다고 했습니다."

그가 말을 멈추더니 갑자기 내게 손을 뻗었다. 놀라서 한 걸음 뒤로 물러섰다. 그가 내 바지춤을 붙잡았다.

"아들이 코트를 벗어줬습니다. 그걸 입고 있으라고요. 그러면 자기가 데리러 오겠다고요. 그런데 어디다 뒀는지 모르겠습니다. 분명 여기 뒀는데 사라졌습니다. 제발 찾아주십시오. 제발 찾아주십시오……."

그는 내게 코트를 찾아달라는 말을 반복하며 흐느꼈다. 그가 버젓이 입고 있는 그 코트를 찾아달라고. 그 순간 그 구질구질한 회색 코트가 섬뜩하게 느껴져서 몸이 굳고 말았다. 그의 손을 떨치려고 뒷걸음질 치다가 무언가에 걸려 넘어졌다. 넘어지며 의자를 쳤고, 의자가 바닥에 나뒹굴며 쇳소리를 냈다. 넘어진 의자의 뒷면이 보였다. 반질반질한 판때기가 덧대져 있었고 박힌 못도 새것이었다. 사포질된 면과 못이 박힌 간격으로 보건대 분명 허 노인의 솜씨였다.

박 노인이 의자 옆을 돌아 내 쪽으로 다가왔다. 제발 찾아달라는 말을 계속 중얼거리며. 나는 무언가에 홀린 듯 그저 그가 다가오는 걸 지켜보았다. 너덜너덜한 그의 손이 날 잡으려 할 때였다. 어느새 달려온 관리인이 박 노인을 발로 차서 넘어뜨렸다. 바닥으로 나자빠진 박 노인은 양 무릎을 가

습팍까지 끌어올려서 양팔로 감싸안더니 머리를 그 사이로 욱여넣었다. 그러자 그의 온몸이 코트 속으로 들어간 것 같았다. 관리인이 쇠막대를 치켜드는 걸 내가 말렸다.

"그냥 두세요."

나는 코트 안에 고개를 박고 태아처럼 한껏 몸을 웅크린 그의 모습을 한동안 말없이 내려다보았다. 관리인이 이제 어떻게 하느냐는 표정으로 나를 쳐다보았다. 나는 다시 한번 그냥 두라는 말을 하고선 밖으로 나왔다. 관리인이 혀를 차며 철문을 닫고선 자물쇠를 잠갔다.

조사실로 돌아와서 컴퓨터를 켜고 보고서 서식을 불러들였다. 보고서 작성 목적은 허 노인의 자살 이유를 밝히는 것이었다. 하지만 내 머릿속은 온통 코트 안에서 태아처럼 몸을 웅크리고 있던 박 노인의 모습으로 가득 차 있었다. 그 지경이 되어서까지도 아들이 자신을 데리러 올 거라는 믿음을, 자기 혼자서 지어낸 그 거짓 믿음을 버리지 못한다는 게 도무지 믿기지 않았다.

빈 페이지 위에서 깜박이는 커서만 바라보았다. 수많은 생각이 커서와 함께 깜박였다. 어쩌면 박 노인에게는 그 믿음이 거짓이 아니었을지도 모른다. 아들을 간절히 기다리는 그의 마음은 어느 순간 거짓을 진실로 바꾸었고, 코트가 그것을 증명하는 상징물이 된 건 아닐까. 단추 하나라도 온전하지 않으면 안 되는 신성한 물품 같은 것. 아들이 자신을 데리러 올 것이라는 거짓 예언이 담긴 수의.

그처럼 처절한 믿음과 기다림은 어디서도 본 적이 없었다. 거기에는 일반적인 차원을 넘어선 무언가 섬뜩한 구석이 있었다. 한 장난기 많은 주술사가 수용소 내 모든 노인의 의식에 어렴풋이 남아 있을지도 모르는 자기 자식을 향한 애정을 모조리 끌어모아 그의 머릿속에 억지로 집어넣은 것만 같은. 정말로 그런 주술사가 존재한다면 그는 왜 그런 장난을 쳤을까.

허 노인은 팔뚝을 물린 날 정체를 알 수 없는 분노가 솟구쳤다고 말했다. 그는 그 분노의 방향에 의문을 품었다. 분노는 어디를 향하고 있는가? 그때는 귀담아듣지 않았던 그의 말을 재차 생각해보게 됐다. 분노가 향한 곳이 허 노인 자신에게라면.

목을 매달기 전날 밤, 허 노인은 박 노인을 찾아갔다. 그는 아무 말도 하지 않고 그저 박 노인을 보았다. 아마 내가 본 것과 똑같은 것을 보았을 것이다. 처절하고도 기이한, 인간을 서서히 메마르게 하는 기다림의 풍경을. 그는 그 풍경 안에다가 밖에 버려두고 온 자기 아들을 놓아보았던 건 아닐까. 아들이 제정신이 아닌 상태에서도 아빠가 돌아오기만을 기다리고 있을지도 모른다고. 박 노인의 모습이 자기 아들의 모습을 거울처럼 되비추어주었다면……. 아니다. 어디까지나 추측이고 망상일 뿐이다. 하지만 그 어떤 사실보다 사실처럼 느껴지는 것 또한 사실이었다. 무엇을 써야 하나. 무엇을 쓸 수 있을까.

모든 걸 쓰기로 했다. 지금까지 내가 직접 보고 들은 둘의 이야기와 타인이 보고 들은 이야기를 빠짐없이 모조리 다. 어느새 화면이 가득 찼다. 그것은 관찰되고 취조된 사실의 나열이었다. 여느 보고서들과 같은 형식의. 그러나 읽으면 읽을수록 사실이 아닌 한 편의 소설에 가까워 보였다. 고민 끝에 썼던 걸 전부 지웠다. 빈 페이지에 깜박이는 커서를 보다가 다시 타이핑하기 시작했다.

먼저 조사 경위와 방법을 밝힌 나는 곧바로 '허 노인의 죽음은 자살이 맞다'라고 기술했다. 이유에는 이렇게 적었다.

장애를 앓던 아들의 사망 소식을 알 수 없는 경로를 통해 전해 들은 것으로 확인. 그로 인한 심적 충격이 자살의 원인이 된 것으로 추정. 그의 평소 언행에 비추어 보았을 때 자살의 충분한 동기가 된다고 사료.

그 밑으로는 내가 관찰한 그의 행동과 말을 시간순으로 나열한 표를 삽입했다.

허 노인의 아들이 죽은 건 사실이었다. 다만 허 노인이 그 소식을 들었을 거라는 건 어디까지나 내 추측이었다. 바깥세상 일에 관해서는 노인들에게 그 무엇도 말해주지 않는다는 게 수용소의 엄격한 방침이었다. 그것이 자기 자식의 죽음일지라도 예외는 없었지만, 허 노인은 나 말고도 다른 간부들과 두루두루 친했다. 그들 중 누군가가 그에게 슬쩍 알려줬을 가능성이 컸다. 이봐, 어제 당신 아들이 죽었어, 하고. 그러고 나서 위로하듯 덧붙였을 테다. 걱정하지 마. 자네가 살아 있는 한 수용소는 자넬 먹이고 재워줄 테니까.

완성한 보고서를 출력하여 읽어보았다. 삽입된 표는 열 페이지를 넘길 만큼 길었으나 거기에 박 노인 얘기는 단 한 줄도 없었다. 그것을 들여다보고 있자니 자꾸만 직전에 삭제했던, 한 편의 소설 같았던 두 노인의 이야기가 떠올랐다. 그 이야기 속 노인들에게는 공통점이 하나 있었다. 그들의 자식은 이제 그들과 아무 상관이 없는 사람인데도 미련을 버리지 못했다는 것. 자식을 포함한 일체의 혈연이 노인들의 미래나 희망과는 무관하다는 건 수용소에 갇힌 모든 노인에게 일종의 진리와도 같았다. 하지만 박 노인은 그걸 부정하는 이상한 광기에 휩싸였고, 허 노인은 흡사 그 광기에 감염되기라도 한 듯 돌발 행동을 저질렀다.

허 노인이 죽지 않고 살아서 박 노인에게서 시작된 광기를 다른 노인들에게로 전파했다면 어떻게 됐을까. 쇠막대로 콘크리트 벽을 두들기던 박 노인의 모습이 떠올랐다. 쇠창살 밖으로 고개를 내밀고 있던 노인들의 모습도. 고개를 세차게

저어 머릿속 영상을 떨쳐내려 했다. 그럴수록 영상은 점점 더 선명해졌다.

다음 날 아침, 보고서를 들고 소장실로 갔다. 보고서를 받아 든 수용소장은 이른 시일에 조사를 끝낸 것을 칭찬하며 재빨리 보고서를 눈으로 훑었다. 그가 고개를 끄덕이며 말했다.

"대체 누가 허 노인한테 쓸데없는 얘기를 해줬는지만 밝혀내면 되겠군."

그는 그 일은 자신이 알아서 처리할 테니 걱정하지 말라고 했다. 그러더니 수고했다며 나를 다음 달에 관찰 업무로 특진시켜주겠다고 말했다. 축하의 악수를 건네며, 그는 내게 비밀 유지를 당부했다.

이튿날, 관찰사가 월말 평가를 위해 노인들 방을 한군데씩 둘러보았다. 나는 그의 후임이 될 사람으로서 그를 따라다니며 그가 하는 일을 지켜보았다. 이윽고 박 노인의 차례였다. 관찰사가 방문을 열고 들어갔지만 박 노인은 침대에 누운 채 꼼짝도 하지 않았다. 의아해하며 가까이 다가간 우리는 깜짝 놀라고 말았다. 그가 그토록 달길 원했던 단추가 그것이 떨어졌던 바로 그 자리에 바늘째 매달려 있었다. 코트를 뚫고 들어간 바늘은 거기서 멈추지 않고 박 노인의 목까지 파고들었다. 피가 정말로 메말랐기 때문인지, 아니면 아주 강한 힘에 의해 단번에 박혔기 때문인지 그의 검푸른 목에는 피 맺힌 자국조차 보이지 않았다.

관찰사는 폐기동으로 보냈다가 화장터로 보내야 하는 번거로운 절차가 생략됐다며 기뻐했다. 그의 말을 들으며 나는 박 노인의 목에 박힌 바늘을 조심스레 뽑았다. 그러자 바늘에 의지해 매달려 있던 단추가 힘없이 바닥으로 굴러떨어졌다. 박 노인은 그가 그토록 아꼈던 코트를 그대로 입은 채 화장터로 보내졌다.

기상을 알리는 첫 번째 종소리가 연병장에 울려 퍼졌다. 그 소리를 들으며 긴 하품을 내뱉었다. 관찰 업무로 진급하기 전날에는 밤샘 근무하는 것이 관례였고, 이제 막 그것이 끝나려 하고 있었다.

종지기가 두 번째 종을 울렸을 때 노인들이 하나둘씩 연병장에 모습을 드러냈다. 일과를 끝마치고 숙소로 복귀할 때와 다름없이 맥 빠진 걸음걸이였다. 그들을 재촉하려고 호각을 길게 불었으나 그들은 여전히 느릿느릿 움직였다. 호각을 한 번 더 길게 불었다. 그 소리에 놀란 것인지 아니면 갑자기

다리에 힘이 풀린 것인지 노인 하나가 넘어지며 드럼통에 머리를 부딪쳤다. 안에 담겼던 잿더미가 쏟아지며 이리지리 흩날렸다.

교대 근무자가 멀리서 다가오는 게 보였다. 그의 뒤편으로 수용소를 둘러싼 거대한 벽이 장막처럼 펼쳐져 있었다. 막 떠오른 태양이 그것을 조명하듯 붉은빛을 내뿜었다. 노인 한 명이 다른 노인을 목말 태우고, 그 위에 또 태우고 또 태우고 또 태워도 다다를 수 없을 만큼 벽은 높았다. 과연 저렇게까지 높게 쌓을 필요가 있었을까. 고개를 돌려 수용소 너머로 끝없이 뻗은 지평선과 그것을 수직으로 가르는 도로를 바라보았다. 그때 도로의 끝, 소실점으로부터 돌연 내 부모의 얼굴이 떠올랐다. 그들은 손을 꼭 잡고 천천히, 아주 천천히 이리로 걸어오고 있었다. 1년에 한 번, 휴가 때 고작 하루 보는 게 다인 그들의 얼굴은 이상하게도 선명했다. 하지만 가까이 다가올수록 점점 더 희미해졌고, 마침내 눈앞에 이르렀을 때는 유령처럼 형체가 없었다.

그들을 잡아보려 손을 뻗었을 때 마지막 세 번째 종이 울렸다. 종소리는 장벽 너머 멀리 퍼져 나가다가 이내 사라졌다. 수고했다는 교대 근무자의 인사를 뒤로하고 감시탑에서 내려왔다. 연병장을 가득 채운 노인들이 차례로 세어지고 있었다.

반딧불이 사라지면

효민은 길가에 빼곡히 핀 개망초 꽃 무리를 바라보며 섰다. 어느새 그의 곁으로 다가온 엄마가 함께 꽃 무리를 바라보았다. 엄마는 어렸을 적 개망초를 계란꽃이라고 일러주었다. 효민이 손가락으로 꽃을 가리키며 "꽃 핀 게 꼭 촛불 같지 않아? 줄기는 촛대 같고" 하고 묻자 엄마는 "그러네"라고 대답하고선 이내 무언가 생각났다는 듯이 덧붙였다.

"일제강점기 때 넘어온 꽃이래. 그래서 망할 망亡 자를 써서 개망초라고, 네 아빠가 알려줬어."

"아빠 그런 걸 어떻게 아셨대?"

"할머니가 알려주셨겠지."

효민은 대를 이어 전달되는 무형의 것들을 생각하며 꽃 무리 너머로 흐르는 강줄기를 바라보았다. 멀리 보이는 강은 정지한 듯 보였다.

둘은 한동안 강을 따라 난 길을 말없이 걸었다. 검은 슈트를 빼입고 헤드셋을 쓴 이들이 플랫보드를 타고 그들 곁을 휙휙 지나쳐 갔다. 그들처럼 땅을 밟으며 걷는 이들은 거의 보이지 않았다.

"이렇게 엄마랑 걷는 것도 오랜만이네."

"그러게."

"예전에 할머니 댁 갈 때 같이 시내버스에서 내려서 걸어갔던 거, 기억나?"

"너 어렸을 때?"

"응. 그때 「개똥벌레」 불러줬잖아."

"그걸 기억해?"

"반딧불을 처음 본 날이니까. 그것도 그렇게나 많이."

엄마는 노래를 조금 더 잘 불렀어야 했다고 말하며 수줍게 웃었다. 그 웃음소리로부터 십수 년 전의 여름밤이 반딧불이 깜박이듯 되살아났다. 할머니 댁에 가려면 시외버스를 두 번 갈아타고 터미널에 도착해서 또다시 시내버스로 갈아타야만 했다. 그날은 어떤 이유에서였는지 평소보다 늦게 터미널에 도착했다. 할머니 집까지 가는 시내버스 막차가 떠나버린 뒤였다. 그들은 하는 수 없이 근처로 가는 비슷한 노선의 다른 시내버스에 올라탔다.

버스에서 내렸을 때는 이미 날이 어둑해져 있었다. 변변한 가로등 하나 없는 시골길을 걸어가는 건 어린 효민에게 무서운 일일 수밖에 없었다. 만약 논둑 건너 수풀 더미에서 반딧불 무리가 일제히 날아오르지 않았다면 한 발자국도 움직이지 못했을지도 모른다. 효민은 그 놀라운 광경에 눈이 팔려서는 떨듯이 앞으로 나아갔다. 그러던 어느 순간 마법처럼 모든 반딧불이 휙 사라져버렸다. 효민은 어찌해야 할지 모르는 표정으로 우뚝 멈춰 섰다. 발 앞을 비추는 은은한 달빛이 그를 위로하는 게 아니라 겁주는 것만 같았다. 엄마가 노래를 부르기 시작한 건 바로 그때였다.

아무리 우겨봐도 어쩔 수 없네. 저기 개똥 무덤이 내 집인걸.

효민은 든든한 지원군을 얻기라도 한 듯 노랫소리에 맞추어 다시 앞으로 나아갔다. 노랫말의 뜻은 전혀 모른 채.

효민은 당시 엄마가 불렀던 노래를 속으로 흥얼거리며 어린 날의 자기 뒷모습을 머릿속에 그려보았다. 엄마가 앞서가는 그를 가슴에 품듯 가까이서 뒤따라오고 있다. 가슴을 내밀어도 친구가 없네, 노래하던 새들도 멀리 날아가네, 하고 노래 부르며.

가지 마라. 가지 마라. 가지 말아라.

마음속 노래가 거기까지 이어졌을 때 다리가 시야에 들어왔다. 크게 휘어지며 오르막으로 이어지는 길의 끄트머리에 다리가 놓여 있었다. 오르막을 다 오르기 전까지 입구는 보이지 않을 것이었다. 다리 반대쪽의 출구 역시 너무 멀어서 보이지 않았다. 다리는 마치 공중에 붕 떠 있는 듯했다.

"저기구나."

엄마가 말했다. 효민이 가만히 고개를 끄덕이며 대꾸했다.

"응, 벌써 다 왔네."

얼마쯤 더 걸어가자 몇몇 사람이 플랫보드를 난간에 기대 세워놓은 채 무언가를 던지는 게 보였다. 하류에 이르러 품이 넓어진 천川이 그 아래를 구름처럼 흐르고 있었다. 다리를 지난 천은 자연스레 강에 합쳐졌다. 강은 천을 더 넓은 세계로 인도하며 서두르지 말라는 듯 유유히 흘렀다. 강을 흐르게 하는 건 아주 단순한 자연의 힘이라는 걸 효민은 알았다. 단순명료한 수식 몇 가지로 설명되는 힘. 하지만 설명되는 것과 이해되는 것은 전혀 다른 일이라는 걸 요사이 알아가는 중이었다.

효민과 엄마는 오르막 중간쯤에서 잠시 걸음을 멈추었다.

"글은 잘 써져?"

엄마가 물었다.

"모르겠어."

"왜 몰라."

"뭘 쓰는지…… 뭘 쓰고 있는지 모르겠어."

엄마가 가만히 효민이 등에 멘 배낭을 바라보았다. 효민이 말을 이었다.

"아무것도 모르는데 안다고 생각해서 그런 것 같아. 그런 척을 해야 하니까, 자꾸."

"자꾸."

"응, 자꾸."

"자꾸자꾸 그러다 보면 알게 될 거야."

"뭐야, 그게."

"살아보니 그래. 자꾸자꾸 하다 보면, 뭐든 알게 돼."

"자꾸자꾸 아는 척만 하고 있다 보면 어느새 알아야 할 게 사라지고 없는데도?"

"없어도 생각할 순 있잖아. 그게 글쟁이들이 하는 일 아니야? 없는 걸 생각하는 거."

"엄마가 글을 썼어야 하는데."

엄마가 웃으며 말했다.

"네가 대신 써줘. 엄마가 응원할게. 그니까 기죽지 말고 자꾸자꾸 생각해."

"무얼."

"뭐든. 없는 것도 있는 것처럼, 자꾸자꾸."

효민이 다시 발걸음을 떼며 말했다.

"이제 가자."

"그래."

효민이 앞장서서 오르막을 마저 올랐다. 엄마가 힘들지 않도록 천천히 걸었다.

이윽고 오르막을 다 오른 효민은 가쁜 숨을 내뱉었다. 플랫보드를 타는 데 익숙해진 몸은 어느새 땀에 흠뻑 젖었고 그의 눈앞으로는 다리가 놓여 있었다. 멀리서 볼 때 허공에 붕 떠 있는 것 같던 다리는 저쪽과 이쪽을 확실하게 잇고 있었다.

효민은 다리 중간쯤에 이르러 멈춰 섰다. 엄마도 따라서 멈추었다. 그녀가 효민의 곁으로 와 다리 아래를 내려다보며 말했다.

"여기구나."

"응."

효민은 작년 이맘때 아빠와 함께 왔던 기억을 떠올렸다. 그때 엄마는 몸이 아파 함께 오지 못했다.

"그때도 이랬니?"

엄마가 어느새 오렌지빛으로 물든 하늘을 바라보며 물었다. 효민은 "응. 그때도⋯⋯"라고 대답하며 배낭을 벗어 바닥에 내려놓았다.

효민이 배낭을 열자 하얀 상자가 보였다. 그 한가운데 푸른빛이 깜박이고 있었다. 효민이 상자를 조심스레 밖으로 꺼내 들었다. 엄마는 효민이 그러는 걸 가만히 지켜보고만 있었다.

효민은 상자를 열기 전에 가만히 엄마를 바라보았다. 아빠와 함께 왔을 때도 그랬듯 이 순간만큼은 아무 말도 할 수 없었다. 엄마가 그런 효민을 가만히 안아주었다.

그녀가 포옹을 풀자 효민은 한 발자국 뒤로 물러서서 엄마를 가만히 바라보았다. 얼마간의 시간이 흘렀다. 엄마가 효민을 향해 고개를 끄덕였다. 효민이 고개를 아래로 숙였다. 상자를 열면, 정말로 마지막이다. 이제는 시뮬레이션으로든 음성으로든 어떻게든 엄마를 만날 수 없다. 효민은 고개를 들어 마지막으로 엄마를 눈에 담았다. 그 모습을 마음속 깊이 새겼다.

효민이 상자를 열자 깜박이던 푸른빛이 사라졌다. 상자 안에는 엄마가 고운 입자의 형태로 존재하고 있었다. 효민은 그녀를 다리 아래로 뿌렸다. 그녀는 공중에서 순식간에 붉게 흩어졌다.

배낭을 다시 멘 효민은 출구를 향해 천천히 걸어갔다. 일부러 뒤를 돌아보지 않으려 애썼다. 그러다 출구에 다다랐을 때 뒤를 돌아보았다. 학인지 왜가리인지 백로인지 모를 하얀 새 한 마리가 다리 난간에 내려앉는 게 보였다. 효민은 이제는 완전히 저쪽 세계로 넘어간 엄마를 향해 속으로 물었다. 새의 이름이 무엇인지를.

엄마의 부드러운 음성이 들렸다고 생각한 순간, 새가 날개를 퍼덕이며 하늘 높이 날아올랐다. 효민은 새가 점점 작아지는 걸 한참 지켜보며 서 있었다. 그러다 새가 시야에서 사라질 때쯤 다리를 벗어났다.

비욘드 브릿지Beyond Bridge 프로그램이 종료되었음을 알리는 소리가 들려왔다. 그런데도 효민은 한동안 눈을 감은 채 자리에서 일어나지 않았다. 감은 눈앞에 아른거리는 반딧불이를 하나하나 헤아리다가 모든 빛이 사라졌을 때야 눈을 떴다.

빛이 사라진 자리에 남은 건 어둠이 아니었다. 효민은 어둠 속에서 흘러나오는 노랫소리를 느끼며 헤드셋을 벗고 자리에서 일어났다.

'백희'를 따라 걷는 시간의 골목길

서희원

　안준원 소설집의 표제작은 「제인에게」이지만, 그가 창조한 몽환적인 이야기와 등장인물이 속삭이듯 들려주는 매력적인 목소리의 세계로 들어가는 입구는 분명 등단작인 「백희」이다. 하지만 「백희」의 인상적인 마지막 장면은 안준원의 모든 소설을 다 읽은 후에도 당신의 기억에 지울 수 없는 문신처럼 새겨져 있을 것이며, 그녀가 말을 시작할 때마다 던지는 "있잖아"란 담화 표지discourse marker는 믿을 수 없지만 믿고 싶은 이야기가 시작되고 있다는 마술의 주문처럼 여겨질 것이기에, 「백희」는 들어온 입구로 다시금 돌아오게 만드는 아리아드네의 실타래가 되어줄 것이다. '백희'의 안내를 받으며 「백희」로 시작하여 『제인에게』 전체를 에둘러 가게 되는, 하나의 출입구만을 가진 복잡하고 아름다운 문장과 서사의 골목길을 걸어가보자.

「백희」의 화자인 '나'는 무엇이 진짜 원하던 삶인지 독자에게 제시하고 있진 않지만, 직장을 다니고 있는 지금의 생활이 진정한 삶이나 자아를 발견하는 데 아무런 도움이 되지 않는다는 것을 깨닫고 퇴사를 한 상태이다. '나'는 허무감에 사로잡힌 몸과 마음을 되찾고자 글을 쓰기로 결심한다. 작가가 되겠다는 목표를 갖고 살아온 것도, 프로 작가가 될 만큼의 재능을 확신한 것도 아니지만, '나'는 글쓰기가 마음에 안정감을 준다는 이유로 매일 일기를 쓰며 작문을 훈련하고, 이야기에 적합한 소재를 취재하며 살아간다.

안준원 소설에 반복적으로 등장하는 중요한 인물 군상 중 하나인 글 쓰는 사람은 독서 시장의 부침 속에서 새로운 책의 출간과 집필, 예술적 완성과 상업적 흥행을 고민하는 직업인으로서의 작가가 아니다. 그들은 글쓰기를 통해 진실한 자아를 발견할 수 있다는 인문학적 믿음을 가진 사람(「백희」)이거나 이야기를 통해서만 인간이, 타인에 대한 곡진한 감정이 존재할 수 있다고 믿는 몽상가(「제인에게」)이고, 지지부진한 연극판의 "반복과 답습"(137쪽)에서 벗어나기 위한 자아 완성의 방식으로 소설 창작을 선택한 작가 지망생

(「은행나무는 그 자리에」)이며, 수용소에서 발생한 재소자의 자살을 조사하며 소설의 형식을 가져오지 않고는 사건의 배면에 담긴 어두운 진실을 기술할 수 없다는 것을 알게 된 간수(「코트」)이다. 그들에게 문학적 글쓰기―혹은 소설의 형식을 사용해 이야기하기― 란 자아와 세계가 의미 있게 존재할 수 있도록 해주는 방식이며, 신뢰할 수 있는 세계의 진실로 자아를 이끄는 유일한 통로이다.

잠깐 「코트」라는 소설을 통해 문학적 글쓰기에 대한 작가의 믿음을 살펴보자. 멀지 않은 초고령사회에 대한 암울한 상상력을 보여주는 「코트」에서 문학적 글쓰기의 한 종류인 '소설'은 사건의 배후에 감춰진 진실을 알려주는 유일한 방식으로 제시된다. 폭발적으로 증가한 노령 인구 때문에 골머리를 앓고 있는 근미래의 한국은 노인 부양에 필수적으로 소요될 수밖에 없는 개인과 사회의 경제적 부담을 줄이고자 나치의 아우슈비츠와 유사한 강제 수용소를 건설한다. 이곳의 간수인 '나'는 누구보다 요령 있게 수용소에 적응한 '허 노인'의 돌연한 자살을 조사하게 된다. '나'는 허 노인이 다른 노인들처럼 자식들에게 사회적으로 버림받은 것이 아니라 장애아인 자식을 버리고 이곳으로 왔다는 사실을 알게 된다. 그런 허 노인과는 대조적으로 자식이 데리러 온다는 거짓 약속의 실현을 철석같이 믿으며 서서히 말라 죽어가는 '박 노인'의 완고한 태도에서 허 노인은 자식을 버린 자신의 비정

함과 수용소 밖에서 맹목적으로 기다리고 있을 자식의 고립과 고통을 본다. '나'는 이러한 사정이 허 노인에게 스스로를 죽이지 않고는 견뎌낼 수 없는 쓸쓸함과 처절한 아픔으로 작용했다는 것을 알게 된다. '나'는 조사와 심문을 통해 알게 된 사건의 전말을 기록하지만 이 보고서는 곧 다른 형태의 글로 수정된다.

　　모든 걸 쓰기로 했다. 지금까지 내가 직접 보고 들은 둘의 이야기와 타인이 보고 들은 이야기를 빠짐없이 모조리 다. 어느새 화면이 가득 찼다. 그것은 관찰되고 취조된 사실의 나열이었다. 여느 보고서들과 같은 형식의. 그러나 읽으면 읽을수록 사실이 아닌 한 편의 소설에 가까워 보였다. 고민 끝에 썼던 걸 전부 지웠다. 빈 페이지에 깜박이는 커서를 보다가 다시 타이핑하기 시작했다.

　　먼저 조사 경위와 방법을 밝힌 나는 곧바로 '허 노인의 죽음은 자살이 맞다'라고 기술했다. 이유에는 이렇게 적었다.

　　장애를 앓던 아들의 사망 소식을 알 수 없는 경로를 통해 전해 들은 것으로 확인. 그로 인한 심적 충격이 자살의 원인이 된 것으로 추정. 그의 평소 언행에 비추어 보았을 때 자살의 충분한 동기가 된다고 사료.

　　그 밑으로는 내가 관찰한 그의 행동과 말을 시간순으로 나열한 표를 삽입했다. (……)

완성한 보고서를 출력하여 읽어보았다. 삽입된 표는 열 페이지를 넘길 만큼 길었으나 거기에 박 노인 얘기는 단 한 줄도 없었다. 그것을 들여다보고 있자니 자꾸만 직전에 삭제했던, 한 편의 소설 같았던 두 노인의 이야기가 떠올랐다. (270-271쪽)

'나'는 허 노인의 죽음을 조사하는 과정에 엿본 타인의 사연을 그들의 고통에 공감하며 상상하게 된다. '나'는 그것이 "어디까지나 추측이고 망상일 뿐"이라고 치부하지만, 한편으로는 그것이 "그 어떤 사실보다 사실처럼 느껴지는 것 또한 사실"(270쪽)이라고 생각한다. '나'의 "관찰"과 "취조"를 통해 알게 된 사실의 나열, 한편으론 "추측"과 "망상"일 뿐인 문장으로 완성된 "한 편의 소설"처럼 읽히는 글. 보통 '소설'은 그것이 가진 가공의 특성을 강조하며 '허구'라고 지칭되지만, 안준원의 단편에 등장하는 "읽으면 읽을수록 사실이 아닌 한 편의 소설에 가까워 보"이는 이 글은 눈앞에 펼쳐진 팩트의 배면에 도사리고 있는 진실—그것이 어쩔 수 없이 폭로하거나 알려주는 불편한 실재 때문에 은폐되거나 폭력적으로 배제될 수밖에 없는—로 독자를 이끈다.

우리가 지금 함께 읽고 있는 「백희」 또한 안준원이 말하는 "한 편의 소설"과 같다. 「백희」는 믿을 수 없는 망상으로 직조된 흥미로운 이야기인 동시에 그 어떤 사실보다 사실 같고, 그렇기에 삶의 진실을 알려주는 "한 편의 소설"이다. 이야기는 실종에 가까운 여행을 떠났던 '백희'의 갑작스러운 귀환으로 시작한다.

'백희'는 '나'와 옥탑방에서 오랜 기간 동거한 사이이다. 작가는 그들의 관계보다는 그들이 함께 나눈 인연과 감정이 중요하다는 듯이 독자의 정보를 제한하고, 더 이상의 설명을 제공하지 않기에 그들은 읽기에 따라 과거의 연인처럼 보이기도 하고, 오랜 친구 사이로 여겨지기도 한다. '나'의 설명을 통해 알게 되는 백희의 지난 시간은 개인적으로도, 사회적으로도 그리 행복하지 않았다. "어머니가 돌아가신 일부터 남자친구가 돈을 빌려서 달아난 일, 처음 입사한 회사에서 성희롱당하고 나서 성희롱했으니 퇴사도 당하라는 듯이 쫓겨난 일까지. 그 사이사이에도 백희의 행복을 조금씩 갉아먹는 자잘한 일들이 일어났고 나는 그 일들을 함께 겪었다. 함께 겪다가 지쳤다. 지칠 때면 백희가 스스로 불행을 불러오는 걸지도 모른다는 못된 생각을 하기도 했다."(61쪽) 이런 삶에 지치고 상처 입었기 때문인지 '나'의 기억에 마지막으로 남은 백희의 모습은 "온몸에 힘을 뺀 채 시체처럼 맨바닥에 누워" "과거를 뒤적이"는 지독한 체념과 무기력의 상태였다. 백희는 거의 반년을 집 밖으로 나가지 않고, 누구도 만나지 않으며, "행복했던 자기 과거"(51쪽)만을 반추하더니, 갑자기 "여행을 다녀오겠다며" 사라진 것이다. "그러고 나서

3년간 아무런 소식도 없었다."(52쪽)

그런 백희가 조금 전 볼일이 있어 집을 나갔다 금세 돌아온 사람처럼 자연스럽게 '나'의 옥탑방을 찾아온 것이다. "있었네."(54쪽) 아무런 일도 없었던 것처럼 말하고 행동하는 백희와 달리 '나'는 그런 백희의 모습에서 "생김새는 분명 백희인데 어쩐지 전혀 백희인 것 같지가 않"(55쪽)은 낯선 기분을 느낀다. 그러곤 백희는 예전의 "말버릇"(56쪽)인 "있잖아"(55쪽)로 운을 떼며 이상한 이야기를 시작한다. "여자를 만났어. 내가 나중에 될 여자."(56쪽) 백희의 이야기에서 '나'는 "설명할 수 없는 어떤 위험성이 도사리고"(57쪽) 있다는 것을 직감하고는 강한 "공포심"을 느끼지만 한편으론 이것이 글로 쓸 수 있는 "좋은 얘깃거리"(59쪽)라는 생각에 귀를 기울인다. 3년간의 여행에 대한 백희의 얘기는 이렇다.

현실에 대한 절망감과 미래에 대한 두려움을 잊기 위해 행복했던 과거를 반추하던 백희는 "어느 날부터 자꾸 강을 거슬러 올라가는 꿈"을 꾸게 된다. 물 위를 부유하는 시체처럼 상류로 거슬러 올라가던 백희는 물 밑에 "지나온 시간"이 "또 다른 조류"처럼 흐르고 있다는 것을 알게 된다. 가수 강산에의 유명한 노래처럼 백희는 자신의 근원을 찾아 "강을 거슬러 올라갔고"(60쪽), 엄마 젖을 빠는 최초의 순간을 목도하며 그 행복한 순간의 감정을 체감할 때까지 정신적으로도, 육체적으로도 퇴행한다. 그리고 시간은 다시 흐르기 시작한다. "자신이 아기였던 때의 기억까지 거슬러 올라갔던 백희가 제자리로 돌아오기 시작했다. 시간의 강을 거슬러 올라갈 때와는 달리 아래로 내려오는 건 무척 빠르게 진행됐다."(61쪽) 그렇게 자신이 경험했던 오래된 미래를 다시금 떠내려오던 백희는 한 여자의 "뒷모습"을 보게 된다. "웬 골목길로 접어들었는데 저만치 앞에서 누가 손에 까만 비닐봉지를 들고 걸어가고 있었어. 나는 직감적으로 그게 나라는 걸 알았지. 몇 년 후의 나, 내가 될 나, 내가 될 여자 말이야." 백희는 그 여자의 모습에서 "알 수 없는 공포"(64쪽)를 느끼지만 두려움을 억누르며 그 여자의 뒤를 따라간다. 백희는 그 여자와 자신이 원래 하나이기에 그 여자를 따라잡으면 다시 하나가 된다고 믿으며 매일 그녀를 따라갔던 것이다. 하지만 그녀는 누군가 자신을 미행하고 있다는 것을 아는 사람처럼 미로 같은 골목길을 따라 사라진다. 미래의 백희와 현재의 백희가 벌이는 기묘한 숨바꼭질은 1년 동안 "매일 같은 시간, 같은 장소"(65쪽)에서 펼쳐지고, 백희는 번번이 그녀를 놓치게 된다. 그러던 "어젯밤"(71쪽) 골목길로 사라지던 그녀가 갑자기 멈춰 서서 뒤를 돌아보는 일이 벌어진다.

백희가 여느 날처럼 여자를 뒤쫓고 있을 때였다. 원래라면 다른 골목길로 접어들어야 할 시점에 여자가 갑자기 멈춰 섰다. 그러더니 갑자기 뒤를 돌아보려 했다. 백희는 그녀와 눈이 마주치기 직전에 가까스로 몸을 숨겼다. 그 순간 깨달았다. 그 여자와 자신은 서로 다른 존재라는 걸. 그것은 본능적인 감각이었다.

"시간이 연속적으로 흐른다고 믿고 살 때는 나는 당연히 하나고, 그 하나의 내가 하나의 시간을 사는 거라고 생각했어. 그런데 갑자기 앞으로 훌쩍 떠밀려 내려가서 그 여자를 보고 나니까 그게 아닌 거야. 그냥 매 순간순간의 내가 있을 뿐이지 그걸 통틀어서 나라고 할 만한 건 없을지도 모른다는 생각이 들었어." (66-67쪽)

시간을 거슬러 올라가 과거의 자신을 보고, 다시 현재로 흘러와 미래의 자신을 보았다는, 그리고 미래의 자신이 백희를 알아보는 순간 "자신이 이 세상에서 사라질지도 모른다는 두려움"(69쪽)을 고백하는 백희의 이야기는 흥미로운 일종의 판타지 서사처럼 읽힌다. 하지만 이것을 시간과 공간의 왜곡이 발생했을 때 만들어지는 시간여행 서사로 읽어도 무방할 것이다. SF의 관습에 따라 각기 다른 시간이 흐르는 강을 일종의 블랙홀로, 미래의 '나'를 마주하고 따라가던 골목길을 일종의 웜홀로, 같은 모습을 가지고 있는 '나'와 또 다른 '나'가 살고 있는 세계를 일종의 다중우주Multiverse로, 읽을 수 있다는 말이다. 물론 이러한 독법은 서사의 밖에서 임시적으로 가져올 수밖에 없는 것이지만.

이 매력적인 단편의 결말로 가기 전에 두 개의 골목길을 더 에둘러보자. 하나는 백희가, 그리고 글쓰기를 통해 시간의 유예를 경험하고 있는 '나'가, 정도의 차이는 있지만 공통적으로 지니고 있는 미래에 대한 두려움이다. 안준원의 소설에서 미래는 희망이 가득한 푸른색 창공이나 바다의 이미지가 아니다. 오히려 미래는 과거와 현재의 당면한 문제가 끊임없이 쌓이는 시간의 퇴적층 같은 곳이며, 예측할 수 있는 끔찍한 변화가 초래할 디스토피아에 가깝다. 「은행나무는 그 자리에」에 등장하는 '나'와 '보훈'이 연극에 매료되는 것은 그것이 예술적 이상을 충족시켜줘서라기보다는 자본주의 시장으로의 '입사'에 대한 일종의 저항이기 때문이다. 그들에게 취업이란 "학창 시절 내내 꿈과 이상을 부르짖던 선배들이 졸업하자마자 자신에게는 더는 남은 꿈과 이상이 없으니 다른 이의 것이라도 팔아먹겠다는 듯 수數의 세계로 들어서던 것"(135쪽)과 다르지 않다. 앞에서 잠깐 언급했던 「코트」는 한국 사회가 직면한 초고령사회로의 진입이라는 암울한 현실을 대처하기 위해 설계된 수용소를 배경으로 하고 있다. 또한 「제인에게」는 영화 「매트릭스」(1999)나 「블랙미러」(2011-현재)의 세계관과 유사한, 고도로 발달한 디지털 미디어와 정보기술이 만든 가상 세계에서 끝없는 노동의 삶을 이어가는 인간의 이야기를 다루고 있다. 거기에는 기술의 발전이 가져올 희망적 변화나 어떤 어려움도 극복할 수 있는 인류애에 대한 추상적 믿음은 없다. 중력처럼 작용하는 시간의 퇴적 과정에서 누구도 벗어날 수 없기에 인간들이 할 수 있는 일은 최대한 그 시간을 유예하거나 좋았던 과거를 반추하며 마비된 채 살아가는 것뿐이다.

다른 하나는 백희가 이야기를 시작할 때마다 던지는, 일종의 주문과 같은 "있잖아"란 말의 흥미로운 활용이다. "있잖아"는 어떤 말을 시작하거나 화제를 전환할 때 사용하는 담화 표지이다. 하지만 안준원은 "있잖아"의 어감을 풍성하게 활용하며 경우에 따라서는 '있다'에 대한 강조나 의문형으로, 어떤 경우에는 '있지 않다'에 대한 서술형으로 사용한다. "입때껏 백희가 있잖아, 라고 시작했던 얘기 중 진짜 뭔가 있었던 얘기는 단 하나도 없었다. 하지만 이번에는 진짜 뭔가 있어 보였다."(56쪽) "백희는 또 한 번 있잖아, 라고 말했다. 이번에는 그 말이 정말로 그런 여자가 있다는 말로 들렸다. 꿈속이 아니라 현실에."(58-59쪽) 이렇게 백희의 "있잖아"는 어떠한 이야기와 인물을 존재하게도, 또 존재하지 않게도 한다. 비유하자면, 칠흑같이 어두운 방 안에서 전등의 스위치를 켜고 끌 때마다 나타나고 사라지는 형상처럼 백희의 이야기는 "있잖아"라는 말을 따라 존재와 부재, 사실과 허구 사이를 명멸하고 있는 것이다. 마치 이야기의 맥박이 끊임없이 진동하며 그것이 살아 있음을 보여주는 것처럼.

이제 「백희」의 결말을 보자. 자신의 이야기를 끝낸 백희는 '나'에게 "3년 전에 두고 간 물건"을 돌려달라고 말한다. 그것은 백희가 길바닥에서 주워 온 한 무더기의 "유리구슬"(72쪽)이다. 백희는 그 유리구슬을 유리병에 담아 창가에 놓고, 비행기가 날아오를 때 만들어지는 진동을 따라 유리구슬이 산란하는 햇빛의 다양한 스펙트럼을 애상愛賞했던 것이다. '나'는 백희가 떠난 후 실수로 유리병을 깨게 되었고, 그것을 임시방편으로 "검은 비닐봉지 안에"(73쪽) 담아 보관하고 있었다. 백희는 자신이 혹시라도 사라지면 "지금 이 순간에 내가 존재했다는 걸 증명할 수 있게"(74쪽) 자신의 이야기를 써달라는 당부를 하고는 유리구슬이 담긴 검은 비닐봉지를 들고 집을 나선다. 백희는 '나'의 집으로 이어진 골목길을 천천히 걸어가고, 이내 시야에서 사라진다.

백희가 어떻게 되었는지, 미래의 백희와 현재의 백희는 결국 만났는지, 그녀들은 하나가 되었는지 아니면 하나가 소멸하였는지, 이 단편은 더 이상 알려주지 않는다. 백희는 서사의 바깥으로, 한 손에는 검은 비닐봉지를 들고, 다른 손은 우아하게 흔들며 사라진다. 그리고 그녀는 영원히 돌아오지 않을 것이다. 솔직히 고백하자면, 이 소설을 처음 읽었을 때 나는 내가 있는 현실을 잊고 백희가 걸어 들어간 골목길로 그녀를 따라갔다. 하지만 백희가 그랬던 것처럼, 나는 「백희」의 서사가 펼쳐진 무수히 많은 골목의 갈래길에서 그녀를 잃어버렸다. 그녀는 시야에 들어오지 않고, 어딘가에서 유리구슬이 부딪치는 영롱한 소리만 아주 작게 들릴 뿐이다. 그것은 내게 이렇게 말하고 있다. "있잖아. 있잖아. 있잖아."

　발간을 앞두고 작품을 다시금 살피다 보니 자연스레 그것
들을 쓰던 때가 떠오른다.

　「염소」는 아내와 함께 갔던 베트남 닌빈 여행에서 영감을
얻었다. 온 도시가 카르스트 지형인 닌빈은 육지의 하롱베이
라 불린다. 우리는 도심보다는 도시 외곽을, 곧게 뻗은 포장
도로보다는 지형을 따라 자연스레 굽이치는 흙길을 선호하
는 여행객으로서 바이크를 타고 도시 외곽의 시골 마을을 향
해 내달렸다. 가는 동안 평원 곳곳에 불쑥불쑥 솟은 석회암
산들에 놀랐고, 그 사이사이 자리 잡은 황금빛 들판에 또 한
번 놀랐다. 내게는 그 풍경이 불모와 생식의 기이한 공존으
로 보였다. 거리 좌판에 매달려 전시된 염소 고기와 석회암

산 위를 한가로이 거니는 염소 무리, 이 두 풍경 역시 내면에서 충돌했다.

한편 끊임없이 쏟아지는 출산 장려 정책들과 '노 키즈 존' 사이의 괴리는 당시 아이를 낳기로 마음먹은 우리가 앞으로 내내 마주하게 될 이상한 숙제로 여겨졌다. 그러다 문득 그 어디에도 당사자인 우리와 우리에게서 태어날 아이의 언어는 존재하지 않음을 느꼈다.「염소」는 이러한 생각과 풍경 속에서 쓰였다.

대학 초년생 시절, 서점에 들렀다가 무슨 생각에서였는지 뉴턴Newton 시리즈의 『양자론』과 『상대성이론』을 덜컥 사왔다. 중학교 때까지만 해도 과학고에 진학하고자 했을 만큼 수학·과학을 좋아했으나 고등학교를 거치며 돌연 문과생이 되었다. 마음 한구석에는 미련이 남아 있었던 걸까. 두 책을 읽는 동안 심장이 뛰었다. 내가 왜 현대물리학의 양대 산맥인 이 두 이론을 이제껏 제대로 알아볼 생각을 하지 않았는지에 관한 이상한 책무마저 느꼈다.

그때 이후로 사는 동안 틈틈이 두 이론과 관련된 서적을 탐독했다. 그렇게 거시 세계의 절대적 시간관념 속을 살아가는 내 마음속에 서서히 미시 세계의 상대적 시간이 자리 잡기 시작했다. 이는 곧 눈에 아주 잘 보이고 어떤 절대적 규칙에 따라 흘러가는 것 같으나 실은 허술하기 짝이 없는 세상의 이면에, 눈에 보이지 않고 아무 규칙도 없어 보이나 실은 우리가 아직 잘 알지 못하는 완전한 규칙으로 이루어진 세상이 존재함을 느끼는 일이었다.

「백희」는 이러한 과정에서 자연스레 떠오른 이야기이다. 소설을 쓰면서 보르헤스와 훌리오 코르타사르를 자주 떠올렸다. 그들처럼 대단한 작품을 쓰지는 못해도 그들 작품의 무언가를 닮고 싶었다. 하지만 쓰는 동안 점점 그들에게는 없는 나만의 것을 찾기를 염원했다. 그것이 고작 비닐봉지 한 장의 차이일지라도 그만하면 충분하다고 생각했다.

「제인에게」는 대학교 때 과방 탁자에 늘 놓여 있던 '날적이'와 그것을 함께 쓰던 시절을 향한 향수에서 시작됐다. 날적이는 일기日記의 순우리말인데, 과방에 놓인 날적이는 혼자 쓰는 게 아니라 여럿이 함께 쓰는 일기였다. 과방에 들른 아무나가 아무 글이나 쓰는. 글은 짧아도 좋고 길어도 좋았으며 이름을 밝혀도 좋고 안 밝혀도 좋았다.

무료한 어느 날엔가, 현재의 내가 불현듯 그 시절의 과방 문을 벌컥 열고 들어가서 날적이에 적힌 글들을 읽는 상상을 했다. 그러자 즉각 그 시절이라고 할 만한 모든 사건과 감각이 어떠한 총체로 밀려들었다. 그 안에는 함께 부르던 노래와 함께 먹고 마시던 밥과 술이 있었으며, 무엇보다도 잊힌 사람들이 있었다. 이 모든 것은 사계절을 뭉뚱그려 하나로 합친 것만 같은 어떤 분위기에 감싸인 채 존재했다. 이러한 노스탤지어에 미래를 덧씌운 뒤 한 발짝 더 나아가고자 한 작품이 「제인에게」이다.

군 복무를 마치고 돌아온 학교는 어딘가 달라져 있었다. 어떤 일을 해도 낭만이 배어 있던 분위기가 감쪽같이 사라지고 난 자리에 번듯한 '직장인'으로 배출되기 위한 교두보가 놓여 있었다. 거의 모든 학생이 그 다리 위에 서서 더 좋은 곳으로, 더 먼저 건너려고 다투고 있는 듯 보였다. 그 위에 서 있다가는 어느 쪽으로도 영영 가지 못할 것 같았다. 함께 꿈꾸던 과거로도, 각자도생하는 미래로도. 그때 한 고등학교 동창에게서 '오퍼'를 해보지 않겠느냐는 오퍼offer가 왔다. 「은행나무는 그 자리에」의 바로 그 이야기이다.

나는 여전히 그때 '오퍼'를 했던 극단의 단원이고, 당시 막 생겨났던 극단은 어느덧 창립 20주년을 앞두고 기념공연 준비에 열중이다. 기념공연 준비의 최대 난관은 극장 대관이다. 한때 존재했던 극단 전용 극장은 사라진 지 오래고, 기념공연을 위한 적당한 규모의 극장을 장기간 대관하는 건 결코 쉽지 않은 일이므로.

여전히 눈을 감으면 극단의 전용 극장이 있던 곳 마당의 은행나무가 생생히 떠오른다. 그곳에서 쫓겨난 뒤로 극단은 한 번도 극장을 가져본 적이 없다. 사실 한국에서 한 극단이 전용 극장을 갖는 건 흔치 않은 일이다. 한때 제법 있었다고 해도 요즘은 거의 다 사라졌다. 다들 필요할 때마다 극장을 임대해서 간신히 공연을 올릴 뿐. 그러니 당시 극장을 소유했던 극단은 어찌 보면 겪어도 되지 않았을 내쫓김을 겪은 셈이다. 무언가를 소유하고 유지하는 일의 즐거움은 금세 버거움으로 뒤바뀌고 쉬이 애환이 되곤 한다는 사실을 그때 깨달았다.

「은행나무는 그 자리에」의 극단 대표 겸 연출은 이제는 예술감독이 되었고, 연극을 여전히 사랑하며, 아니, 예전보다 더 사랑하며 지내고 있다. 그런 그가 연극보다 더 사랑하는 게 있으니 그건 사람이다. 나는 사람을 사랑하는 방식을 그에게 배웠고 이는 굉장한 행운이다. 나는 소설가이면서 극작가이기도 한데 이 역시 행운이다. 소설로는 할 수 없는 것을 연극으로, 연극으로는 할 수 없는 것을 소설로 하는 삶이 가능하다면 말이다. 아직은 요원한 일이다.

그가 무대 위에서 쓰러졌다는 소식을 전해 들었을 때 현실감이 없었다. 그 소식 자체가 연극처럼 여겨졌기 때문이다. 수술을 마치고 재활병원에 입원한 그를 병문안 갔을 때 그가 하는 이상한 말들에 웃으면서도 울었다. 그는 분명 이전과 같은 목소리와 같은 표정으로 이야기했으나 중요한 것을 빼먹고 말하는 것 같았다. 그것도 가장 중요한 것을. 신기하게도 그가 무언가를 잃어버렸다는 생각은 들지 않았다. 비로소 찾아내겠구나 싶었다. 그게 무엇이든 간에 그것이 그를 다시 무대 위로 돌려보낼 것임을 느꼈다.

「환한 조명 아래 우리는」을 쓰고자 마음먹었을 때 연남동 공원에서 그를 만났다. 그의 복귀작을 보고 나서 몇 달쯤 지난 때였을 것이다. 그에게 당신 이야기를 써도 되는지 물었다. 그러자 그는 내게 두꺼운 일기장을 내주었다. 여기 자신의 감정과 욕망이 다 적혀 있다면서. 아니다. 그의 일기장을 받은 게 먼저였던 것도 같다. 그가 무대에서 쓰러지기 한참 전에 나는 일기장을 받았다. 언젠가는 그의 이야기를 쓸 것이라고 다짐하며. 이제 와 무엇이 먼저인지는 중요하지 않다. 소설을 완성하고 나서 그에게 보내준 다음 날, 연남동 공원에서 다시 그를 만났다. 그는 좋았다고 말해주었다. 무엇이 좋았는지 묻지 않았다.

우리는 그날 그가 요즘 맛 들였다는 김포 생막걸리를 마셨다. 한참 마셨을 때 그는 내게 희곡도 써달라고 했다. 그의 얘기를 써달라는 게 아니라 그저 무대 위에서 공연할 대본을 써달라는 부탁이었다. 뭐라도 좋으니 써주면 알아서 올리겠다고 했다. 그 말이 참 듣기 좋았다.

아직 그에게 대본을 써주지 못했다. 하지만 언젠가는 그가 무대 위 환한 조명 아래 서서 내가 쓴 대사를 말하고 있을 것임을 우리 둘 다 안다.

「포터」는 아직 '당근마켓'이 없을 때 쓰였다. 요즘은 당근마켓이 중고 거래의 대명사가 되어 "어떻게 왔느냐"는 경비원의 질문에 "당근하러요"라고 대답하는 시대가 되었지만, 당시는 '중고나라'라는 네이버 카페에서 온갖 중고품들이 거래되던 때였다. 나는 요즘 당근마켓을 잘 이용하는 만큼 당시 중고나라도 아주 잘 이용하는 사람이었다. 물론 「포터」의 민수처럼 진짜 포터를 산 것은 아니다. 당시 여윳돈이 있었다면 샀을지도 모르지만……. 적어도 아내와 아무 상의 없이 샀을 리는 없다.

전·월세 살이는 대다수 대한민국 국민에게 삶의 고됨과 직결되는 말이다. 민수와 주희 같은 '떠밀림'을 겪어본 이들이라면 자연히 '내 집 마련'을 최우선 과제로 삼고 살아갈 것이다. 그런 와중 누군가는 자기도 모르는 새 현실에서 동떨어진 상상 속에 빠져들지도 모른다. 예를 들어 민수처럼 다낡은 트럭을 타고 아시안 하이웨이를 질주하는 상상 같은 것. 나는 그것을 단순한 상상으로 치부하고 싶지 않았다. 무언가가 움직인다는 것은 동력이 발생함을 의미하고, 누군가의 마음속에서 작동하는 움직임이야말로 이 세상 그 무엇보다도 강력한 동력 발생기이다. 소설을 쓰며 사람들이 마음속으로 다양한 움직임을 상상할 수 있고, 그로부터 발생한 동력이 현실을 다채롭게 바꿀 수 있는 세상이 오기를 꿈꿨다.

「코트」를 쓰는 데는 두 가지 주요한 심상이 작용했다. 첫 번째는 모니카 마론의 소설 『슬픈 짐승』 속 주인공 '나'가 집 안에서 아무것도 하지 않고 사랑하는 연인이 오기만을 기다리는 이미지다. 두 번째는 연극 『리어외전』 속 다 늙은 '리어'가 아이들에게 팔 인형에 눈알을 붙이는 공장에 홀로 우두커니 서 있는 이미지다. 『슬픈 짐승』을 읽은 것이 아마도 2014년쯤이고, 『리어외전』의 초연을 본 것은 2012년이다. 나도 모르는 새 두 이미지가 결합했다는 사실을 「코트」를 다 쓰고 나서야 깨달았다.

소설의 원래 제목은 '수용소'였다. 이 제목이 허 노인과 박 노인이 처한 현실을 사회구조적 관점에서 바라보게 한다면 '코트'는 당사자인 그들의 시선에서 바라보게 한다. 제목을 바꾸기 전까지는 허 노인과 박 노인이 살아 있는 것 같지 않았다. 제목을 바꾼 뒤 고쳐 쓰고 나자 비로소 그들을 알 것만 같았다.

노년층이 급증하고 청년층이 급감하는 현실 속에서 미래의 내가 스스로 부양하는 모습을 떠올려 본다. 스스로 부양하는 일이란 대체 무엇일까? 소설과 같은 현실이 정말 올 것으로 믿지는 않지만 그런 상상을 하는 게 어려운 일이 아니라는 사실이 섬뜩하다.

한때 내 어머니는 한국의 노래방 문화에서 살아남기 위해

엄정화의 「포이즌Poison」을 열심히 연습했다. 10년 넘게 「개똥벌레」만 불러온 자기 모습을 스스로 반성하면서. 나는 옆에서 연습을 도우면서도 어머니께 딱 맞는 노래는 「개똥벌레」뿐이라고 여겼다. 가사 때문에 그런 게 아니었다. 따라 부르면서도 가사의 뜻을 진지하게 생각해본 적은 없었다. 그저 멜로디가 좋았다. 아마 어머니 목소리가 멜로디에 딱 맞는다고 느꼈던 것 같다. 하지만 내 의견과는 상관없이 '아무리 우겨봐도 어쩔 수 없네 / 저기 개똥 무덤이 내 집인걸' 하던 어머니의 노래는 어느새 '널 뒤로한 채 그냥 걸었어 / 미안해하는 널 위해'로 바뀌었다.

「반딧불이 사라지면」은 어머니가 부르던 바로 그 「개똥벌레」에서 시작된 소설이고 그게 전부다.

2018년, 「백희」가 당선되었을 때 양숙진 선생님께 선물 받은 책 『철학의 위안』에서 아래 문장을 발췌해 적어놓았었다.

"우연이란 다른 목적으로 행해진 일들에 여러 원인들이 합쳐짐으로써 예기치 못한 일이 벌어지는 것이라고 정의할 수 있다. 원인들을 만나고 합쳐지게 만드는 것은 피할 수 없는 결합과 함께 진행되는 저 질서이며 질서는 섭리의 원천으로부터 흘러나와 모든 것을 제자리와 제때에 맞게 배치한다."

소설집 『제인에게』의 발간을 앞두고 위 문장이 다시금 떠오른 건 우연이 아닐 것이다. 내가 미처 다 헤아리지 못할 수

많은 도움으로 책이 나올 수 있었음을 안다. 부족하게나마 헤아려 감사의 말을 전하고자 한다.

인생의 기념할 만한 순간마다 늘 하는 이야기가 있다.

아버지 어머니, 다시 태어나도 두 분의 자식으로 태어나겠습니다.

거기 언젠가부터 두 사람을 덧붙이게 되었다.

사랑하는 내 짝 수진, 그리고 딸 유하. 온 시공간에서 두 사람과 함께하겠습니다.

창작실을 내어준 토지문화재단과 호텔 프린스에도 감사의 말을 전한다. 소설가의 정체성이 무뎌져가던 때 두 곳에서 지냈던 시간이 마음을 다잡고 다시 앞으로 나아갈 힘을 주었다.

더불어 늘 문학이 아닌 삶의 안부를 물어봐주시는 윤희영 선생님, 꼼꼼하고 정확한 안목과 시선으로 원고를 봐주신 편집자 고명수 선생님, 해설을 부탁드렸을 때 흔쾌히 허락해주신 서희원 선생님께 깊은 감사의 인사를 드린다. 끝으로,

나는 사랑한다. 사람과 삶을.

수 록 작 품 발 표 지 면

염소   앤솔러지
                       『집 짓는 사람』(은행나무, 2019년)

백희   『현대문학』 2018년 6월호

제인에게   『현대문학』 2023년 3월호

은행나무는 그 자리에   『문장 웹진』 2020년 4월호

환한 조명 아래 우리는   『현대문학』 2020년 10월호

포터   2019년 경기문화재단
                       우수작가 선정작

코트   2017년 토지문학제
                       평사리문학대상 수상작

반딧불이 사라지면   미발표작

제인에게

지은이 안준원
펴낸이 김영정

초판 1쇄 펴낸날 2024년 7월 17일

펴낸곳 (주)현대문학
등록번호 제1-452호
주소 06532 서울시 서초구 신반포로 321(잠원동, 미래엔)
전화 02-2017-0280
팩스 02-516-5433
홈페이지 www.hdmh.co.kr

ⓒ 2024, 안준원

ISBN 979-11-6790-259-7 (03810)

* 책값은 뒤표지에 있습니다.
* 이 도서는 2024년 한국문화예술위원회 아르코문학창작기금
  발간지원 사업에 선정되어 발간되었습니다.